조카 는 바닥에
떨어져 있던 책을 주워,
팔락팔락
책장을 넘겼다.

휴우가 나츠

일러스트
시노 토우코

약사의 혼잣말

14

"마오마오, 너무 두리번거리면 보기 흉해."

"늦어서 죄송합니다."

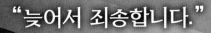 가 고개를 숙였다.

"아가씨를 언제까지
세워 둘 생각인지…."

엔엔 이 얼굴을 찡그렸다.

라한네 형 의 가슴속에서
커다란 징이 여러 번
뎅뎅 울려 퍼지고 있었다.

위 는 쓰러진 코쿠요 의
몸 위에 올라타서
마구 주먹질을 퍼부었다.

**"아니,
할 수 있을지도
모르겠다."**

진시 는 측면을 가만히 들여다보았다.

약사의 혼잣말

INTRODUCTION

TV 애니메이션 드디어 방영 개시

2023년 10월부터 TV 애니메이션 방영을 시작한 『약사의 혼잣말』.

원작 소설의 최신권인 14권에서는 마오마오 일행이 새로운 국면을 맞이합니다.

황제에게 일족을 지칭하는 '이름'을 받은 '이름 있는 일족'의 사람들.

시간이 흘러 멸족당한 일족도 있고 새롭게 부흥한 일족도 있습니다.

그리고 전 상급 비였던 리슈의 친정 우 일족은 쇠퇴하고 있었습니다.

이름 있는 일족의 회합에서 마오마오는 우 일족과 한때 친교가 있었던

신 일족을 만납니다.

신 일족이 옛날 황제에게서 하사받은 가보를 찾기 위해….

또한 유곽에서도 누군가가 죠카의 옥패를 노립니다.

신 일족의 가보, 비취 패, 『화타의 서』.

황족 후예의 수수께끼에 얽힌 음모!

바센 그리고 라한네 형의 사랑은 또 어떻게 될까요?

시대의 흐름에 농락당하는 마오마오 일행.

교차하는 마음들 속에서 마오마오는 진실을 꿰뚫어 볼 수 있을까요?

약사의 혼잣말

14

휴우가 나츠 지음
시노 토우코 일러스트

Carnival

약사의 혼잣말

KUSURIYA NO HITORIGOTO 14

©Natsu Hyuuga 2023
All rights reserved.
Originally published in Japan by Imagica Infos Co., Ltd.
Through Shufunotomo Co., Ltd.
Korean Translation rights©2024 by HAKSAN PUBLISHING CO., LTD.

마오마오……본래는 유곽의 약사. 후궁과 궁정 근무를 거쳐, 현재는 의관 보조 관녀 일을 하고 있다. 가시 돋친 성격이었으나 많이 둥글어졌다. 하지만 독과 약을 좋아하는 점은 변하지 않았고, 친아버지 라칸을 싫어한다. 진시의 마음 앞에서 많이 솔직해졌다. 21세.

진시……왕제. 천녀 같은 미모를 지닌 청년. 화려한 외모와 성실한 성격 사이의 격차가 심해 주위에서 가끔 오해를 받는다. 내세에는 라한네 형 같은 사람이 되고 싶다. 본명, 카즈이게츠. 22세.

바센……진시의 종자, 가오슌의 아들. 황제의 전前 비였던 리슈를 연모하고 있다. 사람 가죽을 쓴 곰. 집오리를 귀여워한다.

22세.

취에……가오슌의 아들인 바료의 처. 까불까불한 성격이지만 '미 일족'으로 첩보 활동이 특기다. 마오마오를 구하려다 큰 부상을 입고 오른팔을 못 쓰게 되어, 진시의 시녀 일도 그만두었다.

가오슌……진시의 종자였던 무관으로 현재는 황제 직속. 진시의 시녀인 아내 타오메이 앞에서 꼼짝 못 한다.

라한……라한네 형의 동생. 동그란 안경을 쓴 몸집 작은 남자인데, 어째서인지 여성들에게 인기가 많다. 계산이 특기이고 요령이 좋다.

라한네 형……라한의 형. 사실은 꽤나 유능하지만 본인에게 자각이 없기 때문에 늘 손해만 보는 성격. 모두가 본명으로 불러 주지 않기 때문에 반쯤 포기했다. 농업에 재능이 있다.

라칸……딸 마오마오를 몹시 사랑한다. 뤄먼의 조카. 외알 안경을 쓴 괴짜 군사지만 군의 최고위인 태위. 단것을 좋아하고 술을 못 마신다.

리하쿠……덩치 큰 무관. 모든 이들의 형님 같은 존재. 기녀 바이링을 낙적하고 싶어 한다.

스이렌……진시의 시녀이자 유모. 진시에게 상당히 무르다.

교쿠요 황후……황제의 정실. 빨간 머리와 녹색 눈을 지닌 이방의 공주. 동궁의 모친이지만 서도 출신이기 때문에 정실에 어울리지 않는다는 말을 자주 듣는다. 23세.

야오……마오마오의 동료. 루 시랑의 조카. 세상 물정 모르는 아가씨지만 나름대로 노력해서 혼자 살아가기 위해 애쓰고 있다. 최근 라한이 자꾸 눈에 들어온다. 17세.

옌옌……마오마오의 동료이자 야오의 시녀. 그 무엇보다 야오가 중요하지만 야오가 홀로서기를 못 하는 데에는 옌옌에게 커다란 책임이 있다. 라한을 자꾸 바라보는 야오가 마음에 걸린다. 21세.

티엔요우……신참 의관. 해체와 해부를 좋아하는 위험한 사람. '화타'의 자손인 듯하다.

마메이······바센의 누나. 어머니 타오메이가 아버지 가오슌과 함께 서도로 떠났기 때문에 대신해서 '마 일족'을 진두지휘하고 있었다. 성격이 꽤 강한 편.

류 의관······궁정의 상급 의관. 뤄먼의 오래된 지인. 마오마오 일행을 엄격하게 지도한다.

리 의관······중급 의관. 마오마오 일행과 함께 서도로 떠났다. 수라장을 여러 번 경험한 결과 쓸데없이 듬직해졌다.

죠카······녹청관의 세 아가씨 중 하나. 사서오경을 암기하는 재녀. 깨진 비취 패를 갖고 있다.

바이링······녹청관의 세 아가씨 중 하나. 무용이 특기인 풍만한 미녀.

리슈······황제의 전前 상급 비이자 '우 일족' 출신. 현재는 출가했다.

아둬······황제의 소꿉친구이자 전前 상급 비. 황제와의 사이에

아들을 하나 낳았었다. 39세.

코쿠요⋯⋯얼굴에 포창 흉터가 있는 청년. 쓸데없이 쾌활한 성격이며 의사로서 실력이 뛰어나다.

약사의 혼잣말

1 화 : 이름 있는 일족의 회합 전편

진시의 처소에서 돌아온 다음 날 아침, 예상치 못한 상대가 마오마오를 마구 흔들어 깨웠다.

"마오마오, 일어나세요!"

"…무슨 일인가요, 옌옌?"

어젯밤 많은 일들이 있었기 때문에 지쳤던 마오마오는 이도 닦지 못하고 잠들어 버렸다. 게다가 먹고 마시다 남은 식사가 그대로 방치되어 있었다.

"빨리 옷 갈아입어요."

"…오늘 무슨 약속이 있었던가요?"

마오마오는 멍한 눈으로 부스스 옷을 꺼냈다. 어젯밤에 진시를 찾아가기로 결심했기 때문에 오늘 하루는 비워 놓았었다.

"약속은 안 했지만 중대한 일이 발생했기 때문에 같이 좀 가 줬으면 해요."

옌옌의 눈빛은 진심이었다.

"제 사정은 안 묻고요?"

"오늘 예정은?"

"오늘은 딱히."

예정이 없어졌다고 해야 할까.

"내일은 출근이죠?"

"네, 그런데요."

"안심하세요. 휴가를 받아 놨거든요."

"왜요?!"

옌옌은 영문 모르는 마오마오를 홀랑 벗기고 재빨리 옷을 갈아입혔다.

"어딜 가는 건데요? 그런데 야오 씨는?"

"아가씨는 밖에 있는 마차에 계세요. 자세한 이야기는 마차 안에서 설명할게요."

즉, 거부권은 없다는 뜻이다. 마오마오는 의외로 관대한 편이지만, 거기에도 한계가 있다. 야오와 옌옌으로 말하자면 라한이 아니라도 다소 도가 지나치다는 생각이 든다.

"거절하겠다고 하면요?"

인간관계에도 선 긋기가 필요하다. 상대방이 시키는 대로 무조건 고분고분 행동한다는 인식을 주어서는 안 된다.

"거절할 수 없는 이유를 준비했어요. 마오마오가 좋아하는 거예요."

"제가 물건에 낚일 것 같나요?"

'너무 쉽게 보여서도 안 돼.'

마오마오도 불쾌해질 때가 있다. 어젯밤 너무 많은 일이 있어 아직 피곤하다. 오늘 하루는 조용히 쉬고 싶다.

"자요."

옌옌이 마오마오 앞에 두툼한 책을 내려놓았다. 가죽으로 된 호화로운 표지에, 이국의 언어로 제목이 적혀 있고 꽃 그림이 그려져 있었다.

마오마오의 졸린 눈이 단번에 번쩍 떠졌다. 군침까지 꿀꺽 삼킬 정도였다.

"…펼쳐 봐도 될까요?"

"그럼요."

"호오오오오오오오오오!!"

내용은 식물도감이었다. 인쇄된 책인 듯했으나 삽화가 세밀하게 그려져 있어 깜짝 놀랐다. 마오마오가 처음 보는 책이며, 책에 나오는 식물도 처음 보는 종류가 많았다. 이국의 언어이기 때문에 번역에 시간이 걸리겠지만 그 정도는 아무 문제가 되지 않을 만큼 마오마오에게는 가치 있는 물건이었다.

"자, 맛보기는 거기까지예요."

"아앗!"

옌옌은 마오마오에게서 도감을 빼앗았다. 마오마오는 부들부들 떨며 옌옌에게 매달렸다.

"조금만 더, 조금만 더 보여 주세요!"

"귀중한 책이라서요. 교역상이 변덕스럽게 사들였다가 책방에 내놓았다고 하더군요. 앞으로는 구하기조차 어렵겠죠."

"얼마, 얼마인가요? 낼게요, 급료를 다 털어서라도 부족하다면 빚이라도 져서 낼게요!"

"무슨 궁지에 몰린 노름꾼이에요?"

옌옌은 어이없어하면서도 마오마오에게 도감을 건넸다. 대신 마오마오의 손목을 꽉 잡는 바람에 도망칠 수 없는 상황이 되어 버렸다.

"설명할 테니 일단 마차에 타 줄래요?"

"탈게요!"

마오마오는 도감을 꼭 껴안으며 말했다.

숙사 밖에 세워진 마차에는 외출복을 입은 야오가 타고 있었다.

야오 옆에 옌옌이 앉고, 마오마오는 그 앞에 앉았다. 마오마오가 앉자마자 마차가 출발했다.

"대체 어디로 데려가는 건데요?"

마오마오는 도감을 꼭 껴안은 채 야오에게 질문했다.

"마오마오, 이름 있는 일족의 회합이란 거 알아?"

"이름 있는 일족의 회합?"

마오마오는 고개를 갸웃했다.

"어이가 없네."

"어이가 없네요."

"뭔데요, 그 반응은?"

마오마오는 뚱한 얼굴로 두 사람을 쳐다보았다.

"라한 님에게서 편지 못 받았어?"

"좋은 불쏘시개가 되었는데요."

"……."

라한이 쓴 편지는 진시가 어쨌다거나 하는 귀찮은 내용이 많았기 때문에 최근 들어서는 읽지도 않고 쓰레기로 처분하고 있다.

"모르는 것도 당연하네요."

"뭔데요, 이름 있는 일족의 회합이란 게? 혹시 지금 가는 곳이 거기예요?"

"정답."

옌옌이 손가락으로 동그라미를 만들어 보였다.

"이름 있는 일족이란 건 그거죠? '마' 일족이나 '우' 일족 같은 거."

"맞아. 황제에게 한 글자 이름을 받은 일족끼리 모이는 거야.

하지만 우리는 이름 있는 일족이 아니야. 나도 가고 싶지만 당연히 자격이 없지. 그래서 마오마오를 동반해 가고 싶은 거야."

'동반'이라는 말이 옌옌은 불만인 모양이었다.

"왜 가고 싶은 건데요? 가 봤자 그렇게 재밌지도 않을 것 같은데요. 무엇보다 저를 동반해 들어가 봤자 쫓겨날 게 뻔하지 않겠어요?"

마오마오는 '라' 일족의 일원 노릇을 할 마음이 없다. 어떤 회합인지도 모르는데 느닷없이 찾아와서 참가하겠다고 나서 봤자 들여보내 줄지 어떨지도 모를 일이다.

"라한 님이 내건 조건이에요. 마오마오가 와 주면 데려가 주겠다고 하셨어요."

"흐음, 그 망할 안경잡이의 사주였군요."

"마오마오."

옌옌은 야오 앞에서 험한 말을 쓰지 말라는 듯 노려보았다. 마오마오는 이미 옌옌이 노려보는 데에는 익숙한 상태였기에 아무 느낌도 들지 않았으나 일단 말투에는 신경을 쓰기로 했다.

"회합이라는 걸 보니 꽤 격식을 차리는 자리일 것 같은데, 참가자를 그리 쉽게 늘려도 되는 걸까요?"

"그렇게까지 본격적인 곳은 아니고 그냥 얼굴이나 보는 자리라고 하네요. 새로운 인맥을 만드는 데에도 딱 좋기 때문에 소개하고 싶은 사람을 데려가는 일도 있다고 해요."

역시 정보통 옌옌은 잘 알고 있었다.

"야오 씨는 왜 이름 있는 일족의 회합에 가고 싶은 거예요? 인맥이라도 만들고 싶은 건가요?"

"반대야, 반대."

야오가 종이 다발을 확 뿌렸다. 좁은 마차 안에 농후한 향냄새가 가득 퍼졌다.

"윽, 냄새! 혹시… 연애편지인가요?"

"그래!"

연애편지라 해도 취향이 고약하다. 뭐랄까, 향의 취향도 그렇고 냄새도 너무 독한 게 문제다. 마오마오는 평소에 자신이 얼마나 고상한 편지만 받아 왔는지를 통감할 수 있었다.

"읽어 봐도 될까요?"

"응."

마오마오는 종이를 집어 들었다. 솔직히 남의 연애편지를 보는 건 실례라고 생각했지만 심상찮은 향냄새 때문에 뭔가 불길한 예감이 들었다.

"우와아…."

"우와아아, 소리가 나오지?"

야오는 어이가 없다는 목소리였다. 옌옌도 고개를 끄덕였다.

연애편지란 보통 상대를 칭송하는 문장으로 가득하기 마련이다. 하지만 이 편지를 쓴 자는 자신이 얼마나 유능하며 또 얼마나 좋은 집안 출신인지를 떠들어 대고 있었다. 자신감이 있는 것은 나쁜 일이 아니나 이것은 자기애가 지나치다. 심지어 유달리 필적만 달필이라, 대필을 부탁했을 가능성도 높다.

"마오마오 씨가 서도에 간 사이 아가씨가 묘한 분의 눈에 들었던 거예요. 자꾸 이런 걸 가져오니 정말 못 살겠어요."

옌옌이 진심으로 경멸하는 눈빛으로 연애편지를 쳐다보았다. 그러고 보니 전에도 저런 눈빛을 잘 보냈지, 하고 마오마오는 그리운 기분에 젖었다.

"일하는 중에도 찾아오고, 다른 의관님들이 아무리 내쫓아도 굽히질 않아. 게다가 가족들에게는 이미 긍정적으로 교제하는 중이라고 말하겠다는 소리까지 꺼내고…."

마오마오가 없는 1년 동안 야오와 옌옌에게도 여러 일이 있었던 모양이었다.

'몰랐네.'

얼마 전, 인간관계 때문에 고민이 있다고 했던 말이 이것을 가리키는 소리였던가.

"흐음, 위험한 거 아니에요?"

"그렇게 가볍게 말하지 마세요."

옌옌의 표정은 심각했다.

"맞아. 심지어 이 바보가 글쎄 어머님한테 말씀드리러 가겠다는 거야. 설마 숙부님의 부재를 기회로 삼을 줄은 생각도 못

했어."

야오의 부친은 이미 타계했다. 보호자인 숙부는 루 시랑이다. 마오마오 일행은 서도에서 돌아왔지만 루 시랑은 서도에 남았다.

"아가씨의 어머님께서는 다소 세상 물정에 어두운 분이셔서, 상대의 말을 곧이곧대로 받아들일지도 몰라요. 여성은 그저 좋은 집안에 시집가는 것이 최고의 행복이라고 생각하시는 분이에요."

야오의 모친 이야기는 가끔 들었으나 야오와는 정반대 성격인 모양이다.

"어머님이 상대의 말에 넘어가시면 양가의 합의에 의해 결혼하는 꼴이 되고 말아요."

"차라리 숙부님은 맞선이라도 보게 하시니 낫지."

적어도 야오의 숙부는 조카를 생각해서 상대를 고르는 것 같다. 유능한 사람인 것 같고, 피붙이를 이상한 상대에게 팔아넘기는 짓도 하지 않는다. 그저 결혼보다는 일을 하고 싶은 야오 입장에서 숙부의 존재가 영 눈엣가시였을 뿐이다.

"이름 있는 일족의 회합에 나가고 싶은 이유는 이 연애편지를 보낸 상대가 이름 있는 일족이기 때문이에요. 상대방 일족의 수장에게 아가씨가 결혼할 생각이 전혀 없다는 사실을 알려야 해요. 그리고 연애편지를 보내는 민폐 행위도 그만둬 달라고 직접 담판을 짓겠어요."

"어어어….”

'무모해, 무모해도 너무 무모해.'

옌옌은 평소 냉정하지만 야오 일만 되면 앞뒤를 가리지 않는다.

물론 연애편지를 보낸 남자는 구제 불능이다. 하지만 남자가 더 존중받는 리국에서는 그 구제 불능인 남자의 행동 때문에 야오가 강제로 결혼을 하게 될 가능성도 있다.

그러나, 그렇다고 느닷없이 이름 있는 일족의 회합에 직접 담판을 지으러 가는 것도 문제가 아닐까?

마오마오는 옌옌의 표정을 읽어 보려 했다. 옌옌은 바보가 아니다. 아무리 야오 때문에 이성을 잃었다 해도 어느 정도는 승산이 있으리라.

'라한도 라한이야.'

야오의 목적을 알면서 이 둘을 데려갈 수는 없지 않은가. 아무리 마오마오를 끌어낼 구실이라 해도 라한은 손익 계산이 빠른 남자다. 다른 가문과 험악한 분위기를 빚는 일은 피하고 싶을 텐데.

무엇보다 라한은 왜 마오마오를 이름 있는 일족의 회합에 참가시키려 하는 걸까.

"혹시 회합에 괴짜 군사도 와요?”

"응, 맞아.”

"아무래도 돌아가야겠어요."

마오마오는 이미 달리기 시작한 마차에서 뛰어내릴 기세로 벌떡 일어섰다. 하지만 마오마오의 팔은 귀중한 도감을 꽉 붙잡고 있었다.

"마오마오, 돌아가겠다면 그 손에 들고 있는 도감은 놓고 가세요."

옌옌이 마오마오의 소맷자락을 움켜쥐었다.

"……."

"놓고 가세요."

옌옌은 마오마오의 소맷자락을 놓아주지 않았다.

그리고 마오마오도 도감을 내려놓지 않았다.

그 결과, 어떻게 되었을까.

마오마오는 얼굴을 찌푸리며 다시 마차 좌석에 앉았다.

마차에 흔들리기를 2시간.

도성에서 그리 멀지 않은 장소에 커다란 저택이 있었다.

"회합 장소는 저기야. 추뵤의 별저."

야오가 창밖을 내다보았다. 아직 먼 곳에 집 비슷한 무언가가 오도카니 보일 뿐이었다. 근처에 강과 숲이 있고 농촌도 보였다. 목가적인 지역, 나쁘게 말하면 시골이다.

"흐응~"

마오마오는 관심 없는 투로 대꾸했다. 옌옌이 아침 일찍 깨워 댄 바람에 솔직히 졸렸다.

"마오마오를 위해서 일단 설명해 둘게요. 이름 있는 일족의 회합은 먼 옛날 추 일족의 수장이 다 함께 즐겁게 차나 마시자고 제안한 게 시작이었다고 해요. 말을 처음 꺼낸 게 추 일족이다 보니, 결국 추 일족이 매번 주관하고 있다더라고요."

'말 꺼낸 사람이 책임지는 법칙.'

"자손들에게는 민폐일 뿐이지."

"기록에 따르면 처음에는 매년 열렸다가 차츰 격년제가 되고, 현재는 5년에 한 번 개최되고 있다고 합니다."

"인심 한번 야박하네요."

손님도 많을 테니 예산을 따졌을 때 매년 열기는 힘들었을 것이다.

"그리고 라 일족은 15년 만에 참가하는 거라고 해요."

괴짜 군사가 당주가 된 후로 한 번도 참가하지 않았으리라.

마오마오도 창밖을 내다보았다. 앞뒤로 마차가 있고, 각각 라한과 괴짜 군사가 타고 있다고 한다.

'라한 그 자식, 괴짜 군사랑 같이 타기 싫다고 쓸데없이 마차를 더 준비했잖아.'

마차 한 대에 두 명쯤은 여유롭게 탈 수 있었다. 쓸데없는 낭비를 싫어하는 것 같지만 또 그렇지 않은 부분도 있다.

일단 마차에서 내리면 괴짜 군사를 피하면서 라한에게 항의해야겠다고 마오마오는 생각했다.

마차가 저택 앞에 멈추었다. 이미 다른 손님들이 대거 와 있는지, 훌륭한 마차들이 여러 대 세워져 있었다.

'훌륭하다고 하면 훌륭한 저택이지만.'

마오마오는 상류 계급 사람들과 알고 지내는 사이 묘하게 눈이 높아졌다. 저도 모르게 황족의 거처와 비교하게 된다.

'이런 데 익숙해지긴 싫은데.'

원래는 도성에서 손꼽히는 거상이 아니고서는 살 수 없는 훌륭한 저택인데도, 솔직하게 칭찬이 나오지 않는다.

그러므로 저택을 평가할 때 주목할 점은 호화로움이 아니라 얼마나 취향이 고상한가로 바뀐다.

마오마오 일행이 문 안으로 들어서자 지면에는 돌바닥이 깔려 있고, 좌우로 정원이 펼쳐져 있었다.

'건물 자체는 오래됐어. 하지만 꼼꼼하게 관리하고 있는지 낡아 보이지는 않아.'

저택 자체가 매우 넓은 건 회합을 위해 지어졌기 때문일까. 비슷한 방들이 죽 늘어서 있고, 고용인들이 손님들을 각각의 방으로 안내하는 모습이 보였다. 화려한 장식은 없지만 기둥과 벽의 세공 자체가 매우 세밀하다. 개방적이며 통풍이 잘 되도록 만들어져 있다. 여름 나기를 중시한 모양이었다.

정원엔 대나무 숲이 있고, 우아한 공간으로 조성되어 있다. 대나무는 보기보다 훨씬 번식력이 뛰어나기 때문에 내버려 두면 곳곳에 죽순이 솟아나서 마룻바닥을 뚫고 올라오므로 관리가 번거롭다. 바닥에 쌓인 낙엽도 없는 것을 보니 정원사가 성실하게 돌보고 있다는 사실을 알 수 있었다.

계절을 염두에 두고 정원을 구획별로 나누었는지 배꽃이 아름답게 피어 있었다. 비라도 내리면 아름다움이 더욱 돋보일 것이다. 그 외에도 화려한 색색의 꽃들이 몇 종류 있었으나 하나하나보다 전체의 조화를 고려해서 심은 것이 느껴졌다.

"마오마오~"

마차에서 내린 괴짜 군사가 마오마오에게 다가왔다.

마오마오는 귀찮은 표정을 지으면서 그 이상 다가오지 못하도록 털을 거꾸로 세웠다. 야오와 옌옌의 뒤에 숨어 무시할까 했지만, 신경이 쓰이는 인물이 있었다. 라한네 형이었다.

"형!"

"그래, 형이다."

쌀쌀맞은 말투로 라한네 형이 대답했다.

"라한네 형!"

"누가 라한네 형이야!"

라한네 형은 '형'까지는 봐줄 모양이었다.

"라한네 형, 무사히 돌아왔네요."

마오마오는 라한네 형이 돌아온 후 처음 만나는 상황이었기에 가슴을 쓸어내렸다. 여러 불행이 겹친 탓도 있지만 도성으로 돌아온다는 이야기를 라한네 형에게 전달하는 것을 잊은 마오마오 자신에게도 책임이 있으니 말이다.

형은 가만히 마오마오를 응시하다가 고개를 홱 돌렸다.

'화났구나.'

하지만 그 동작이 묘하게 어린 소녀 같아서 전혀 무섭지 않다고 지적해 줘야 하나, 말아야 하나.

"마오마오, 이곳 여관은 밥이 참 맛있다고 하는구나. 많이 먹고 가자."

괴짜 군사는 매우 기분이 좋아 보였다. 라한은 이것 때문에 마오마오를 데려왔으리라.

"자, 자. 어서 갑시다. 방도 준비해 주셨다고 하니까요."

라한이 손뼉을 치며 사람들을 유도했다. 마부 세 명도 따라왔다. 마부는 호위 역할도 겸하고 있어, 세 명 모두 체격이 좋았다.

마오마오는 산판도 따라오지 않았을까 싶어 식은땀을 흘렸으나 아무리 라한이라도 이 이상 불씨를 늘리지는 않았다. 야오와 산판의 대립까지 걱정하고 싶지는 않다. 무엇보다 산판까지 저택을 비우면 도성의 저택을 관리할 사람이 한 명도 남지 않으리라.

"어린애도 아닌데 손뼉 치면서 부르지 마."

라한네 형이 퉁명스럽게 말했다. 하지만 정신 연령이 어린애나 다름없는 생물이 있으니 어쩔 수 없는 일이라고 마오마오는 생각했다. 그리고 라한네 형 또한 어린 소녀 같은 동작으로 돌멩이를 걷어차고 있지 않은가.

현관 앞에서 고용인들이 좌우로 쭉 선 채 고개를 숙이고 있었다.

"어서 오십시오. 정말 잘 오셨습니다."

그 한가운데에 있던, 덩치 좋은 호호 할아버지가 맞이해 주었다. 30관* 정도는 가뿐히 넘을 것 같은 훌륭한 체격이었으며 뺨이 매끈매끈 빛났다.

고용인이 아니라 집 주인인 모양이었다.

"이것 참, 라 일족이 회합에 참석할 줄이야. 이 또한 기록에 따르면 놀랍게도 15년 만이라는군요. 나는 추키_{丑壺}라고 합니다. 이미 당주 자리는 아들에게 맡기고 은거한 몸입니다만, 이렇게 여러분을 환대할 수 있을 만큼은 현역이지요. 잘 부탁합니다."

호호 할아버지 추키가 라칸에게 손을 뻗었다. 하지만 라칸은 멍하니 저택을 바라보면서 귓구멍만 쑤셨다.

※30관 : 110킬로그램.

묘한 침묵이 흘렀다.

"초대해 주셔서 감사합니다. 조부 대에 여러 번 참가했다는 이야기를 들었습니다. 여러분과 함께 유익한 시간을 보낼 수 있다면 정말 기쁘겠습니다."

라한이 대신 호호 할아버지의 손을 잡았다.

"하하하, 라칸 공은 마치 새와도 같은 분이시군요."

호호 할아버지는 크게 신경 쓰지 않고, 라칸을 넘기고 라한네 형에게 악수를 청했다. 그리고 마오마오 일행 앞으로 다가와 정중히 인사를 건네기는 했으나 손까지 잡지는 않았다.

"젊은 아가씨들과도 악수를 나누고 싶은 마음이 굴뚝같지만, 불필요한 질투를 살 수는 없는 노릇이니 슬프지만 단념해야겠어요."

추 일족의 선조는 경망스러운 사람이었던 모양인데, 자손도 그 성질을 물려받았는지 말이 아주 청산유수였다.

"자, 자, 대기실이 준비되어 있습니다. 오늘 밤은 편하게 쉬며 즐기시지요."

마오마오 일행은 고용인의 안내를 받아 현관에서 중정에 면한 긴 복도로 이동했다. 이미 먼저 온 손님들이 있어, 정자에서 차를 즐기거나 연못의 잉어에게 먹이를 주고 있었다.

먼저 온 손님들 중 하나가 복도를 건너오는 마오마오 일행의 존재를 알아차리고 이쪽으로 고개를 돌렸다. 하지만 어째서인지 얼굴이 새파래져서는 정자 기둥 뒤에 숨어 버렸다. 하늘하늘 춤추는 나비를 멍한 눈빛으로 계속 바라보던 괴짜 군사 때문일까, 아니면 유난히도 짙은 가짜 웃음을 계속 짓고 있는 라한 때문일까. 둘 다 원인일 가능성이 있다.

"야오 씨."

마오마오는 야오를 흘끔 쳐다보았다.

"어, 왜?"

"야오 씨가 불안하신 건 알겠는데, 제 팔을 그렇게 꽉 잡진 말아 주세요."

'옌옌이 노려보면 무섭단 말이야.'

야오는 어느샌가 마오마오의 팔을 세게 움켜쥐고 있었다.

"앗."

야오는 다급히 마오마오의 팔을 놓고 민망한 표정으로 걸어갔다. 본인 나름대로 긴장되는 모양이었다.

'적어도 이 괴짜 군사가 억지력抑止力을 발휘해 주고 있는 건 확실해.'

벌레도 냄새가 지독한 식물은 피한다. 마찬가지로 이 남자는 벌레 쫓는 도구로 쓰기에는 딱 좋다. 단, 벌레를 쫓는 쪽에서 그 지독한 냄새를 참을 수 있다면 말이지만.

고용인들이 복도를 성큼성큼 걸어갔다. 비슷하게 생긴 문들이 죽 늘어선, 객실로 보이는 방을 지나쳐 마오마오 일행은 별

채로 안내되었다.

"이쪽입니다."

"이쪽이군요."

다른 일족들에게 주어진 방과는 명백히 달랐다. 특별 취급이라기보다는 격리에 가깝다. 냄새 나는 것에 뚜껑을 닫아 놓으려는 모양이었다.

"별채라. 여기라면 아버님이 노래를 부르거나 춤을 추셔도 폐가 되지 않을 테고, 불이 나도 안채까지 옮겨 붙진 않겠네."

라한의 예상은 다소 과격하긴 하지만 절대 그럴 리 없다고 단언할 수도 없다. 후궁을 폭파하려 했던 과거가 있는 남자다.

"아가씨는 어느 방을 쓰시면 될까요?"

별채에는 거실이 하나, 개인실이 세 칸 있었다.

"나는 마오마오랑 같은 방을 쓰고 싶어."

괴짜 군사는 냅다 거실의 긴 의자에 드러누워 자기 방처럼 편하게 뒹굴고 있었다.

"아버님은 연장자이시니 혼자서 쓰셔야 합니다."

단호한 그 말에 아저씨는 풀이 죽었다.

라한네 형은 마치 막 상경한 시골 사람처럼 실내를 두리번두리번 둘러보았다.

"여성들은 제일 넓은 방에서 세 분 모두 지내셔도 문제없겠죠?"

"응."

"문제없어."

"문제없습니다."

호위 셋의 방은 없지만 거실이 넓으니 문제없을 것이다.

세 여성은 주어진 방으로 이동해 짐을 내려놓았다. 방에는 침대가 넷 있었고, 욧잇을 막 바꾸었는지 좋은 냄새가 났다.

'자고 가는 게 기본이구나.'

야간 연회가 늦게까지 이어질 것을 전제로 하는 모양이었다.

"회합이라고는 해도, 정말 느슨하네."

"정오에 연회장에서 식사 모임이 있으니 몸단장을 갖춰 두죠."

옌옌이 짐 속에서 야오의 옷을 꺼냈다. 화장품도 완비되어 있고, 짤그랑짤그랑 무거워 보이는 비녀가 나왔다.

"옌옌, 질문이 하나 있는데요."

마오마오가 손을 들었다.

"뭐죠, 마오마오?"

"왜 그렇게 작정하고 챙겨 온 거예요?"

"명가의 여러분께 아가씨를 선보이는 자리니까요. 매무새에 빈틈이 있어서는 안 되죠."

"아이, 무슨 옷을 입든 무슨 상관이야? 어젯밤부터 벌써 옷을 몇 벌이나 갈아입으면서 확인하는 것만도 힘들었는데."

야오가 지긋지긋해했다.

옌옌은 시녀로서 매우 유능하지만 한 가지 결함이 있다.

"아름답게 꾸미고 나가면 오히려 구혼자가 더 늘어나지 않을까요? 몸단장을 하는 의미가 있나요?"

본래의 목적은 야오에게 들어온 구혼을 거절하는 데 있다. 잔뜩 치장하여 아름다운 양가 규수라는 모습을 강조하면 또 다른 벌레가 꼬이지 않을까.

"……."

옌옌은 야오와 옷을 번갈아 쳐다보더니 무언가 고민에 빠졌다. 옌옌은 유능하지만 야오 일만 되면 바보가 된다. 고민한 결과, 아가씨를 꾸며 주는 비녀를 하나 줄였다.

"마오마오도 조금은 꾸미고 나가."

"이거면 충분한데요."

마오마오의 평상복은 움직이기 편하고 체온 조절을 하기도 쉽다. 주위에서 보면 고용인 중 한 명으로 보였으리라.

'하지만.'

방금 전 호호 할아버지는 호위 세 명에게는 인사를 하지 않았으나, 마오마오를 비롯한 세 사람에게는 인사를 건넸다. 마오마오를 고용인으로 보지 않았다는 뜻이다.

사전에 마오마오의 신분을 조사해 놓았으리라.

'그냥 경망스러운 사람은 아니었던 모양이네.'

마오마오는 흐음 하고 턱을 쓰다듬었다.

"마오마오 몫의 옷도 준비해 놓았어요. '저는 보시다시피 사람들 앞에 나설 만한 차림새가 아닙니다. 연회는 여러분들끼리 즐기세요'라면서 방에 틀어박힐 필요는 없으니 안심해요."

"……."

옌옌의 말에 마오마오는 입을 다물었다.

"자, 시간이 되었으니 빨리 준비할까요."

옌옌은 마오마오에게 강제로 옷을 떠넘긴 뒤 야오가 옷 갈아입는 일을 도왔다.

"귀찮아 죽겠네."

마오마오는 할 수 없이 옷을 갈아입기로 했다.

2 화 : 이름 있는 일족의 회합 후편

연회장의 좌석은 특이하게 배치되어 있었다.

"논배미 하나 정도는 되겠네."

라한네 형의 감각으로는 그 정도 넓이다. 방 한 칸치고는 매우 넓다.

중앙에 크고 둥근 무대가 있고, 그 주위를 원탁들이 둘러쌌다.

야오와 옌옌은 아직도 준비에 애를 먹느라 별채에 남아 있었다. 괴짜 군사는 긴 의자에서 자고 있었기에 놔두고 왔다.

마오마오는 조금 불안했지만 호위와 괴짜 군사가 남아 있으니 잘못해서 무슨 이상한 일에 얽히지는 않을 거라고 생각했다. 그리고 옌옌은 괴짜 군사를 다루는 솜씨가 비교적 능숙하다. 별다른 문제는 없으리라 믿고 싶다.

그런 연유로 마오마오는 라한과 라한네 형과 함께 먼저 연회장으로 나왔다.

"상석과 말석을 의식하지 않게끔 하는 배치네."

라한이 말했다. 옷이 날개라고 해야 좋을까, 몸집 작고 궁상 맞게 생긴 남자지만 나름대로 괜찮은 옷을 입고 있다. 얼핏 보기에는 수수해도 옷감은 질 좋은 것이 라한답다.

"높은 사람들이 많이 올 테니 골치가 아프겠어."

마오마오도 같은 생각이었다. 앞에 무대가 있으면 아무래도 뒷자리에 배치된 일족은 푸대접을 받는다는 인상을 느끼기 쉽다. 원형으로 만들어서 어디가 앞인지를 애매하게 만든 것은 적절한 판단일 것이다. 물론 결국은 두 줄이 될 수밖에 없었지만, 앞줄에는 간지干支에 들어가는 이름을 가진 집안을 두고 뒷줄에는 그 외의 글자를 가진 집안을 놓아 누구나 알기 쉽게끔 배치했기 때문에 아무도 불평할 수 없을 터였다.

"우, 우리는 어디 앉으면 되는 거야?"

라한네 형은 라한보다도 키가 크고 얼굴 생김새도 나쁘지 않다. 외모가 제법 괜찮은 편이다. 단, 그것은 어디까지나 가만히 서 있을 때의 이야기다.

"우와, 사람이 왜 이렇게 많아."

"형, 당당히 좀 있어."

라한이 어이없어했다. 어쩔 줄 모르고 허둥거리는 형은 어딜 어떻게 봐도 막 상경한 시골 사람 티를 벗지 못했다.

연회장에는 사람이 아직 반도 차지 않았다. 아무도 앉지 않은 원탁도 눈에 띄었다. '마馬'와 '교쿠玉'라는 글자가 적혀 있는 원탁도 있었으나, 아무도 오지 않았다.

탁자 수는 스무 개 정도였다. 한 탁자에 여덟 명이 앉을 수 있었지만 대부분의 탁자는 꽉 찰 일이 없다. 재미있게도 앉아 있는 구성이 어디든 비슷해 보였다.

'은거 노인과 젊은이의 조합이 많네.'

심지어 젊은이들의 성비가 거의 비슷하다.

마오마오 일행은 '라'라는 글자가 적혀 있는 자리에 앉았다.

"저기."

마오마오는 라한을 쿡 찔렀다.

"왜 그래?"

"혹시 여기 맞선 장소야?"

마오마오가 눈을 가늘게 떴다.

"그런 측면도 있지. 방계 출신 중 유능한 자나 외모가 뛰어난 자를 데려와서 다른 가문에 팔아넘기는 일도 드물지 않아. 또한 혈족뿐만 아니라 명가와 인연을 만들고 싶어 하는 자를 데려오는 경우도 있지. 물론 꽝도 섞여 있지만. 참고로 우리 아버지와 어머니는 이 회합에서 처음 만나셨다고 해."

'아버지'는 라한의 친아버지를 말한다.

'이거 큰일 난 거 아냐?'

야오와 옌옌을 데려오면 곤란하겠다고 생각하는 건 마오마오 하나뿐이 아니었다.

"원래는 야오 씨의 생각과 완전히 반대되는 장소야."

라한이 기가 차다는 목소리로 말했다. 마오마오가 오지 않겠다고 거절했다면 절대 데려오지 않았으리라.

라한은 야오에게 차갑게 대한다. 그런 라한의 태도는 마오마오도 충분히 이해가 된다. 야오에게는 자각이 없는 모양이지만, 라한을 향한 연애인지 경애인지 아직 확실하게 정의할 수 없는 무언가가 싹트고 있다. 상대에게 호의를 갖는 바람에 오히려 상대가 자신을 싫어하게 되다니, 정말이지 안타까운 행위다.

'빨리 포기하는 게 나을 텐데.'

하지만 야오는 그것을 모른다. 용모는 어른스럽지만 그 마음은 아직 소녀에 가깝다. 어떻게 해야 좋을지 알 수가 없어 상대에게 매달리다 상처를 입을 모습을 생각하면 가엾어지지만, 어른이 된다는 것은 그런 경험을 반복하는 일이라고도 할 수 있다.

'라한은 묘한 데서 서투르다니까.'

사춘기 소녀를 제대로 다루지 못하는 라한에게도 문제가 있다고 생각한다. 녀석의 행동은 승부욕 강한 야오 입장에서는 불에 기름을 붓는 일이나 다름없다.

그건 그렇고, 라한은 맞선 장소라는 말을 부정하지 않았지만 그렇다면 또 다른 측면은 무엇일까.

"다른 면은 뭔데?"

"차기 후계자의 얼굴을 보여 주거나 연줄 만들기, 또는 장사 관련 거래나 정치적 간섭 등도 있지. 우리 할아버님이 아주 좋아하시는 것들이 많아서 전에는 매번 참가했다고 하더라고."

라한은 연회장 바깥쪽을 흘끔 쳐다보았다. 손님방과는 별도로, 또 다른 방들이 배치되어 있었다.

"또한 휴게실은 따로 준비되어 있는데 하나같이 소리가 밖으로 잘 새어 나오지 않게 만들어졌어. 밀담을 나누기에는 딱 좋은 곳이지."

라한의 본목적은 거기에 있는 모양이었다. 아니, 신붓감 찾기로 말하자면 라한네 형의 목적일 수도 있겠지만 괴짜 군사를 데려온 시점에서 포기하는 게 낫다.

"너, 설마 무슨 악랄한 짓거리에 손을 댄 건 아니겠지? 나한테는 좋은 사람을 소개시켜 준다고 해 놓고서."

라한네 형이 동생을 추궁했다. 역시 신붓감을 찾을 수 있다는 말로 형을 낚아 온 모양이다.

"형, 나는 아름다운 것이 아니면 보기 싫어한다는 사실을 알고 있잖아?"

"그건 그렇지만 넌 어딘가 모르게 수상쩍으니까."

"맞아, 수상쩍어."

마오마오가 라한네 형의 말에 동의했다.

"사기 칠 것 같아."

"수수한 얼굴로 안심시켜 놓고서 허를 찌르는 방식의 결혼 사기."

마오마오가 덧붙였다. 라한네 형이 그 뒤를 이었다.

"정말 몹쓸 놈이야. 투자한 배가 다 가라앉아 버렸으면 좋겠어."

"선원들이 불쌍하잖아요."

마오마오는 아무 상관없는 선원들을 동정했다. 라한네 형의 말이 격해졌다.

"뭣하면 새끼발가락이 장롱 모서리에 부딪혔으면 좋겠어."

"열 손가락 끝에 전부 거스러미가 생겼으면 좋겠네."

마오마오도 수수한 저주를 내렸다.

"형이랑 마오마오는 왜 형제인 나보다 더 사이가 좋은 거야?"

라한이 토라졌다. 적어도 마오마오는 라한을 오빠로 생각하지 않는다. 차라리 라한네 형이 더 '오빠' 같다.

"음료는 무엇으로 드릴까요?"

탁자에는 각각 전용 고용인이 배치되어 있어, 불편한 점이 없도록 사소한 시중까지 들어주고 있었다.

"나는 차."

"술 있나요?"

마오마오가 눈을 빛냈다.

"적당히 마셔라."

"적당히 즐길게."

라한에게는 차가, 마오마오와 라한네 형에게는 과일주가 준비되었다. 과일주에는 소화를 돕는 향초가 담겨 있어 식전주 역할도 하는 모양이었다.

"뭐 간식 같은 건 없을까? 단것이 좋겠어. 그걸 갖다주고 나면 부를 때까지 물러나 있어도 돼."

괴짜 군사에게 먹이려는 의도도 있겠지만, 동시에 고용인들을 내보내기 위한 지시이기도 했다.

고용인이 사라지자 라한이 작은 목소리로 말하기 시작했다.

"왜 오늘 이런 연회에 참석했는지 알겠어?"

"여자야?"

마오마오는 싸늘한 눈빛으로 라한을 쳐다보았다.

"내 신붓감을 찾으러 온 게 아니야?"

라한네 형에게는 정말로 좋은 사람을 소개해 줬으면 좋겠다.

"나는 어떤 분과 친밀해지고 싶어."

"역시 여자였군."

"그럴 리가 있겠어? 저기, 오른쪽 대각선 앞 탁자 말이야."

마오마오는 시선만 오른쪽 대각선 앞으로 돌렸다. 탁자에 다섯 명이 앉아 있었다. 꽤 고령의 노인과 그 간병인으로 보이는 중년 여성, 그리고 젊은 남녀가 세 명 있었다. 두 명은 20대쯤 되어 보이는 남녀였고 나머지 하나는 아직 10살쯤 된 소년이 다. 탁자에는 '우卯'라고 적혀 있었다.

리슈 전 비의 친정이다. 출가한 리슈는 역시나 없었다.

"웬 할아버지가 있네."

"어르신이라고 부르자."

라한이 타이르듯 말했다.

"우 일족한테 무슨 볼일인데?"

우는 지금 상당히 몰락했다고 들었다. 리슈의 출가 그리고 그 부친과 이복자매가 저지른 추태가 있으니 라한 입장에서 크게 이용 가치가 있을 것 같지는 않아 보였다.

"그리고 왼쪽 대각선 앞."

다시 시선만 돌리자 나이 든 여성이 있었다. 보좌역으로 보이 는 남성이 한 명, 젊은 남녀가 다섯 명 앉아 있었다. 탁자에는 '신辰'이라고 적혀 있었다.

"웬 할머니가 있는데."

"그러니까 어르신이라고 부르자고, 응? 어르신."

라한이 어린아이 타이르듯 말했다.

"우와 신, 어르신 두 분이 뭐 어쨌는데?"

"두 가문은 40년쯤 전부터 사이가 나빴어. 옛날에는 사이가 좋았는데 선대 당주들이 크게 다투는 바람에 일족 전체가 서로 멀어지고 말았지."

"그 선대 당주가 저 어르신 두 분?"

"아니, 여성은 선대 신 당주의 부인이야. 지금은 큰마님이라고 불러야 할까. 어쨌든 당시 사정을 잘 알고 계시겠지. 그리고 우 쪽은 선대 당주이긴 했는데, 당주였던 데릴사위가 사고를 치는 바람에 은거하다 말고 다시 당주로 돌아왔고."

라한은 원탁 중앙에 놓인 과자를 집어 먹었다. 라한네 형은 과일주를 찔끔찔끔 마시며 직접 담글 수 있을지 고민하고 있었다.

"당주끼리 싸운 이유가 뭔데?"

"가보를 도둑맞은 쪽과 그 용의자래. 도둑맞은 쪽이 신, 용의자가 우."

"와, 골치 아파 보인다."

심지어 40년 전 일이라니. 이제 와서 없어진 가보가 나올 리 만무하다.

"집안끼리 사이가 나쁘다 해도 솔직히 너하고는 상관없는 일 아냐? 냉정한 말처럼 들리겠지만."

라한네 형도 작은 목소리로 말했다.

"평소에는 그렇지만, 지금은 우 일족이 약해진 상태거든. 그 부분을 파고들려 하는 나쁜 사람들이 많아."

라한은 어린아이를 가르치듯 쉬운 말로 말했다.

"시 일족이 멸망한 지 얼마 되지 않았어. 그런 가운데 또 이름 있는 일족이 사라지는 사태는 웬만하면 피하고 싶잖아?"

"그래서 사이 나쁜 두 일족을 화해시켜서 우 일족의 힘을 회복하게 해 주려고? 그렇게 잘 풀릴 것 같은 이야기도 아니고, 무엇보다 40년 전의 사건을 정말로 해결할 수 있을까?"

라한네 형의 말에 마오마오도 고개를 끄덕였다.

"보통은 그렇겠지. 하지만 말이야, 신 일족은 아직도 가보를 찾으려고 애쓰는 중이래. 만일 찾을 수 있다면 상당한 빚을 지울 수 있지 않겠어?"

라한의 안경 안쪽 눈동자가 간사하게 빛났다.

"그게 본래 목적이었군."

마오마오는 과일주를 마시며 말했다.

"그리고 신경 쓰이는 게 있어. 전에 아버님 집무실에서 누가 목매단 사건이 있었잖아."

"그거랑 무슨 상관인데?"

"범인은 관녀 세 명이었지만, 그 세 사람의 출신 가문이 전부 신 일족과 관계가 있는 집안이라고 한다면?"

"……."

"협력 좀 해 다오, 동생아."

마오마오는 말없이 술을 전부 다 들이켰다.

"40년 전 사건을 해결하기는 어렵겠지만. 마오마오, 형. 그리고 아버님. 가능하면 뤄먼 작은할아버님까지 모셔 오고 싶었지만 그건 무리였어. 뭐, 세 사람이 모이면 문수보살의 지혜도 나온다고 하니 어떻게든 되지 않을까?"

마오마오는 우 일족이 어쩌다 지금 같은 상황이 되었는지 알고 있다. 구제 불능 데릴사위 때문에 우 일족 본가의 힘이 약해지고 말았다니, 그리 기분 좋은 일은 아니다.

그런 이야기를 하는 사이 겨우 야오와 옌옌이 들어왔다.

'필요 최소한으로만 치장하겠다더니.'

야오는 상당히 멋을 부렸다. 물론 옌옌의 손을 거쳤으므로 장식을 과하게 덕지덕지 달아 준 것은 아니고 어디까지나 아는 사람 눈으로 볼 때 고집이 느껴지는 옷과 머리 모양, 장식품이라는 뜻이다.

마오마오에게도 옌옌의 안목으로 고른 옷이 준비되어 있었는데 매우 품위가 있었다. 옌옌은 야오 전속이 아니라 해도 어디든 충분히 갈 곳 많은 일류 시녀이리라.

'오히려 아내로 맞이하고 싶어 하는 사람이 많을 것 같은데.'

이러한 아내의 감각은 곧 남편의 품성으로 연결된다. 좋은 집안일수록 취향이 저급한 아내를 얻으려 하지 않는다.

"이 이상 머리 모양에 집착할 필요는 없다니까."

"아아, 조금만 더, 조금만 더 기다려 주세요."

옌옌은 아직도 빗과 동백기름을 들고 있다. 괴짜 군사가 멍한 얼굴로 따라왔다. 가끔 휘적휘적 엉뚱한 방향으로 가려 하면 호위 한 명이 끌고 온다.

'감시 담당도 힘들겠네.'

오늘은 일 때문에 온 것이 아니기 때문에 유능한 부하들 대신 호위가 감시를 맡고 있다.

"늦어서 죄송합니다. 옌옌이 끈질겨서요."

야오가 고개를 숙였다. 라한은 웃고 있으나, 웃기만 할 뿐 앉으라는 말 한마디 하지 않았다.

'여전히 쌀쌀맞네.'

라한은 여자 관계를 깔끔하게 유지하고 싶어 한다. 그래서 쓸데없이 좋은 집 아가씨인 야오의 눈에 들어서는 곤란하다. 상대에게 기대를 심어 주지 않는 일도 남녀 관계에서는 필요하다고 생각하지만, 솔직히 말하면 악수를 두는 상황이다.

"아가씨를 언제까지 세워 둘 생각인지⋯."

옌옌이 작은 소리로 말하며 얼굴을 찡그렸다. 옌옌의 반감은 확실히 사고 있다.

하지만 야오는 전혀 신경 쓰지 않고 웃고 있었다. 누군가가 반대하면 오히려 불타오르는 성격이라 해도 좋으리라. 라한을 향한 야오의 감정이 연애 감정인지 존경심인지, 아니면 지금까지 한 번도 만나 본 적 없는 유형의 남자에 대한 호기심인지는 아직 애매하다.

"미안. 이럴 때는 어떻게 해야 하더라?"

라한네 형이 일어나서 야오와 옌옌이 앉을 의자를 당겨 주었다.

"감사합니다, 라한네 형."

야오는 라한네 형의 재촉을 받고 의자에 앉았다.

"하하하하하…."

라한네 형이 쓸쓸한 웃음을 지었다. 야오조차 호칭이 '라한네 형'으로 정착된 모양이었다. 옌옌도 라한네 형을 향해 정중히 고개를 숙였다.

"슬슬 시간이 됐네."

이미 다른 가문 사람들은 모두 자리에 앉고, 마 일족의 자리도 채워져 있었다. 마 일족의 자리에는 바센과 마메이가 보였다.

'어젯밤에 없었던 이유가 이거였구나.'

이렇게 왁자지껄한 자리라면 취에가 나서서 오고 싶어 할 줄 알았는데 없었다. 몸이 좋지 않으니 일부러 피하는지도 모른다.

"마오마오."

마오마오 옆에 앉아 있던 라한을 밀어내고 괴짜 군사가 옆자리에 앉았다. 마오마오는 위협하듯 이를 딱딱 부딪쳤다.

"그 옷 귀엽구나. 하지만 머리가 아쉬우니까 내가 비녀를 꽂아 주고 싶은데, 어떠니?"

괴짜 군사가 알랑거리는 목소리로 말하며 마오마오에게 비녀를 내밀었다.

"으아아…."

라한네 형은 참지 못해 소리를 내고, 라한은 시선을 피했다.

은으로 만든 그 비녀는 검 모양인 데다 용이 휘감고 있었다. 심지어 사슬로 자수정 해골이 달려 있어 딸랑딸랑 소리가 났다.

검에, 용에, 해골. 관례 치르기 전 연령대의 남자아이들이 좋아할 만한 요소가 가득했다.

"용과 해골이 함께 달려 있는 건 너무 불경스럽지 않을까요? 자수정도 좀 미묘한데요."

야오가 지극히 진지한 얼굴로 감상을 말했다. 마오마오 및 그 외의 인간들은 보일 듯 말 듯 고개를 가로저으며 '아니, 그것 말고도 할 말은 많지만' 하는 표정을 지으면서도 아무 말도 하지 않았다.

라한네 형이 "옛날에는 좋아했는데 말이야~" 하고 중얼거린 것도 못 들은 척했다.

"불경스러우니까 싫어요."

마오마오는 단호히 착용을 거부했다.

"그렇구나."

괴짜 군사가 시무룩한 표정을 지었다.

"주는 건 받겠지만요."

마오마오가 비녀를 받아 들자 괴짜 군사의 얼굴이 환해졌다.

'부숴서 금속으로 팔아야지.'

소재만 보면 꽤나 좋은 것을 썼다. 지금까지 괴짜 군사가 가져다준 장식품들은 전부 그렇게 금속이 되었다.

"마오마오, 다음에는 어떤 비녀가 필요하니?"

"순금. 불순물 없는 걸로."

"그래, 순금이란 말이지."

"동생아, 우리 집안 빚을 너무 늘리지 말아 다오."

라한이 절박한 표정을 지었다. 지금 도대체 빚이 얼마나 있는 걸까.

그런 이야기를 하고 있는데 징 소리가 울려 퍼졌다. 시작 시간이 되고, 원탁들 사이의 중앙 무대에 추 일족 호호 할아버지가 올라섰다.

"여러분, 모여 주셔서 감사합니다."

호호 할아버지가 싱글싱글 웃으며 인사를 하면서 빙글빙글 돌았다. 침착하지 못하고 우스꽝스러운 행동처럼 보이지만 상석과 말석을 따로 구분하지 않은 이상, 한 방향으로만 인사를 할 수는 없다는 배려였다.

"5년 만에 개최하는 자리이다 보니 지난번과 여러모로 다른 점이 있습니다만."

'시 일족이 사라지고 교쿠 일족이 늘어난 이야기 말일까.'

교쿠 일족의 자리에 교쿠요 황후나 교쿠엔은 없었다. 대신 서른이 좀 넘어 보이는 남녀가 두 명 앉아 있었다.

마오마오는 교쿠엔의 자식들이 아닐까 추측했다. 그리고 다른 자리는 어떤가 싶어 주위를 둘러보았다.

"마오마오, 너무 두리번거리면 보기 흉해."

야오는 조금 긴장이 되는지 홍조를 띠고 있었다.

하지만 추 일족의 호호 할아버지는 이야기가 길었다. 손님들을 배려하는 마음이 있다면 이야기 길이도 조절해 주었으면 좋겠다.

괴짜 군사는 비녀로 만족했는지, 라한이 미리 부탁해 놓았던 과자를 먹기 시작했다. 비교적 얌전하지만 뒤에서 호위가 눈을 빛내고 있다.

'이야기가 너무 길어.'

이야기는 끝나지 않지만 요리가 계속 날라져 오는 것이 그나마 다행이었다. 원탁 중앙에는 집오리 통구이와 해파리 무침에 피단皮蛋, 죽순 볶음 등이 차려졌다.

'집오리…'

마 일족의 원탁을 슬쩍 쳐다보니 바센이 복잡한 표정을 짓고 있었다. 집에 있는 반려오리를 떠올렸음이 분명했다.

"불쌍하긴 하지만 어쩔 수 없지. 가축이니까."

라한네 형은 그 정도쯤은 충분히 구분할 수 있는지 고용인이 잘라서 나눠 준 오리고기를 맛있게 먹었다.

마오마오는 탁자에 놓인 황주黃酒 병을 집으려 했다.

"안 돼."

라한이 술병을 빼앗았다.

"왜?"

마오마오가 불만스러워하며 눈을 가늘게 떴다.

"넌 할 일이 있으니까 술은 적당히 마셔."

라한은 고용인에게 명령하여 주류를 전부 치워 버렸다. 주정이 적은 과일주만 간신히 남았다.

마오마오는 말없이 식사나 하기로 했다.

아저씨들의 이야기는 길다. 추 일족 호호 할아버지에 이어, 어느 일족인지 모를 은거 노인이 리국의 역사에 대해 이야기하기 시작했다.

다 끝났을 무렵에는 30분 정도가 흘렀고, 마오마오의 배에도 요리가 꽤나 찼다.

"그럼 여러분, 자유롭게 환담을 나누어 주십시오."

그 말을 얼마나 기다렸던가. 연회장에 있던 모두가 우레와 같은 박수를 보냈다.

중앙 무대에서 은거 노인들이 내려오자 화려한 옷을 입은 무희들이 올라갔다. 어깨천을 교묘하게 흔들며 춤추는 모습은 상당히 볼만했다. 굳이 따지자면 느슨한 분위기의 회합이었기에

음악도 젊은이들이 좋아하는 명랑한 음색이어서 환담도 꽃이 피었다.

젊은이들은 자리에서 일어나 주위에 인사를 하며 돌아다니기 시작했다.

아름다운 여성에게 말을 거는 자, 다른 가문의 장에게 인사를 하는 자, 지인에게 지인을 소개하는 자.

인솔 담당인 장로들은 앉은 채 그 모습을 흐뭇하게 바라보았으나 개중에는 장로 쪽에서 마음에 들었는지, 장로가 먼저 인사를 거는 곳도 있었다.

젊은이들끼리는 이미 파벌이 생겼는지 재빨리 밀담실로 향하는 자들도 있었다.

그리고 마오마오네 자리로 말할 것 같으면….

"아무도 안 오네."

라한네 형이 탕을 먹으며 말했다.

"기다리는 게 지루하다면 직접 돌아다녀도 괜찮아, 형."

라한은 아직 더 천천히 식사를 즐기고 싶은지 일어날 기색이 없었다.

"아니, 그럴 수도 없잖아."

라한네 형은 일반적인 감성의 소유자이기 때문에 이 원탁만 소외당하고 있다는 사실에 마음이 불편한 모양이었다.

"옌옌, 이 요리 맛있다."

"네, 아가씨. 다음에 똑같이 만들어 드릴게요."

야오와 옌옌으로 말하자면 아무도 다가오지 않으리라는 사실을 예상하고 왔는지 차분한 분위기였다.

마오마오도 요리를 즐기면서도 본론을 잊지는 않았다.

"그래서 야오 씨한테 계속 집적거린다는 그 몹쓸 놈은 왔어요?"

"안 왔는데, 가문 자체는 참가했어."

"어느 일족인데요?"

"신 일족."

'맙소사.'

마오마오는 라한을 흘끔 쳐다보았다. 라한의 안경 안쪽 가느다란 눈이 귀찮다는 듯 날카로워졌다.

"이제부터 얘기하러 가려는 참이야."

야오가 자리에서 일어나려 했다.

라한과 마오마오, 그리고 라한네 형은 당황했다. 방금 전 나누었던 우와 신 일족 사이의 불화 이야기를 야오와 옌옌은 모른다. 참고로 라한네 형은 이 문제와 아무 상관없는 사람인데도 분위기를 파악하고 함께 대처하고 있다. 정말이지 좋은 사람이다.

"잠깐 기다려 주세요."

마오마오는 라한과 눈빛을 나누었다.

'야오에게 우와 신 일족 이야기를 설명하는 게 좋을까?'

하지만 옌옌은 몰라도 야오는 귀찮다. 끼어들지 못하게 하는 편이 낫겠다는 판단에, 마오마오는 크게 한숨을 내쉬었다.

"신 일족에 연줄 있어요?"

"…없어."

야오는 머쓱한 얼굴로 대답했다.

"네, 없을 거라고 생각했어요. 그러니까 야오 씨가 느닷없이 일족의 중진에게 한 말씀 드리러 찾아가는 건 무례한 행위가 아닐까 싶어요."

"그건 나도 알아."

야오가 살짝 입을 삐죽였다.

'1년을 못 본 사이 조금은 어른이 됐나?'

마오마오는 라한을 바라보았다. 라한은 이미 야오와 옌옌의 상황을 파악하고 있을 터였다.

"나는 이제부터 신 일족에 거래 상담을 요청하러 갈 거야. 우선 우리가 먼저 가서 이야기를 터놓고 싶어. 야오 씨 입장에서는 자신이 겪고 있는 골치 아픈 문제를 빨리 해결하고 싶어 하는 건 이해하지만, 두 사람은 원래 외부인이야. 괜히 나섰다가 우리 가문에 적자가 나기라도 하면 당장 집에서 내쫓을 거야."

라한의 말은 신랄했지만 맞는 말이었다. 야오는 입술을 깨물고, 옌옌은 무시무시한 표정을 지었다.

'오히려 변하지 않은 건 옌옌이네.'

옌옌 쪽을 해결하지 않으면 야오가 성장할 수 없는 게 아닐지 걱정된다. 옌옌을 달래 줄 만한 사람이 없을까.

"그러니까 우리가 먼저 신 일족과 이야기를 나누고 올게. 그 사이 너희는 여기 남아 있어 줘. 물론 우리 이야기가 끝나면 너희를 소개해 줄 거야."

"질문이 있는데, 저희끼리만 남아 있으면 귀찮은 일이 벌어지지 않을까요?"

옌옌이 눈꼬리를 치켜올린 채로 라한에게 말했다.

"괜찮아. 형이 대신 있어 줄 테니까."

"뭐어?!"

라한네 형은 처음 듣는 이야기라는 듯, 저도 모르게 벌떡 일어났다.

"그, 그런 얘긴 못 들었는데."

라한이 라한네 형의 어깨를 툭툭 쳤다.

"형, 아름다운 여성 단둘만 남겨 두고 갈 수는 없잖아. 미안하지만 여기서 두 사람을 지켜 줄 수 있을까?"

라한네 형은 야오와 옌옌을 바라보았다.

라한은 라한네 형에게 살짝 귓속말을 했다.

"아버님은 교섭 자리에 필요 불가결한 분이야. 남자들이 전부 자리를 비우면 문제가 되지 않겠어? 부탁이야, 믿을 사람은 형밖에 없단 말이야."

몰래 귓속말을 하는 것 같지만 다 들린다.

"윽, 알았어."

라한네 형이 꺾였다.

"덕분에 살았어, 형."

마오마오는 옆으로 시선을 돌리며 저런 식으로 서도에도 끌고 갔겠구나 하고 눈치를 챘다. 라한네 형은 사람이 좋아도 너무 좋다.

약사의 혼잣말

3 화 ∶ 신 일족의 가보

　시각을 알리는 종소리가 울려 퍼졌다.

　"자, 그럼 슬슬 가 볼까요?"

　라한이 일어섰다. 마오마오도 할 수 없이 일어서자 괴짜 군사가 멍하니 따라왔다.

　"그럼 형, 부탁할게."

　"알았다, 알았어."

　라한네 형은 다소 불편한 표정으로 대답했다.

　호위는 두 명 남기고, 한 명만 마오마오 일행과 동행했다. 지금까지 괴짜 군사를 계속 감시하던 호위였다.

　"얼판=番, 아버님이 헤매시지 않도록 잘 봐 줘."

　"알겠습니다."

　얼판이라 불리는 것을 보니 괴짜 군사가 데려온 인재인 모양이었다. 알기 쉽다.

30대 중반쯤 되는 장년으로 호위답게 건장한 체격이었다. 부석부석 부은 눈에 생기가 없는 인물이었지만 연중 괴짜 군사 감시하는 일을 하다 보면 대부분의 인간들은 이렇게 된다.

신 일족도 자리에서 일어섰다. 건너편에서는 큰마님과 보좌 담당인 남자, 그리고 젊은 남자 한 명이 연회장을 나섰다. 라한이라면 신 일족과 미리 연락을 취해 시간과 장소를 정해 놓았을 터였다.

예상대로 라한은 신 일족과 같은 밀담실로 들어갔다. 다른 밀담실도 몇 곳이 이미 사용되고 있는지, '사용 중' 팻말이 걸려 있었다.

방 안에는 긴 탁자가 하나, 그리고 양쪽으로 의자가 3개씩 놓여 있었다.

3 대 3, 그리고 호위가 한 명씩.

"이거, 이거. 이번에는 **제** 요청을 받아들여 주셔서 감사합니다, 신 일족의 큰마님."

'꽤나 **저자세**로 나가네.'

라한은 평소보다 훨씬 더 짙은 영업용 미소를 짓고 있었다.

괴짜 군사는 평소와 다름없었고, 얼판의 손에는 과일 음료 병과 달콤한 냄새가 풀풀 풍기는 봉지가 들려 있었다.

"후후후후, 큰마님이라니 말은 참 그럴싸하네. 그나저나 고고한 라 일족의 요청이란 게 대체 뭘까요?"

'고립무원이 아니고?'

마오마오는 그렇게 생각하면서도 입을 다물고 있었다. 라한이 먼저 입을 연 이유는 괴짜 군사가 멀쩡한 인사를 할 만한 상태가 아니기 때문이었다. 본래 자기보다 윗사람과 대등하게 대화를 나누는 것은 바람직한 일이라고 생각하지 않는다.

"일단 앉을까요?"

큰마님이 말을 꺼냈기에 겨우 앉을 수 있었다. 참고로 괴짜 군사가 멋대로 먼저 앉으려는 것을 얼판이 막았다.

마오마오는 순서상 맨 마지막에 앉았다. 괴짜 군사 옆에 앉을 수밖에 없었기에, 의자를 젖혀서 살짝 거리를 두었다.

'라한, 나중에 약초든 뭐든 톡톡히 뜯어낼 거야.'

마오마오 입장에서는 여러모로 인내심이 요구되는 회합이었다.

"그래서, 우리한테 아주 멋진 제안을 해 줄 거라고 들었는데요."

큰마님은 위엄과 젊은 시절 미모의 편린이 남아 있는 중년 여성이었다. 라한 입장에서는 다루기 아주 편한 상대이리라.

"40년 전, 신 일족이 잃어버린 가보를 찾아 드리겠다고 한다면 어떻게 하시겠습니까?"

"후후후후후후."

큰마님은 둥근 부채로 입가를 가리고 우아하게 웃었다. 옆에 앉은 보좌가 어처구니없다는 표정을 짓고 있었다.

"어디서 그런 이야기를 들었을까요? 이제 와서 찾아낸다는 건 불가능한 이야기일 텐데요?"

"하지만 선대 당주였던 큰마님의 부군께서 돌아가시기 직전까지 찾아다녔다고 들었습니다. 바로 3년 전까지."

라한의 목소리는 도발적으로도 들렸다. 신 일족의 젊은이가 눈썹을 움찔하는 모습을, 마오마오는 놓치지 않았다.

'너무 시비 걸지 말라고.'

"그래요, 맞아요. 자기 대에서 가보를 잃어버렸다는 게 얼마나 부끄러운 일인지 알겠어요? 남편이 그 때문에 얼마나 고민했는지 몰라요. 무엇보다 절친한 친구였던 우 일족의 장을 도둑 취급하고, 싸워서 헤어졌을 정도니까요."

"유명한 이야기군요. 우 일족이 훔쳤다고 궁중에서 고함을 지르며 검을 뽑아 드셨다는."

가볍게 이야기하지만 상당한 대사건이다. 여차하면 그 자리에서 처치당했을지도 모르는 짓거리가 아닌가.

"부끄러운 이야기죠. 남편은 무예에 능한 사람이었지만 다혈질인 데가 있었거든요. 그렇기 때문에 냉정하게 타일러 준 우 일족의 장이 있어서 다행이었고요."

큰마님은 슬픈 듯 눈썹을 내리깔았다. 머리카락은 새하얀 데 비해 눈썹에는 아직 검은 털이 드문드문 섞여 있었다.

'큰마님은 우 일족에 동정적이네.'

하지만 그것은 신 일족 전체의 의견이 아니었다. 옆에 있던 젊은이가 벌떡 일어섰다.

"할머님! 왜 우 일족을 감싸시는 거죠? 그렇다면 가보는 어디로 갔단 말입니까?"

젊은이는 20대 중반쯤 되어 보였다. 신 일족은 마 일족과 마찬가지로 무인 일족일까. 체격도 듬직했다. 큰마님의 손자라서인지 얼굴 생김새는 곱상하지만 전체적으로 사내 냄새가 풀풀 풍겼다.

"가보는 사라졌단다. 할아버님이 임종 때 말씀하시지 않았니? '더는 찾지 않아도 된다'고."

"하지만!"

"그만해라."

보좌 담당이 젊은이를 말렸다.

'혹시 이 녀석이 연애편지를 보낸 녀석 아냐?'

마오마오는 그렇게 생각했으나 야오 말로는 그 상대가 오지 않았다고 했으니 다른 사람이리라.

"우 일족 운운은 둘째 치고, 모든 분들이 다 가보를 포기한 건 아닌 모양이군요."

라한이 일부러 그러는 것처럼 말했다.

"할머님, 라 일족이 힘을 빌려줄 모양입니다. 그런데도 찾을 수 없다면 포기해야겠지만, 그래도 발버둥 칠 수 있을 때까지 발버둥 쳐 보면 안 되겠습니까?"

"통 체념을 못 하는 아이구나."

큰마님이 어처구니가 없다는 듯 한숨을 내쉬었다.

"아버님, 어떻게 할까요?"

"응?"

라한이 괴짜 군사에게 물었다. 괴짜 군사는 얼판이 준 마화를 깨물어 먹고 있었다. 그것을 다 먹어도 탁자 위에 아직 단것이 놓여 있으니 한동안은 견뎌 주리라.

"아버님의 시간만 낭비했네요. 특별한 부탁이라고 하기에 시간을 할애했는데. 일부러 상대방 쪽에 부담을 주지 않기 위해, 저희 쪽에서 요청하는 형식을 취했는데 말이죠."

라한이 안타깝다는 듯 고개를 가로저었다.

"이게 어떻게 된 일이니?"

큰마님이 손자를 쳐다보았다.

"이렇게라도 하지 않으면 찾을 수 있는 것도 못 찾지 않겠습니까!"

"네가 부탁한 일이었구나?"

"네, 맞습니다."

신 일족의 사람들이 괴짜 군사를 응시했다. 원래는 건드리지 말라는 딱지가 붙은 남자다. 괴짜 군사가 먼저 말을 건다면 모를까, 신 일족이 먼저 접촉했다면 이야기가 달라진다.

라한이 접촉한 상대는 이 손자였으리라. 신 일족 입장에서는 선대의 죽음과 함께 가보 찾기를 끝냈지만, 일부는 납득하지 않았다. 어떻게든 찾아내고 싶은 참에, 라한이 세 치 혀를 능수능란하게 놀리며 접근했으리라는 상상은 너무나 쉽게 할 수 있었다.

라한은 난처한 표정을 지었으나 그 두꺼운 낯가죽 속에서는 히죽히죽 웃고 있을 것이 분명했다.

"글쎄요. 40년이나 된 일이라면 아무리 아버님이라 해도 모르실 수도 있겠군요. 하지만 불러내서 아무 이야기도 해 주지 않는다니, 그건 사람을 바보 취급하는 일 아닙니까? 그러니 이야기만이라도 듣고 갈 순 없을까요?"

그 세 치 혀가 어찌나 잘도 술술 나불대는지 마오마오는 감탄이 나올 정도였다. 신 일족의 손자가 먼저 이야기를 꺼냈다고는 하지만 그렇게 하도록 유도한 것은 라한이 틀림없다.

신 일족은 복잡한 표정이었다. 보좌 담당과 손자가 큰마님의 안색을 살폈다.

"알겠습니다."

큰마님이 꺾였다.

"만일 가보를 찾지 못한다 해도 문제는 없어요."

"그건 고마운 말씀이군요."

"그럼 남편이 늘 설명하던 내용을, 내가 보충하면서 이야기하도록 하지요."

큰마님이 커다란 한숨을 내쉬었다.

○ ● ○

우선 우리 집안의 가보에 대해 설명하겠어요.

가보가 어떤 모양이었느냐 하면, 구슬을 든 황금용 장식품이었답니다. 용이라는 진기한 짐승을 가보로 삼은 이유는 우리 집안이 받은 글자가 '신辰'이라는 점, 그리고 가문을 처음 일으킨 경위와 관련이 있지요.

신 일족은 황족의 방계로서 이름을 받았습니다. 따라서 진귀한 짐승인 용을 상징하는 '신'이라는 글자가 주어졌어요.

가보를 하사받은 것은 여섯 대 전의 시대였지요. 신 일족에게 내려졌다기보다는, 황족의 지위에서 내려온 아들이 받은 선물이라고 하는 편이 옳을 거예요.

그 대의 동궁은 몸이 약했고, 형제가 많았다고 합니다. 동궁은 자신이 제위에 오르기보다는 우수한 동생이 황제가 되는 편이 낫겠다고 아버님이셨던 황제 폐하께 직소했다고 해요.

하지만 천거된 동생은 우수했으나 생모의 지위가 너무 낮았답니다. 그래서 동궁은 궁중의 내란을 방지하기 위해 출가를 결심했다고 합니다. 그러나 황제 폐하는 그것을 원치 않으셨죠.

동궁의 결심은 굳었기에, 우여곡절 끝에 최종적으로 황족의 지위를 포기하는 것으로 이야기가 정리되었습니다.

때마침 그때 직계 중 사내아이가 없었던 신 일족의 사위로 들어오게 되었던 겁니다.

동궁은 몸이 약했으나 총명한 분이셨기 때문에 황제 폐하께서도 퍽 귀여워하셨다더군요. 그래서 설령 황족이 아니라 하더라도 아들이라는 증거로 구슬을 든 용 장식품을 선물하셨다고 합니다.

그래요, 맞아요. 황위 계승권은 없지만 우리 집안 남자들에게는 황족 남성의 피가 흐르고 있어요.

전제는 이 정도로 해 둘까요.

어쩌다 가보를 잃어버렸는지에 대한 이야기였죠.

40년 전, 우리 집안 창고에 화재가 발생했어요. 커다란 화재였답니다. 혼신의 소화 작업과 큰 비 덕분에 안채에 불이 옮겨 붙지는 않았지만, 창고 안에 있던 물건들은 대부분 불타 버리고 말았어요.

가보인 용 장식품도 그 안에 있었죠. 화재로 불타서 녹아 버렸다면 더 이상 가보도 무엇도 아니죠, 그렇지 않아요?

하지만 남편은 가보가 절대 소실되지 않았다고 주장했어요. 누군가가 훔쳤다, 가지고 나갔다, 그리고 그 범인이 바로 우 일족이라고 지명한 거예요.

이유는 당시 우 일족의 장이 마침 화재 때 우리 집을 방문했기 때문이었어요.

우 일족의 장은 남들보다 **빠르게** 화재를 알아차리고, 대량의 물을 나르거나 근처의 오두막을 부수는 등 불길이 퍼지는 것을 막아 주었어요.

옆에 지어져 있던 저택까지 불타 버리지 않은 건 우 일족 덕분이라고 해도 좋을 정도인데, 남편은 은인의 얼굴에 먹칠을 하는 짓거리를 저지른 거예요.

우 일족이 화재 현장에서 도둑질을 했다, 고귀한 혈통을 물려받은 신 일족을 질투한 나머지 가보를 훔쳐서 달아났다고 주장한 거죠.

남편의 마음도 이해 못 할 건 아니에요. 남편은 먼저 배반한 게 우 일족이라고 말하고 싶었던 거겠죠.

당시 우 일족은 여제…라 불러도 좋을까요, 당시 황태후의 파벌에 속해 있었어요. 황위 계승권이 없어도 황족의 피를 물려받았다는 자긍심을 갖고 있던 남편은 어디서 굴러먹다 온 말 **뼈**다귀인지 모를 여자에게 고개를 숙일 생각은 없다고 호언장담하고 다녔답니다. 그 말투는 천자의 모친께 불경한 정도를 넘어 모반을 의심받을 수도 있는 수준이었지요.

지금 생각해 봐도 무섭네요. 그 시대에 여제의 역린을 건드렸다가 신 일족이 정말로 몰살당하지 않은 게 신기할 정도예요.

내가 가보 따위 찾을 필요 없다고 말한 이유를 알겠지요?

나는 가보가 불탄 창고와 함께 사라졌다고 생각해요. 녹아서 없어진 물건이 이제 와서 찾는다고 나올 리가 없지요.

그 말을 믿지 않고 계속 가보를 찾아 헤매던 남편은 자식과 손자들에게 가보가 반드시 어딘가에 있을 거라고 늘 말했어요. 그 결과가 우 일족과의 불화로 이어졌고요.

○ ● ○

큰마님은 이야기를 끝낸 뒤 천천히 차를 마셨다. 밀담실에는 추 일족의 고용인이 없었으므로 각각의 호위들이 준비해 준 차였다.

'황위 계승권이 없는 구 황족.'

마오마오는 흐음 하고 턱을 쓰다듬으며 괴짜 군사를 쳐다보았다.

"왜 그러니, 마오마오?"

괴짜 군사는 금세 마오마오의 시선을 알아차렸다.

"……."

마오마오는 순간 무시하고 싶었지만 이야기가 진행되지 않으면 곤란하기에 꾹 참았다.

"방금 전 이야기에 거짓말은 없었나요?"

마오마오는 하기 싫은 마음을 억누르며 괴짜 군사에게 귓속말을 했다.

"거짓말? 으음….."

괴짜 군사의 반응으로 볼 때 거짓말은 없었던 것 같았다. 그리고 묘하게 기뻐 보이는 표정이 마오마오는 마음에 들지 않았다.

마오마오는 재빨리 괴짜 군사에게서 떨어졌다.

방금 전 이야기에는 아무래도 마음에 걸리는 부분이 너무 많다.

그리고 라한은 마오마오의 그런 표정을 놓치지 않는다.

"잠깐 괜찮을까요?"

라한이 손을 들었다.

"무슨 일인가요?"

"아뇨, **제**가 아니라 동생이 이야기를 듣고 싶다고 해서."

라한은 마오마오를 쳐다보고는 재주 좋게 한쪽 눈만 끔뻑했다.

'이 자식이.'

마오마오는 라한의 발가락 끝을 짓밟아 주고 싶었지만 중간에 괴짜 군사가 끼어 있는 바람에 밟을 수가 없었다. 그래서 대신 괴짜 군사의 발을 밟았다.

"?!"

괴짜 군사는 비명을 지르려 했지만 마오마오가 밟았다는 것을 알고는 기분 나쁜 웃음을 지었다.

마오마오는 무시하고 크게 숨을 내쉬었다.

"그럼 기회를 주신 것을 감사하며, 몇 가지 질문을 드리도록 하겠습니다."

방금 전 이야기에서 마음에 걸린 부분을 말하자면….

"가보인 용 장식품이 구체적으로 어떻게 생겼는지 가르쳐 주십시오."

"구체적인 생김새? 크기는… 직접 그려서 보여 주는 편이 좋겠네요."

보좌가 큰마님에게 종이와 필기도구를 건넸다. 큰마님은 훌륭한 용 그림을 술술 그렸다.

"정말 잘 그리시네요."

마오마오가 솔직하게 감탄했다.

"문외한의 취미일 뿐이죠."

큰마님이 그린 용은 마오마오가 상상하던 일반적인 용의 모습이었다. 큰 뱀처럼 기다란 몸통에 뿔이 두 개. 발톱이 달린 앞발로 구슬을 들고 있으며 갈기가 달려 있다. 실제 크기로 그렸다면, 3치* 정도 되는 받침대에 용이 앉아 있는 셈이다.

'생각보다 작은데.'

※3치 : 9센티미터.

딱히 이상한 점은 없어 보였다, 한 곳을 제외하면.

그리고 마오마오가 알아차렸다면 눈 밝은 라한이 모를 리가 없다.

"발가락이 네 개인가요?"

라한의 말대로 구슬을 쥔 용의 발가락이 네 개로 그려져 있는 것처럼 보였다.

"네, 맞아요. 본래 황족이 아니면 허용될 수 없는 발가락 개수지만 당시의 황제가 그만큼 동궁을 사랑하셨다는 뜻이죠. 설령 신하로 격하된다 해도 아들임은 틀림없다는 증거로 말이에요. 구슬도 자수정으로 만들어져 있었고요."

보라색은 노란색 다음가는 고귀한 색으로 알려져 있다.

'황태후가 즐겨 입던 옷은 노란색이지만.'

가장 고귀한 색은 황단黄丹이라 불린다. 황제 외에는 사용이 금지되어 있는, 붉은 기운이 도는 노란색이다.

"용 조각상의 재료는 순금이었나요?"

"아뇨, 순금이 아니라 은이 섞여 있지 않았을까 싶어요."

순금은 부드럽다. 가공하기 쉽지만 동시에 망가지기도 쉽다. 은을 섞는 이유는 강도를 높이기 위해서다.

마오마오는 머릿속으로 정보를 모으기 위해 눈을 감았다.

'서로 다른 금속을 섞어 만든 합금은 녹는 온도가 낮아지는 경우가 있지. 하지만 금과 은을 섞는다고 그렇게까지 낮아질

것 같진 않은데.'

큰마님의 이야기가 거짓이 아니라면, 가보는 완전히 녹아 없어졌다는 말이 된다.

"다시 한번 화재 상황을 구체적으로 가르쳐 주실 수 있을까요?"

하지만 신 일족의 손자가 의자에서 벌떡 일어섰다.

"아아, 그만 됐어! 할머님, 설명 따위는 하실 필요 없어요. 우 일족을 족치는 게 이야기가 빠를 겁니다. 가시죠!"

할머님의 손을 잡아끄는 손자의 머리에 보좌가 주먹을 내리쳤다.

"진정해."

"윽."

손자가 머리를 부둥켜안았다.

'와~ 어디서 많이 본 것 같은 광경이네.'

무투파 가문 사람들은 다들 육체 언어로 이야기하는 걸까. 가오슌과 바센이 눈앞에 보이는 듯했다.

"이야기를 계속해도 되겠습니까?"

라한이 큰마님에게 확인했다.

"그래요."

"그렇다는데."

라한이 마오마오에게 발언권을 넘겼다.

"화재의 원인은 무엇이었나요?"

마오마오는 다시 정신을 차리고 질문했다.

"…서고의 등불이 옮겨 붙은 게 원인이에요."

"그렇군…요!"

마오마오는 다급히 옆구리를 꾹 눌렀다. 괴짜 군사가 느닷없이 손가락으로 찌른 것이다.

'뭐야, 이 자식!'

마오마오는 화풀이가 아니라 정말로 괴짜 군사의 발가락을 밟아 줄까 생각했다.

하지만 외알 안경 괴짜의 눈이 기묘하게 빛나고 있었다. 물어오라는 명령을 받고 장난감을 물어 온 개가 보이는, 칭찬받고 싶어 하는 얼굴이었다.

'혹시 방금 큰마님이 거짓말을 했다는 얘기인가?'

괴짜 군사의 가느다란 눈이 더욱 가늘어졌다.

거짓말을 가르쳐 준 건 고맙다. 하지만 손가락으로 찔린 건 불쾌했기에 손을 찰싹 때려 놓았다.

'화재의 원인을 얼버무리는 이유가 뭘까?'

마오마오는 곰곰이 생각에 잠기며 다음 질문을 던졌다.

"창고는 구체적으로 얼마나 탔나요?"

큰마님은 기억을 더듬듯 고개를 숙였다.

"창고가 아주 무너지지는 않았어요. 하지만 그 안은 온통 시

커멓게 그을렸고, 서적 등 잘 타는 물건이 많았기 때문에 내용물은 거의 남아 있지 않았답니다."

"서적은 전부 못쓰게 되었군요. 그럼 가구 종류도 다 망가졌나요? 항아리 같은 게 있었다면 혹시 무사했나요? 아니, 미술품이라면 가치를 잃어버렸겠지만요. 검이나 갑옷은 없었나요?"

"창고에 미술품으로서의 검과 갑옷이 몇 개 있었고, 대대로 물려받아 쓰던 혼수용 가재도구가 불길에서 좀 떨어져 있었는지 타다 남았던 것이 기억나네요."

이 말에는 괴짜 군사도 반응하지 않았다.

"그럼 마지막으로 우 일족이 화재를 진압했다고 말씀하셨는데, 손님이 본래 방문할 예정이었나요? 아니면 우연히 지나가던 길이었나요?"

"우 일족은 우리 가문을 방문할 예정이었습니다."

큰마님이 눈을 감은 채 대답했다.

"그럼 그 방문을 사전에 알고 계셨나요?"

"……."

마오마오의 질문에 큰마님은 말문이 막혔다.

"…아뇨, 신 일족 입장으로서는 갑작스러운 방문이었죠."

묘하게 마음에 걸리는 데가 있는 말투였다. 하지만 괴짜 군사는 반응하지 않았으니 거짓말은 아닌 듯했다.

"왜 그렇게 갑자기 방문하게 되었나요?"

"…여제의 명이었을 거예요. 방금 전 말씀드렸다시피 우 일족은 여제에게 복종했으니까요. 당시의 신 일족은 제 남편이 막 당주 자리를 물려받았을 때여서, 아직 젊은 혈기가 왕성했죠. 황족이 아니어도 황족에 준하는 지위라면서 주위의 반여제파들이 마구 추켜세웠던 거예요. 그런 상황에서 우 일족이 방문했다면, 대략 상황이 이해되겠죠?"

"모반의 증거를 찾으러 왔다는 말씀이신가요?"

"아마도요."

말투가 애매한 이유는, 화재가 나서 모든 것이 다 사라져 버렸기 때문이리라.

"수많은 가보가 불에 타서 잿더미가 되어 버렸어요. 저는 그걸로 되었다고 생각해요. 당시 여제의 기세를 생각하면, 그대로 갔을 경우 우리 일족은 진작 사라져 버렸을 거예요. 다만 안타까운 건 남편이 친구와 끝까지 화해하지 못했다는 사실뿐이에요."

큰마님은 눈물을 한 줄기 흘렸고, 손수건으로 눈가를 꾹 누르며 그것을 닦았다.

"질문은 끝났어요?"

손자가 마오마오에게 간신히 존댓말로 물었다.

"네."

"뭐 좀 알아냈어요?"

"네."

"뭐?!"

저도 모르게 그렇게 대꾸한 손자뿐만 아니라 큰마님과 보좌도 눈을 커다랗게 떴다.

"방금 그 대화로 알아낸 게 있다고요?"

"전부는 아닙니다. 그리고 수상한 부분이 몇 가지 있었습니다."

라한도 알아차린 점이 있는지 고개를 끄덕였다. 괴짜 군사는 큰마님이 거짓말을 하는 게 아닌지 빤히 쳐다보고 있었다.

"수상한 부분이란 게 뭐죠?"

"서적은 전부 불타고 검과 갑옷, 혼수용 가재도구는 남았다고 말씀하셨죠. 혼수용 가재도구에는 구리거울도 포함되어 있겠죠?"

"네."

큰마님은 의아한 표정으로 대답했다.

"그럼 이상하네."

"이상해요."

라한과 마오마오가 얼굴을 마주 보았다.

"어디가 이상하단 거죠?"

보좌가 드물게 입을 열었다. 이야기하는 모습이 묘하게 손자와 닮았다.

"그건 말이죠."

라한이 설명을 시작했기 때문에 마오마오는 맡겨 두기로 했다.

"방금 전 가보인 용 조각상이 녹아 사라졌다고 말씀하셨습니다. 하지만 그때의 화재가 금 합금까지 녹일 정도의 고온이라고는 생각하기 어렵습니다."

"그, 그게 무슨 뜻인가요?"

"구리거울, 즉 재료는 구리죠. 구리와 금이 녹는 온도는 거의 비슷하거든요."

라한이 안경을 빛냈다.

"구리거울이 녹지 않았다면 금도 녹지 않았을 가능성이 높습니다. 무엇보다 금은 녹아도 사라지지 않거든요. 만일 녹아서 단순한 금덩어리가 되었다 해도, 어딘가에 떨어져 있었을 겁니다. 금은 가공이 되지 않은 상태에서도 이미 가치가 높으므로 녹아서 덩어리가 된 상태로 그냥 방치해 두었다고는 생각하기 어렵습니다."

"그런가요?"

큰마님이 눈을 휘둥그렇게 떴다. 보통 금속이 녹는 온도를 귀한 가문의 여성은 모를 것이다. 일반 상식도 아니다. 마오마오와 라한의 경우 아버지에게서 배우거나 장사 관련 지식을 갖고 있기 때문에 아는 것뿐이고, 오히려 아는 쪽이 특이하다.

"그, 그럼, 가보는 대체 어디로 간 건가요?"

큰마님의 목소리가 떨렸다. 마오마오의 눈으로도 동요했다는 사실을 알 수 있었다.

"그 전에, 몇 가지 확인할 수 있을까요?"

마오마오가 손을 들었다.

"뭐죠?"

"우 일족이 갑자기 신 일족의 저택을 방문했다. 그리고 마침 화재가 발생해서 화재를 진압해 주었다. 그렇게 말씀하셨죠?"

"네."

"불을 끈 후, 새까맣게 불탄 창고 안을 둘러보며 모반의 증거를 샅샅이 찾았겠지요?"

"아마도요."

거기에 증거가 없었기에 여제는 신 일족에게 손을 대지 못했다고 생각할 수 있다.

그렇다면 정말로 모반의 증거는 나오지 않았을까?

"증거가 없었는지, 잠시 확인해 볼까요?"

마오마오는 품에서 독특한 취향의 비녀를 꺼냈다. 방금 전 괴짜 군사가 준 바로 그 비녀로, 마오마오는 장식으로 달려 있던 자수정 해골을 잡아 뜯어 뚝 끊었다.

"동생아, 아무리 그래도 선물을 준 사람 앞에서 그 선물을 파괴하는 건 너무하지 않니?"

"마오마오, 해골만 갖고 싶었구나. 그럼 다음에는 수정 해골로 염주를 만들어 주마."

""하지 마세요.""

마오마오와 라한의 목소리가 겹쳐졌다.

"이것을 봐 주세요."

마오마오는 큰마님에게 해골을 보였다.

"용이 움켜쥐고 있던 구슬은 이런 자수정이 아니었던가요?"

"그래요, 색깔도 비슷했던 것 같네요."

마오마오가 쥐고 있는 해골은 깊디깊은 보랏빛을 띠고 있었다. 상당한 양질의 자수정인 모양인데 하필이면 해골 모양으로 가공할 필요는 없지 않았을까 하는 생각이 든다.

"그럼."

마오마오는 방 한구석에 있던 화로를 보았다. 따뜻한 차를 대접하기 위해서인지 불 위에 주전자가 걸려 있었다.

"화로를 이쪽으로 가져다주시겠어요?"

마오마오가 얼판에게 부탁했다. 라한이나 괴짜 군사에게 부탁해 봤자 힘이 너무 없어서 엎지르거나 떨어뜨리거나 둘 중 하나일 게 뻔하기에 부탁할 마음도 들지 않았다.

"알겠습니다."

얼판은 가볍게 화로를 가져왔다.

"여러분, 잘 보세요."

마오마오는 자수정 해골을 숯 위에 올려놓고 부젓가락으로 데굴데굴 굴렸다.

"으음?"

재투성이가 된 해골의 색이 순식간에 바뀌었다. 등꽃처럼 아름다운 보라색이 옅어지고, 희끄무레해지나 싶더니 노란색을 띠어 갔다.

"완성."

마오마오는 부젓가락으로 해골을 집어서 후 하고 입김을 불었다. 그러자 재가 떨어지고 짙은 노란색 해골이 나타났다.

"색이 바뀌었잖아?"

손자가 눈을 휘둥그레 떴다.

"금속이 고온에서 녹듯 보석도 색을 바꿉니다. 자수정은 특히 색이 바뀌기 쉬워, 햇빛에 노출시키기만 해도 파란색이 지워지고 말죠. 물건에 따라 색의 변화 상태가 다른데 이것은 아주 깨끗한 노란색이 되었군요. 설명하기 편해서 다행입니다."

돌도 불변의 존재는 아니다. 그것을 모르는 사람이 많다.

"큰마님, 가보인 용 조각상을 외부인에게 보여 주신 적 있나요?"

"아뇨. 가보를 자랑하며 사람들에게 내보이는 행위는 하지 않았어요. 대가 바뀌는 등 사람들을 많이 초대하는 자리에서 손님에게 보여 준 적은 있었지만, 남편 때는 그 전에 화재가 나는 바람에."

그래도 착각하는 사람은 있었을 것이다.

"정식 황족도 아닌 일족이 네 발가락을 가진 용 장식품을 갖고 있다니. 심지어 짙은 노란색, 황단을 연상케 하는 고귀한 색의 구슬까지 쥐고 있다니…. 모반의 의지가 있다는 증거로 받아들여져도 이상하지 않았겠군요."

"그, 그런 우연이 있을 리가!"

손자의 얼굴이 새파래졌다.

"그, 그럼, 화재 때 가보가 타다 남았다면… 모반의 증거로 여겨져서, 우리 일족이 여제의 손에 진작 처분당하지 않았을까?"

마오마오도 그 말이 옳다고 생각했다. 하지만 그렇지 않았다면 누군가가 가보를 몰래 가지고 나갔다는 말이 된다.

마오마오는 큰마님을 바라보았다.

"여기까지 이야기했다면, 누가 가보를 가지고 나갔는지 큰마님은 짚이는 데가 있으실 것 같네요."

"…네."

큰마님은 속내를 토로하듯 긍정했다.

"하, 할머님?"

혼란에 빠진 손자가 정신없이 눈을 깜빡였다.

"바로 그분이 알려 주셨던 것 아닌가요? 우 일족이 방문하는 취지를."

"그분은 아닙니다. 하지만 당신의 상상이 대체로 맞을 거라 생각해요."

마오마오는 잠시 입을 다물었다.

─아뇨, 신 일족 입장으로서는 갑작스러운 방문이었죠.

묘하게 뭔가가 마음에 걸리는 말투였다.

'신 일족 입장에서는 갑작스러운 방문이었지만.'

"큰마님은 사전에 우 일족의 방문을 알고 계셨군요."

"네."

그리고 평상시 남편이 여제를 욕하는 모습을 지켜보았다. 남편의 언동 때문에 모반 의혹을 받아, 처분당하는 것이 아닐까 늘 두려움에 떨었으리라.

"누군가 뭔가를 빌미 삼아 모반 의혹을 덮어씌울지 모른다고 생각하셨겠죠."

그리고 증거를 감추었다면, 그 불탄 창고를 이용했을 것이다.

─서고의 등불이 옮겨 붙은 게 원인이에요.

괴짜 군사는 이것이 거짓말이라는 사실을 꿰뚫어 보았다.

'즉….'

"우 일족의 방문 소식을 들은 큰마님이 증거를 인멸하기 위해 창고에 불을 지르신 건가요?"

손자가 덜컹 하는 커다란 소리를 내며 자리에서 일어섰다.

"무, 무슨 말이야! 할머님이 그런 짓을 하실 리가 없어!"

"목소리가 크다."

보좌가 손자를 타일렀으나, 희미하게 동요한 듯했다.

"아니야."

큰마님이 마오마오를 똑바로 응시했다.

"그 말이 맞아요. 내가 창고에 불을 질렀어요."

마오마오의 질문에, 큰마님은 크게 고개를 끄덕였다.

4 화 : 토끼와 용

　큰마님의 고백에 신 일족의 젊은이와 보좌는 동요를 감추지 못했다.

　"그게 무슨 말씀이십니까, 어머님? 설명해 주십시오!"

　줄곧 냉정했던 보좌가 언성을 높였다. 아무래도 모자 사이였던 모양이다.

　"할머님, 농담이시죠?"

　손자는 반대로 목소리가 작아졌다.

　두 혈육을 바라보며 큰마님은 고개를 가로젓기만 했다.

　"만일 신 일족을 배반한 자가 있다면, 그것은 다름 아닌 바로 나를 가리키는 말이에요."

　큰마님이 고개를 숙였다.

　"40년 전에 무슨 일이 있었는지, 진실을 말씀해 주시겠습니까?"

"그래요."

마오마오의 물음에 큰마님은 고개를 끄덕였다.

"그렇게 되었으니 일단 자리에 앉는 게 어떨까요?"

라한의 목소리에 손자와 보좌는 정신을 차렸는지 의자에 앉았다.

"그럼…."

큰마님은 천천히 이야기를 시작했다.

"선대 신 일족의 당주가 우 일족 당주와 절친한 사이였듯이, 나 또한 우 일족 당주의 아내와 친한 친구 관계였답니다."

큰마님은 옛날을 그리워하는 표정이었다.

"우리는 이름 있는 일족의 유력 가문에 시집을 왔기 때문인지, 비슷한 고민을 서로 상담하는 사이였지요. 옛날에는 자주 차를 마시곤 했어요."

모두 마른침을 삼키며 이야기를 듣는 가운데 괴짜 군사만 꼬치에 뀀 산사나무 열매를 오물오물 먹고 있었다. 이미 꼬치 여러 대를 먹어 치운 후였고, 다 먹은 금속 꼬치는 매번 얼판이 치웠다.

"내 남편은 다혈질이어서 툭하면 여제와 충돌했고, 내 친구는 자기 남편이 여제파에 가담했기 때문에 우리는 차츰 관계가 소원해져서 다과회는커녕 편지를 주고받는 횟수마저 크게 줄어들고 말았어요. 소속된 파벌이 다르다는 이유로 우와 신, 두 가문의 거리가 멀어진 일을 함께 슬퍼했지요."

큰마님은 고개를 숙이고, 부채로 얼굴을 가리기까지 해서 표정을 읽을 수가 없었다.

"남편은 곧은 성격이었어요. 황족을 암살하고 자기 자식을 황제로 올렸다는 소문이 있는 여제를 좋게 생각할 리가 없었죠. 황족을 향한 충성심이 있었기 때문에 그 마음은 더욱 강렬했을 거예요. 하지만 여제의 정치적 수완은 요 몇 대의 치세 중 가장 높은 평가를 받았고, 모두가 유능하다고 말했어요. 나라를 위해, 우 일족이 여제에게 힘을 실어 주었던 이유도 이해가 돼요."

'황족을 암살했다는 이야기는 어디까지나 소문일 뿐이지만.'

그 부분을 굳이 정정하는 것도 눈치 없는 짓이라는 생각에 마오마오는 가만히 있었다.

큰마님은 양쪽 모두의 주장을 이해했다. 그렇기 때문에 우와 신, 두 가문의 길이 서로 갈라지는 것을 반대할 수 없었으리라.

"여제는 아들인 선제가 즉위한 후로도 자신을 따르지 않는 자들을 처형했습니다. 하지만 황족의 방계에서 시작된 신 일족은 아무리 여제라 해도 벌을 내리기 쉽지 않았겠지요. 반여제파는 그 점을 파고들어서 내 남편을 모반의 수괴로 만들려 했어요."

어디에든 자신은 모습을 드러내지 않고, 뒤에 숨어 타인을 조종하려 하는 자들이 있다.

"신 일족의 남자들은 오기를 부리고 여자들은 겁을 먹었습니다. 나는 불안을 토로하고 싶은 마음에 무심코 친구에게 속내를 털어놓고 말았지요."

"친구란 우 일족 당주의 부인을 말씀하시는 거군요."

라한이 확인하듯 물었다.

"네. 친구에게서는 답장이 오지 않았어요. 친구에게는 친구 나름대로의 사정이 있었겠지요. 이미 정적이 된 상대가 만나자고 해도, 쉽게 만날 수 있을 리도 없을 테고요. 그렇게 포기했을 무렵, 친구가 비밀리에 나를 만나러 왔어요."

큰마님이 커다란 한숨을 내쉬었다.

"여제의 명에 따라 우 일족이 감사監査를 시작하게 되었으니 혹시 모반을 의심당할 만한 꼬투리가 있으면 그것을 구실로 멸족당할지도 모른다고 알려 주더군요."

"그, 그렇다면, 창고에 불을 지른 건?!"

손자가 할머니를 추궁했다.

"그래. 너희 할아버지는 말이지, 창고의 서고에 소중한 문서를 숨겨 두었단다. 아무리 모반의 의지가 없다 해도 누군가가 그것을 유도하는 편지를 보냈을 경우, 발각되면 우리 가문은 파멸이야. 창고 서고에 숨겨 두었다는 사실은 알고 있었지만 자세한 장소까지는 몰랐거든."

그래서 큰마님은 창고에 불을 지른다는 강경 수단을 택한 것이다.

"그, 그럼, 가보를 훔친 것도 할머님?"

"아뇨, 그건 아니에요."

손자의 물음에 마오마오가 대신 대답했다.

"큰마님은 가보가 녹아 사라졌다고 생각하고 계시니까요."

무엇보다 괴짜 군사가 그것이 거짓말이 아니라고 판단했다.

"그럼 가보는 대체 어디로 사라진 거야?!"

손자는 모르는 눈치였으나 큰마님은 진작 알아차렸던 모양이었다.

"왜 우 일족이 여제파에 붙었을까, 여제의 밀명인데도 어째서 우 일족 당주의 아내가 내게만 그 밀명을 가르쳐 줄 수 있었을까. 그때, 겨우 알았습니다. 설마 가보를 훔쳤을 것이라고는 생각도 못 했는데, 훔친 동기도 그쪽 아가씨의 말로 이제야 알겠네요."

큰마님이 옅은 미소를 지었다.

"우 일족의 당주는 여제에게서 신 일족을 지키기 위해 여제파에 붙은 척했던 거로군요. 그렇지 않고서야 여제의 밀명을 내게 흘려 줄 리도 없고, 반역의 증거가 될 수 있는 가보인 용 장식품을 가져가지도 않았을 테니까요. 완전한 여제파였다면 장식품을 증거로 여제에게 바쳤겠지요."

"우 일족의 당주가 훔쳤다고요?"

"어떤 의미에서 우 일족의 당주는 정말 굉장한 인물이네요. 일족의 정점에 서 있으면서도 국가의 절대적 권력자를 배반하고 간첩 같은 행위를 한 셈이니까요."

마오마오는 솔직하게 감탄했다.

"할머님이 우 일족을 감싸셨던 이유는, 그걸 알고 계셨기 때문이었나요···. 그렇다면 왜 할아버님께 말씀하시지 않으셨죠?"

손자의 물음에 큰마님은 고개를 가로저었다.

"···할아버님은 워낙 고집이 세셨고, 어설프게 입을 놀렸다가 여제의 귀에 들어갈 가능성도 있었기 때문이야. 겨우 이야기를 할 수 있었던 건 여제 사후 할아버님이 병석에 누워 지내시던 중, 문득 옛날을 그리워하셨을 때였지."

큰마님은 손자에게 다정하게 말했다.

더는 가보를 찾지 않아도 된다고 말한 이유는 신 일족의 당주가 진실을 알았기 때문이리라.

"남편은 슬퍼했어요. 우 일족의 당주는 권력자 앞에서 고분고분 고개를 숙여야 한다는 사고방식을 싫어하는 뚝심 있는 녀석이라고 생각했는데 여제의 허수아비로 전락하다니, 라고 말하곤 했죠. 그래서 한번 요란하게 싸움이라도 벌여서 하고 싶은 말을 제대로 해 주고 싶다고도 했고요."

그건 어렵지 않을까 하고 마오마오는 생각했다. 아이들이라면 모를까 피차 당주인 입장인데 싸움을 한다면 그것은 곧 내란이 된다.

'예외도 있지만.'

마오마오는 산사나무 열매를 먹는 괴짜를 곁눈질로 쳐다보았다. 검만 뽑은 정도가 아니라 후궁에 쳐들어와 벽을 폭파시키고도 배상금만 물고 끝난 인간이 있는 게 신기해 견딜 수가 없었다.

"남편이 우 일족이 가보를 훔쳤다는 주장을 한 것도 어쩌면 싸움의 계기를 만들고 싶었을 뿐인지도 몰라요."

옛날처럼 싸우고 나서 화해하고 싶었던 것이다.

"하지만 우 일족이 응해 주지 않았군요."

"네."

대립이라기보다는 일방적인 시비. 신 일족의 선대 당주는 친구와 다시 한번 대화를 나누기 위해 계속 시비를 걸었고, 우 일족의 당주는 친구를 지키기 위해 묵비를 고수했다.

정말이지 비뚤어지고 서투른 우정이 다 있다.

"그럼 우리는…."

"그래, 너희는 본래 감사해야 할 상대에게 끊임없이 침을 뱉는 일이나 다름없는 행위를 해 온 거야."

손자가 힘없이 의자에 기댔다.

"저희가 말하는 건 어디까지나 억측에 불과할 뿐, 진실이라고는 할 수 없습니다."

마오마오는 단호하게 잘라 말했다.

어쩌면 우 일족 중 누군가가 돈에 눈이 멀어 용 장식품을 훔쳤을지도 모르고, 그랬을 경우에는 진작 금덩어리로 돌아가 버렸으리라.

거기까지 책임을 질 수는 없다.

"으음…."

마오마오의 옆에서 목소리가 들렸다.

괴짜 군사가 탁자에 엎드린 채 머리를 이리저리 문지르고 있었다. 간식을 다 먹어 치우는 바람에 한가해진 모양이었다. 마지막으로 한 알만 남은 산사나무 열매를 아쉬운 듯 바라보고 있다.

"그렇게 궁금하면, 확인해 보면 되잖아?"

괴짜 군사는 방 벽을 물끄러미 쳐다보았다.

"확인?"

대체 무슨 소리일까, 하고 마오마오는 의아해졌다. 그래서 벽에 걸려 있던 방음용 천을 들추어 보았다.

그러자 그 안쪽에는 작은 방이 있고, 사람 몇 명이 앉아 있었다.

"뭐야, 이 방은! 이러면 이야기가 다 들리잖아?!"

"무슨 말씀이시죠?"

보좌가 라한을 노려보았다.

"앗, 그렇지."

라한이 일부러 그러는 것처럼 손뼉을 쳤다.

"우 일족과도 면회 약속을 잡아 놓았는데, 참!"

마오마오도 일부러 그러는 것처럼 곱슬머리 안경을 노려보았다.

"같은 방에? 일부러 이야기를 들려주기라도 하는 것처럼?"

'도대체 어떻게 되어 먹은 인간이야?'

정말로 신 일족의 문제를 해결하고 싶었던 것인지도 의심스러워지고, 오히려 새로운 불씨만 만드는 꼴이 되었을 터였다.

"그럼 들어오시지요."

라한의 말과 함께, 작은 방에서 이야기를 듣고 있던 사람들이 이쪽으로 넘어왔다.

"아무리 기다려도 라 일족이 건너오지 않는다 했더니, 이런 계획이었습니까?"

우 일족의 당주, 아마도 리슈의 조부일 것으로 생각되는 인물은 어이없다는 표정이었다. 병약하다는 소문을 들었는데 그 말대로 시든 가지처럼 야윈 체격에 긴 수염을 길렀다. 바퀴가 달린 의자에 앉아 있고, 중년 여성이 그 의자를 밀어 주었다.

"실례되는 행위였다는 것은 잘 압니다. 미안합니다. 무슨 일이 있어도 입을 다물고 조용히 있어 달라고 하기에."

우 일족의 당주는 바퀴 달린 의자에 앉은 채로 방 안에 들어왔다.

"오랜 세월의 응어리를 풀 좋은 기회가 아닐까 싶어, 다소 거친 방법을 시도해 보았습니다."

라한은 수상쩍은 미소를 지으며 깊이 고개를 숙였다.

신 일족의 큰마님도 라한을 따라 의자에서 일어나 고개를 숙였다. 손자는 상대가 이야기를 엿들었다는 사실에 분개한 모양이었으나 보좌가 머리를 꾹 누르고 있으니 얌전히 따르는 수밖에 없었다.

"40년 전에는 크게 신세를 졌습니다."

"…무슨 이야기일까요? 내 아내가 쓸데없는 참견을 했을 수는 있겠습니다만."

시치미 뚝 떼는 모습을 보니 만만찮은 인물인 모양이라고, 마오마오는 판단했다.

"그러고 보니 맡아 둔 물건이 있었던 게 떠올라, 돌려드리러 왔습니다."

중년 여성이 바퀴 달린 의자 밑에서 무언가를 꺼냈다. 꾸러미 크기는 작지만 꽤나 묵직해 보였다.

"자, 받으시지요."

탁자 위에 놓이고, 꾸러미가 풀렸다. 속에서는 황금으로 된 멋진 용 장식품이 나왔다.

'우와아아아!'

팔면 대체 얼마나 받을 수 있을까 하고 무심코 환산해 보는 것이 마오마오다. 분명 라한도 머릿속으로 주판을 튕기고 있으리라. 장식품의 크기와 모양을 통해 무게를 환산해 보면 그 금덩이만으로도 상당한 값어치가 있다. 게다가 정교한 세공 솜씨를 곁들이니 저택 한두 채쯤은 세울 수 있을, 엄청난 물건이었다.

그러나 무시무시하게도 그 용은 발가락이 네 개였고, 불그스름한 노란색 구슬을 움켜쥐고 있었다.

우 일족 당주의 눈동자가 촉촉이 젖은 것처럼 보였다.

"나도 공부가 부족했소. 그 녀석이 그렇게나 자랑하던 가보가 대체 어떤 물건인지 제대로 들어 주질 않았지. 그래서 처음 본 그날, 모반의 계획이 정말이었던가 싶어 나는 동요했던 거요."

당주는 손바닥을 보였다. 양손으로 뜨거운 물건을 움켜쥔 듯, 오래된 화상 흉터가 있었다.

마오마오의 머릿속에 불에 달궈져 고온이 된 용 조각상을 붙잡는 광경이 떠올랐다.

황단 구슬을 쥐고 있는 네 발가락의 용. 다른 누군가가 발견하고 여제에게 보고할 경우, 신 일족의 미래는 없다. 우 일족의 당주는 아직 열기가 남아 있는 용 조각상을 몰래 가져가서 감추었던 것이다.

"그 녀석이 살아 있을 때 돌려주고 싶었지. 동시에 이것을 돌려주면 또다시 모반을 꾸미지 않을까 하는 불안도 있었소. 그 녀석은 선대 황태후를 싫어했지만 실은 그 누구보다 황족을 공경했다는 사실을 잘 알고 있었는데도."

감사를 받아들인 것도 그런 증거가 나올 리 없다고 신뢰했기 때문이었는지도 모른다.

"저세상에 가면 멋대로 넘겨짚지 말라고 한 대 얻어맞을지도 모르겠습니다."

"아니에요. 그 사람이라면 반대로 엎드려 빌며 사죄할지도 몰라요. 내게는 왜 그렇게 성급한 행동을 했느냐며 무섭게 화를 내겠지만요. 후후, 가보를 없애겠다고 창고에 통째로 불을 질렀으니."

큰마님이 웃으며 눈물을 한 줄기 흘렸다.

"이, 이게 집안 가보입니까?"

손자가 용 조각상을 돌아보았다. 보좌도 처음 보는지 눈만 깜빡거렸다.

둘 다 감동함과 동시에, 이런 가보가 있으면 모반을 꾸미는 게 아닌가 의심받아도 어쩔 수 없다는 표정이었다.

"가보가 돌아왔어도, 도저히 공개할 수는 없겠군요."

"그래, 맞아. 용 장식품을 하사받은 일화는 기록으로 남아 있고, 발가락 개수도 적혀 있었지만 그것까지 다 불타 버렸으니까."

큰마님이 머쓱한 표정으로 말했다.

"용뿐만이라면 모를까, 발가락 개수와 구슬은 문제가 많지."

"그걸 해결하면 되는 거 아냐?"

그때 괴짜 군사가 스윽 끼어들었다.

"무슨 생각이라도 있으신 겁니까?"

우 일족 사람들도 괴짜 군사와는 다소 거리를 두고 있었다. 대체 지금까지 수많은 방향으로 얼마나 많은 민폐를 끼치며 살아온 걸까.

"발가락하고 구슬만 없으면 되는 거잖아?"

괴짜 군사는 들고 있던 금속 꼬치에서 딱 한 알 남아 있던 산사나무 열매를 집어서 빼냈다. 그리고 꼬치를 용의 발가락과 발가락 사이로 푹 찔러 넣었다.

"""……."""

느닷없는 행동에 모든 사람들의 반응이 늦어졌다. 그 결과, 괴짜 군사는 꼬치를 힘주어 기울였다. 불길한 소리가 났다.

너무나 보기 좋게 뚝 부러지는 바람에 뭐가 뭔지 영문을 알 수가 없었다. 오히려 금이 이렇게 쉽게 부러졌나 하고 눈을 의심할 정도였다.

용의 가느다란 발가락은 다른 곳보다 강도가 약해, 구슬을 밑에서 받치고 있던 발톱 하나가 부서져 버렸다. 그와 동시에 황단색 구슬도 툭 떨어졌다.

"이러면 됐지."

괴짜 군사는 남은 산사나무 열매를 구슬 대신 용의 발가락에 쥐여 주었다. 괴짜 군사의 손가락에서 설탕으로 된 실이 주욱 늘어졌다.

시간이 멎었다.

방금 전까지는 분명 감동적인 장면이었는데, 큰마님의 눈동자는 순식간에 말라붙었다. 보좌와 손자는 턱이 빠질 정도로 입을 커다랗게 벌렸다.

우 일족도 눈을 극한까지 부릅떴다.

라한으로 말할 것 같으면 완벽하게 계획대로 진행되다가 마지막에 한 방 먹은 꼴이어서, 잿더미처럼 하얗게 불타 버리고 말았다. 안경이 깨져 쩍쩍 금이 가는 환각마저 보일 정도였다.

호위들도 움직이지 못했다. 이 흐름에서 갑자기 가보를 파괴하리라고는 아무도 상상하지 못했으리라.

따라서 제일 먼저 움직인 사람은 마오마오였다.

"무슨 짓을 저지른 거야, 이 멍청이가!"

마오마오는 사람들 눈도 신경 쓰지 않고 괴짜 군사를 걷어찼다. 운동 신경이 끔찍하게 부족한 아저씨는 보기 좋게 날아갔다.

원래는 말도 안 되는 무례한 행위지만 아무도 마오마오를 질책하지 않았다. 오히려 더 적극적으로 두들겨 패는 게 좋았을지도 모르겠다.

라한은 계산을 실수했다.

괴짜 군사를 계산에 넣어서는 안 됐다.

반드시 모든 것을 망쳐 버린다.

그런 별 아래에서 태어난 남자다.

5 화 ⁝ 마음속에 울려 퍼지는 징 소리

'괴짜 군사를 계산에 넣어서는 안 된다.'

그런 교훈을 얻어 봤자 이미 손쓸 길이 없을 때도 있다.

새하얘진 라한은 평소보다 곱슬머리가 심하게 헝클어진 것처럼 보였다.

마오마오는 자업자득이라고 생각하면서도 코앞에서 감동이 완전히 날아가 버린 신과 우, 두 일족을 무심코 동정했다.

"왜 맞은 거야?"

괴짜 군사는 이해하지 못했다. 얼판만 걷어차인 괴짜의 옆구리를 쓰다듬어 주고 있었다. 마흔 넘은 아저씨를 달래 주어야만 한다니, 참 불쌍한 사람이다.

'뭐, 어쨌든.'

불행 중 다행이라면 가보를 망가뜨린 일이 그리 큰 문제가 되지는 않았다는 점이었다.

"어차피 앞일을 생각해서 없애 버릴까 말까 고민할 참이었으니까요."

신 일족 큰마님의 이 말 덕분에 살았다. 결과적으로 구슬은 교환하고, 용의 발가락은 세 개로 다시 만들기로 했다.

라한은 최소한의 사죄라면서 기술이 뛰어나고 입이 무거우며 신뢰할 수 있는 세공사를 소개해 주기로 했는데….

"하하하, 그럼 앞일에 대해 이야기를 나누어 볼까요?"

라한은 신과 우 일족에게 빚을 지워 놓고 싶었다. 연줄을 만들어, 나중에 뭔가 거래를 시도할 생각이었다.

"아뇨, 우리는 일단 연회장으로 돌아가겠어요."

"그렇군요. 그럼 나도."

"네, 다른 가문과의 교류도 있으니까요."

신 일족의 큰마님과 우 일족의 당주가 어색한 태도를 취했다. 뿐만 아니라 그 아랫사람들도 멀찍이서 지켜보고 있었다.

마오마오는 옆을 살짝 돌아보았다.

"뭐 과자 없어?"

"라칸 님, 조금만 기다려 주십시오."

괴짜 군사가 옆구리를 문지르며 과자를 조르고, 얼판이 타일렀다.

라한은 안경이 흐려진 채 쪼그라들어 버렸다.

"야."

마오마오가 라한을 콕 찔렀다.

"상대방한테 은혜를 입혀 놓고 교섭을 하겠다면서?"

신 일족에게 빚을 지워 두지 않으면 야오의 문제도 해결할 수 없다.

"알아. 나도 안다고."

라한은 머리를 헝클어뜨렸다. 전혀 아름답지 않은 동작이지만 라한도 도저히 참을 수가 없었던 모양이었다.

'이거 글러 먹었네.'

마오마오는 어떻게 할까 고민하다가 일단 연회장으로 돌아가기로 했다.

연회장으로 돌아오니 '라' 팻말이 붙은 원탁이 시끄러웠다. 무슨 일인가 싶어 그쪽으로 가 보니 라한네 형과 모르는 남자가 말다툼을 벌이는 것 같았다. 라한네 형 뒤에는 야오와 옌옌이 있었다.

"야오 씨에게 볼일이 있다고 했잖아. 너한테는 볼일 없어."

"너라니! 내 이름은…."

"야오 씨, 우리 가족을 만나 줘."

라한네 형을 밀어젖히고 야오의 손을 잡으려 하는 남자. 남은 호위 두 명이 노려보고 있지만 남자는 꿈쩍도 하지 않았다.

상황을 보고, 마오마오는 한눈에 상대가 누구인지 알 수 있었다.

'이게 그 문제의 연애편지남이군.'

실제로도 분위기 파악 못 할 것 같은 분위기를 뿜어 댔다. 다가가기 싫다.

"뭘 하는 거지?"

라한이 끼어들어 말렸다. 솔직히 조금 겁이 난 눈치였으나 말을 건 것만으로도 충분히 용기를 낸 편이라 할 수 있으리라.

"보면 모르나?"

라한이 끼어들었다고 해 봤자 약해 보이는 남자가 하나 늘어났을 뿐이다. 연애편지남은 라한을 상대도 하지 않았다.

'이럴 때 도움이 되는 건….'

벌레 쫓는 용도로 써먹어야 하는데 괴짜 군사가 돌아오질 않는다. 뭘 하고 있나 보니, 요리를 나르는 고용인을 불러 세워서 쟁반에 담겨 있던 과일을 빼앗아 먹고 있다. 얼판은 괴짜 군사 옆에 붙어 선 채 속수무책으로 지켜보고만 있었다.

'저건 틀렸네.'

마오마오가 어떻게 해야 하나 고민하고 있는데 도움의 손길이 나타났다.

"뭘 하고 있는 거지?"

늠름한 그 목소리는 신 일족의 큰마님이었다.

"대고모님, 오랜만에 뵙습니다."

연애편지남이 큰마님에게 고개를 숙였다. 대고모님이라 부르는 것을 보니 이 남자는 직계가 아니라 방계의 신 일족인 모양이었다.

"인사 따위는 필요 없어. 지각까지 하고서 남의 자리에서 입씨름이나 하고 있다니, 이유가 뭐지?"

'지각했냐고.'

솔직히 아까 연애편지남이 이 자리에 없다는 말을 듣고 방심했었다.

"지각이 아닙니다. 뜻을 함께하는 친구들과 대화를 나누었을 뿐입니다."

그럴싸한 말을 늘어놓고는 있지만 마오마오의 경험상 이런 말을 창피한 줄 모르고 떠들어 대는 자는 대부분 위험하다.

"그보다 대고모님께 소개하고 싶은 사람이 있습니다. 이 여인입니다."

연애편지남이 반짝반짝 눈을 빛내며 야오를 소개했다.

"이름은 야오라고 하며, 이름 있는 일족 출신은 아니지만 숙부가 루 시랑입니다. 가문으로 따지면 저희 집안에 시집오기에 손색이 없지요."

연애편지남이 아무 의심도 없이 그렇게 설명하는 모습이 무섭게 느껴졌다. 큰마님 옆에 있던 보좌와 손자가 시선을 피했다. 친족도 연애편지남이 얼마나 비상식적인지는 알고 있는 모양이었다.

"시집을 온다니, 그쪽 아가씨도 승낙한 일인가요?"

큰마님은 연애편지남이 아닌 야오에게 물었다.

"그분이 멋대로 떠들어 대는 말일 뿐입니다. 저는 아직 결혼할 생각이 없습니다."

의연한 태도로 야오가 말했다. 평범한 아가씨라면 겁에 질려 도망칠 만한 장면이지만 이런 상황에서 단호히 말할 수 있는 것이 야오의 장점이자 단점이었다.

"본인의 의견 따위가 무슨 상관인데? 가문끼리 격이 맞는다면 부모 사이에서 이야기를 끝내면 그만이야. 여자란 그런 거 잖아?"

연애편지남이 말했다.

야오의 얼굴이 얼어붙고, 옌옌은 품에서 암살 무기를 꺼내기라도 할 기세였다. 하필이면 야오가 제일 싫어하는 성격의 남자다.

하지만 리국은 기본적으로 연애편지남이 말하는 방식의 결혼 방식을 취하는 곳이다. 평민이라면 몰라도 야오처럼 좋은 가문의 아가씨들은 보통 본인의 의견을 존중받지 못한다.

그러나 아무리 그래도 연애편지남의 말은 앞뒤가 맞지 않는다.

'부모가 없을 때를 일부러 노렸으면서.'

"이야기는 들었어. 보호자인 숙부가 없는 틈을 노려서 결혼으로 끌고 가려 하는 시점에서, 아무리 생각해도 비겁한 짓이잖아."

마오마오의 생각을 대변해 준 사람은 라한네 형이었다. 라한네 형이 여태껏 야오와 옌옌의 방패가 되어 주었으리라. 라한이 강제로 책임을 떠넘겼을 뿐인데도 끝까지 맡은 바를 완수하려 하는 그 모습에서는 타고난 선량한 성품이 배어 나왔다.

"어머님이 계시잖아?"

"어머님? 여자의 의견 따위는 무시하는 그쪽이 상대의 어머님께 경의를 표하며 대응할 것 같다는 생각은 안 드는데."

라한네 형이 단호하게 말했다.

'좋아, 잘한다. 더 해 줘.'

마오마오는 얽히기 싫었으므로 조금 떨어진 곳에서 마음속으로만 응원했다.

"외부인은 끼어들지 마."

아무리 라한네 형이 정론을 말해도 이 상태로는 결국 쳇바퀴만 돌 뿐이다.

"도무지 말이 통하지 않는구나."

큰마님이 어처구니없다는 표정을 지었다.

"내게 소개하고 싶다면 제대로 절차를 밟아서 오려무나. 쌍방 가문의 양해가 없으면 혼인 관계는 맺을 수 없어."

연애편지남은 신 일족 안에서도 미움받는 존재인지, 같은 일족의 시선도 차가웠다.

"하지만 야오 씨의 아버님은 이미 타계하셨습니다. 그런 야오 씨와 어머님을 생각하면, 제 아내가 되는 데 아무 불만 없을 텐데요?"

너무나 당당하게 모순된 소리를 늘어놓는 모습에 구역질이 났다.

야오와 엮이기 싫다는 표정의 라한조차 경멸 어린 눈빛을 띠고 있었다.

'방식이 아름답지 못하다고 생각하나 보지.'

라한은 자신의 신조를 중요하게 여기고 그 뜻에 반하는 자에게는 용서가 없다.

"후후후후후."

라한이 웃었다.

"뭐가 우스워?!"

"인기 없는 남자가 할 법한 소리라는 생각이 들어서 그만."

"뭐라고?"

연애편지남의 콧김이 거칠어졌다. 그것은 알겠는데 어째서인지 라한네 형까지 눈에 핏발이 섰다. 라한의 말에 아무 상관 없는 인물까지 자극된 모양이었다.

호위가 순간적으로 라한 옆에 다가왔으나 라한이 가볍게 제지했다.

"당신은 계속 가문, 가문 했죠. 물론 신 일족은 이름 있는 일족 가운데에서도 유서 깊은 집안이라고 생각합니다. 비교적 역사가 짧은 '라' 가문은 비할 바도 못 되죠. 하지만⋯."

라한은 자신보다 키가 큰 연애편지남을 내려다보고 있었다.

"저는 한참이나 말단이라 여러 부서를 뛰어다닐 일이 많거든요. 가문도 물론 훌륭하시지만, 그렇게나 자신만만하게 루 시랑의 조카 되는 분을 아내로 맞아들이려 한다면 꽤나 이름이 알려진 분이신 것 같군요. 실례지만 제가 식견이 짧아 잘 모르겠는데, 혹시 성함을 여쭈어 보아도 될까요?"

'우와~ 엄청 비꼬네.'

라한은 눈치가 빠른 남자다. 타 부서라 해도 일 잘하는 상대라면 이름을 기억하고 있을 터였다.

"이 녀석, 이름 있는 일족 출신이라면서 자기 스스로는 이름을 받지 못했다잖아. 뭐, 내가 할 말은 아니지만⋯."

라한네 형이 말했다. 그리고 스스로의 말에 스스로 상처를 받았는지 이마를 꾹 눌렀다.

"뭐, 뭐라고? 지금 이름을 가지고 날 무시했겠다!"

연애편지남이 얼굴을 시뻘겋게 붉히며 라한네 형을 노려보았다.

'여자한테 인기 없다는 말보다 이름 있는 일족인데도 이름을

받지 못했다는 사실에 더 예민하구나.'

연애편지남의 표적은 완전히 라한에게서 라한네 형으로 옮겨 갔다.

"내가 누군지 알기나 해?"

'모르는데요~'

연애편지남이 주먹을 불끈 부르쥐고 라한네 형을 때리려 했다.

호위가 라한네 형과 연애편지남 사이에 끼어들었다. 제대로 일을 해 주는 모습이 든든하게 느껴졌다.

"그만하지 못하겠니!"

큰마님의 늠름한 목소리가 울려 퍼졌다.

"하지만 이 자식이 저를 모욕해서….."

"그 말이 사실이잖아!"

큰마님이 사정없이 내뱉었다. '이 이상 가문의 이름에 먹칠을 하지 말라'고 얼굴에 적혀 있었다.

"무슨 일인가요?"

익숙한 목소리가 들렸다. 돌아보니 바센과 마메이, 즉 마 남매가 있었다.

'굉장한 사람들이 바글바글하네.'

마오마오는 몰래 탁자 위의 음식을 집어 먹었다. 라한도 야무지게 먹으며 의자에 앉아 있었다. 연애편지남의 분노가 자기 형을 향하고 있는데 정말이지 구제 불능인 인간이다.

"뭔가 실랑이가 벌어진 모양이군요."

마메이는 어디까지나 친절한 제삼자인 척 말을 걸었으나 그 눈은 먹잇감을 발견한 맹금류 같았다.

'교쿠요 황후가 생각나네.'

교쿠요 황후는 사건이 벌어질 때마다 눈을 반짝반짝 빛내며 흥미진진한 태도를 보이곤 했다. 제삼자끼리의 실랑이만큼 재미있는 화제도 없다.

큰마님에게도 질책당하는 바람에 아군이 없었던 연애편지남은 새로운 관객에게 매달리려는 모양이었다.

"이자가 나를 모욕했어. 같은 무인 일족인 마 가문이라면 이런 경우 어떻게 해야 할지 알고 있겠지?"

아무래도 바센과 아는 사이인 모양이었다. 바센과 성격이 잘 맞을 것 같지는 않으니 친구라고 할 수는 없고, 그냥 동료 정도일까.

"…결투로군."

바센이 지극히 고지식하게 말했다.

"겨, 결투?!"

어지간한 야오도 당황했다.

"결투라니, 너무 야만적인 행위 아닌가요?"

야오는 라한네 형과 바센을 번갈아 쳐다보았다.

"쌍방이 결투를 원한다면 합법입니다. 마침 수련장도 있고요."

이럴 때는 뇌가 완전히 근육으로 꽉 차 있는 것 같은 바센이다.

라한네 형은 늘 그렇듯 엉뚱한 불똥이 튀는 바람에 말문이 막힌 표정이었으나, 라한도 바센도 침착한 태도였다. 마오마오는 일단 계속해서 방관자 위치를 고수하기로 했다.

바센이 결투를 언급하자 연애편지남은 그제야 의기양양하게 웃었다.

"결투라, 얘기가 빠르겠군. 애당초 나를 그렇게 모욕한 넌 대체 정체가 뭐지?! 당연한 듯 라 가문의 탁자에 앉아 있는데, 처음 보는 얼굴이잖아."

물론 라한네 형을 본 적이 없는 것은 당연했다. 평소 농촌에서 감자와 고구마를 키우는 사람이니 말이다. 궁정에 출사한 일조차 없다.

"이분은 아무 상관 없어요. 그냥 농민이라고요!"

야오가 라한네 형을 감싸듯 앞으로 나섰다.

'여기선 역효과야, 역효과.'

마오마오는 마음속으로 한마디 하면서 꼬치구이를 먹었다. 간이 잘 배고 육질이 부드러워 매우 맛이 좋았다.

"농민? 농민이라고?"

연애편지남이 히죽 웃었다.

"농민이라. 왜 농민이 이 자리에 있는 거지? 역시 괴짜 집단인 라 일족답네."

"무례하네요. 맛있는 감자와 고구마를 키우는 사람이거든요."

마오마오는 저도 모르게 한마디 했다.

큰마님은 어이가 없어 말도 나오지 않는 눈치였기에, 보좌가 앞으로 나섰다.

"적당히 좀 해라! 네가 이름을 받지 못한 건 너 자신의 문제다. 그걸 깨달을 때까지 후계자가 될 수 있을 거라고는 생각하지 마!"

"윽."

연애편지남이 분한 표정을 지었다.

이제야 소동이 좀 진정되려나 싶었는데 이번에는 라한네 형이 앞으로 나섰다.

"잠깐 기다려."

"뭐지?"

"이 녀석이 나를 모욕했는데, 여기서 얌전히 물러나면 내 입장은 뭐가 되는 거지?"

"그렇다면 내가 대신 사과하겠다."

보좌는 어른이었다. 고개를 숙이려 했으나 라한네 형이 고개를 가로저었다.

"나는 이 녀석에게 바보 취급을 당했어. 당신에게 사과 받을 이유는 없지. 차라리 여기서 시시비비를 가리는 게 어때? 거기 있는 남자가 나한테 이기면 라 가문 사람들은 당신네 결혼에 이러쿵저러쿵 말을 얹지 않겠어. 하지만 내가 이기면 야오 씨를 깨끗하게 포기해."

"좋아, 그래야 남자지."

연애편지남이 히죽 웃었다.

보좌는 어떻게 할까요, 하고 묻는 듯 큰마님에게 눈짓을 보냈다.

마오마오는 꼬치구이를 먹으며 주위를 둘러보았다.

조마조마한 표정의 야오, 꽤나 긴박한 표정을 지으면서도 야오를 계속 관찰하는 옌옌.

어처구니없다는 표정의 큰마님과 손자.

태연한 라한과 남의 일이라는 표정의 바센. 그리고 마오마오와 마찬가지로 상황을 재확인하는 마메이.

농민이라는 말을 듣고 상대를 완전히 얕보는 표정의 연애편지남.

의외인 것은 어깨를 이리저리 돌리며 결투할 의욕을 보이는 라한네 형이었다.

"어서 말려야지요."

"아뇨, 신경 쓰지 않으셔도 됩니다."

라한이 큰마님의 말을 거절했다.

"신 일족 안에서도 뭔가 말썽을 피우는 분인 모양이고, 여기서 이기든 지든 라 일족 입장에서는 전혀 문제없습니다."

라 일족은 괴짜 집단이라고들 한다. 무슨 짓을 저지른다 해도 '또 저러는군'이라는 인상밖에 주지 않을 것이다.

'어떻게 되려고 이러나.'

참고로 괴짜 군사는 연회장 한구석에서 코를 골고 있었다.

하여튼 도움이 안 되는 아저씨다.

머나먼 지방에 불구경과 싸움 구경은 어쩌고 하는 말이 있다던가, 없다던가.

그런 연유로 관객이 몰려드는 것은 신기한 일이 아니었다.

아무리 그래도 연회장에서 싸움판을 벌일 수는 없기에 중정으로 이동했다. 수련장으로 보이는 광장이 있고, 그 주위를 관객들이 둥글게 둘러쌌다.

"이거 의외로군요. 이번에는 신 일족과 라 일족인가요?"

"라 일족에서는 다양한 기인 천재들이 태어난다고 하던데, 저 청년은 혹시 무예에 재능이 있는 건가?"

주위의 목소리가 잘 들렸다. 조마조마한 표정의 젊은이들과 달리 연배 있는 층은 강 건너 불구경하는 태도였다. 가문끼리 부딪히는 일은 그리 드물지도 않은 모양이었다.

'그래서 수련장이 있는 거였구나.'

마오마오는 납득했다.

"라한네 형, 무기는 어떻게 하시겠어요? 괭이 길이는 어느 정도가 좋으세요?"

마오마오는 라한네 형에게 물었다.

"괭이는 왜?!"

"결투에는 목검이나 나무 몽둥이를 사용해. 날붙이는 금지."

라한이 수련용 목검과 몽둥이를 가져왔다.

"끄트머리를 천으로 감아 놓았네요."

옌옌이 확인했다.

"아무리 그래도 이름 있는 일족의 유망한 젊은이들이니까. 죽으면 곤란하지. 수련을 하다가도 죽을 때는 죽거든."

"흐음, 이 정도면 웬만해서는 안 죽겠네."

라한네 형은 침착했다.

"괜찮아요? 검술 지도 받은 적 있어요?"

"검은 뭐, 할아버지한테 실컷 두들겨 맞은 적은 있지. 수련이라는 이름의 체벌이었지만."

마오마오는 딱 한 번 만난 적 있는 할아버지를 떠올렸다. 괴짜 군사에게 집안을 빼앗긴 원한을 품고 괴짜 군사를 감금했던 사람. 솔직히 멀쩡한 영감님은 아니었다.

"할아버님은 검술 실력으로는 제법 이름을 날린 분이셨지만, 가르치는 솜씨가 없었지."

라한은 옛일이 떠올랐는지 양팔을 벌리며 한숨을 내쉬었다. 라한과는 아무리 봐도 마음이 잘 맞을 것 같지 않은 사람이었다.

"맞아. 어쩔 수 없는 일이야. 일단 규칙 정도는 가르쳐 줄래? 아무리 그래도 마구잡이로 휘둘러 댈 수는 없잖아?"

"규칙은 뭐, 상대가 전투 불능이 되거나 '그만'을 외치거나 또는 무기를 놓치면 시합 종료야. 물론 모래를 눈에 뿌리거나 낭심을 공격하는 건 안 돼."

"그럼 상대의 일격에 당해도 쓰러지지만 않으면 계속 싸울 수 있어?"

"그건 그렇지만 보통은 숨통을 끊어 놓기 직전까지 간 상태에서 상대에게 실력 차를 똑똑히 보여 주는 정도로 끝내는 경우가 많아. 어쨌거나 아프잖아."

라한은 남의 일처럼 말했다.

"지면 어떻게 되는 건가요?"

"져도 별문제는 없지 않겠어? 원래 우리하고는 상관없는 안건이고."

마오마오의 질문에 라한네 형은 담백하게 말했다. 그것도 야오와 옌옌에게 똑똑히 들리도록.

"야오 씨, 옌옌 씨. 나는 당신들을 잘 몰라. 그냥 저 자식 하는 말이 마음에 안 들고, 틀렸다고 생각해. 그래서 이렇게 결투 비슷한 짓을 하는 거야. 내 의지로. 물론 질 생각은 없지만, 보다시피 나는 무관도 검호도 뭣도 아냐. 그 점은 이해해 줘."

"알고 있어요."

야오는 우물쭈물했다. 야오치고는 드물게 귀여운 태도였다.

"형, 결투 같은 거 해 본 적도 없으면서 용케 받아들였네. 무섭지 않아?"

라한의 물음에 마오마오도 고개를 끄덕였다.

"저기 말이야. 굶주린 폭도나 노상강도, 도적 떼에게 집단으로 습격받는 것보다는 훨씬 낫거든? 누가 날 죽이려고 쫓아오는 상황과, 규칙에 얽매여 상대를 죽일 수는 없는 시합을 비교해 봐. 얼마나 마음이 편한지."

서도에서 겪은 라한네 형의 모험담을 책으로 쓰면 잘 팔릴 것 같다.

"하지만 야오 씨, 옌옌 씨. 내가 지더라도 비관할 필요는 없어. 아까 바센 씨가 있었잖아? 그 사람이랄까, 마 가문이 그런 횡포를 용서하진 않을 거야. 우리가 당신들을 지켜 주지 못해도 바센 씨한테 달려가면 도와주지 않겠어?"

"왜 그렇게 생각하시죠?"

옌옌이 물었다.

"아니, 사실은 바센 씨네 형님하고 편지를 몇 번 주고받은 적이 있거든. 동생하고는 별로 대화해 본 적 없긴 하지만, 보다시

피 올바르지 못한 일은 싫어하는 사람일 거야. 그리고 마 가문은 여결이 강해. 저런 집안은 보통 여자를 소중히 하거든."

라한네 형은 서도에 있었다. 바료와 성격이 잘 맞았다니 꽤나 의외였지만, 피차 동생 이야기를 하다가 이야기꽃을 피웠을 수도 있겠다.

"그건 그래. 마 가문이 있으면 우리가 손을 떼어도 문제는 없을 거야. 그리고 신 일족의 큰마님께도 만일을 대비해서 말씀 드려 놓을게."

"흐음, 관심 없는 줄 알았는데."

마오마오는 별 의미도 없이 라한을 도발했다.

"그래도 일단 부탁을 받았으면 해 주는 게 어른이란 거잖아."

"어른이라."

마오마오는 괴짜 군사 쪽으로 시선을 돌렸다. 방금 전까지 자고 있나 싶더니 금세 결투장이 된 광장에 특등석을 마련해 차지하고 있었다.

"마오마오, 이쪽으로 와서 같이 보자꾸나."

얼판은 일부러 탁자와 의자까지 옮겨 왔다. 괴짜 군사 돌보는 역할은 부하인 온소와 리쿠손만의 몫이 아니다.

"그렇게 됐으니 내가 지든 이기든 지나치게 상심할 필요는 없어. 당신들도 너무 신경 쓰지 마."

라한네 형은 괭이와 길이가 비슷한 나무 몽둥이를 집어 들고 광장 중심으로 향했다.

마오마오 일행은 얼판이 준비해 준 의자에 앉았다.

입회인 역할은 마 일족이 맡아 줄 모양이었다. 마오마오가 모르는 30대 중반쯤의 남자였다. 마메이가 입회인을 향해 손을 흔들었다.

바센 및 여러 명의 남자들이 라한네 형과 연애편지남 주위를 둘러쌌다. 무슨 일이 벌어졌을 경우 바로 사태를 수습할 수 있도록 경계 태세를 취하는 중이었다.

라한네 형이 나무 몽둥이를 움켜쥔 데 반해, 연애편지남은 목검을 들었다.

"신 일족은 기본적으로 검술 수련을 받으니까."

라한은 과일을 찔끔찔끔 먹었다. 마오마오도 앵두를 집었다.

"무기의 길이만 보면 라한네 형이 유리해 보이는데."

야오는 진지하게 보고 있었다.

"시작하네요."

입회인이 손을 들었다. 라한네 형은 형 나름대로 자세를 갖췄다. 그럴싸한 모습으로 안 보일 것도 없다.

연애편지남은 그래도 무가武家 출신이며 무관이기도 했기에 자세가 잘 잡혀 있었다.

"시작!"

입회인이 손을 내림과 동시에 먼저 덤벼든 쪽은 연애편지남이었다. 라한네 형의 몽둥이가 목검을 막아 냈다. 라한네 형은 몽둥이를 비스듬히 들어 목검을 미끄러뜨리는 형태로 반격하고, 뒤로 물러났다.

무기에 천이 감겨 있어도 여러 번 부딪치면 박력이 생겨난다.

마오마오는 검술 운운하는 부분은 잘 모른다. 하지만 라한네 형이 일방적으로 밀리는 것처럼 보였다.

원형 광장을 빙글빙글 돌면서 라한네 형이 계속 물러났다.

"괜찮은 건가요?"

야오가 걱정스러운 얼굴로 라한에게 물었다.

"글쎄. 나도 무술에 대해서는 뭐라 대답 못 하겠는데."

라한의 대답은 쌀쌀맞았다. 하기야 라한에게 무술에 대해 질문하는 게 잘못이다.

"야오 씨, 질문 방식이 틀렸어요. 야, 안경잡이. 숫자가 어떻게 보여?"

마오마오는 거친 말투로 라한에게 물었다.

"어디까지나 문외한의 의견이지만 말이야. 형이 생각보다 무술에 적성이 있는 게 아닌가 하는 생각이 들어. 밀리는 것 같지만 쓸모없는 숫자가 보이지 않아. 그에 반해 상대는 움직임이 빈틈 없네. 숫자가 안정적인 걸 보니 무가 출신으로서 기초는 확실히 다져 놓은 것 같아."

"즉, 라한네 형의 패배라는 말이네."

"마오마오! 불길한 소리 하지 마!"

야오가 화를 냈다.

하지만 계속 방어만 할 뿐 라한네 형은 공격하지 않았다. 그리고 공격하지 않으면 언젠가는 얻어맞는다.

"꺄악!"

라한네 형의 배에 목검이 명중했다. 라한네 형의 몸이 옆으로 날아갔다. 하지만 촤좍 하고 지면에 밀려난 자국을 남긴 채 버티고 있었다.

"하하하, 결국은 농민일 뿐이군. 싸우는 기술을 몰라. 자기 분수를 파악하고, 가서 밭이나 갈아."

"농민이 뭐가 나쁜데?"

라한네 형이 다시 몽둥이를 움켜쥐었다.

"허세 부리지 마."

"미안하게 됐다. 난 원래 삶이 구질구질하거든."

라한네 형의 목소리는 평탄했다. 목소리에서 두려움도 조급함도 배어나지 않고, 평상시와 다를 바 없었다.

"흐음, 의외로 재밌는데."

과자 가루를 흘리며 괴짜 군사가 중얼거렸다. 손때로 탁해진 외알 안경 속에서 여우 같은 눈이 두 사람의 움직임을 계속 따라가고 있었다.

같은 움직임이 계속 이어졌다. 라한네 형이 밀리고 연애편지남이 공격한다.

"뭐 하는 거야!"

"왜 자꾸 도망만 치는데!"

"빨리 결판을 내라고!"

야유가 날아왔다. 젊은 목소리가 많다. 연애편지남에게 야유를 던지는 자들이 히죽히죽 웃는 모습을 보니 친구들일지도 모른다.

방어 일변도에 몇 번을 얻어맞아도 계속 일어서는 라한네 형. 보란 듯이 계속 공격하는 연애편지남.

그 모습을 괴짜 군사는 물끄러미 지켜보고 있었다. 그리고 라한 또한 응시하고 있었다.

"혹시 우리 형, 위험한 인간인 거 아냐?"

"위험한 인간은 아니지만 위험한 상황은 여러 번 겪은 사람이잖아. 어디가 어떻게 위험한데?"

마오마오가 물었다.

"아까부터 움직임의 수치가 전혀 변하지 않아. 상대는 수치가 계속 떨어지고 있는데."

무슨 의미냐 하면, 라한네 형의 움직임을 가리키는 듯했다. 형의 움직임에서 피로가 보이지 않는다. 그에 반해 연애편지남은 조금 지친 듯했다.

"그러고 보니 저 추남의 기세가 아까만은 못한 것 같네요."

옌옌이 말했다. 연애편지남은 딱히 추하다는 평을 받을 만큼 못생기지는 않았다. 하지만 옌옌의 눈에는 아귀보다 추악해 보이는 모양이었다.

그리고 공수가 홀연히 바뀌었다.

연애편지남이 조급해졌다. 초조함과 피로가 쌓인 결과 라한네 형을 향하는 공격이 조잡해졌다. 라한네 형은 그것을 놓치지 않고 튕겨 낸 뒤, 앞으로 몽둥이를 푹 찔렀다.

연애편지남의 몸이 푹 꺾였다. 몽둥이로 옆구리를 세게 찔리는 바람에 입에서 침이 튀었다. 눈을 커다랗게 부릅뜬 그 상태 그대로 몸이 허공을 날았다.

'날았다'는 말은 과장된 표현일지도 모른다. 하지만 그만큼 요란한 움직임으로 인식된 것을 보니, 라한네 형의 일격이 얼마나 강했는지 알 수 있었다.

지면에 드러누운 연애편지남은 입에서 거품 같은 침을 흘렸으나 의식은 아직 남아 있었다.

"시합을 계속할 건가?"

입회인이 연애편지남에게 물었다.

"나, 나는 아직 지지 않았어….“

연애편지남은 무기를 손에서 놓지 않았다. 하지만 쿨럭쿨럭 기침을 하며 계속 침을 흘렸다.

마오마오는 연애편지남을 아주 조금 다시 보았다. 나름대로는 근성이 있는 모양이었다.

"응, 그럼 계속할까?"

라한네 형은 또다시 농민 나름대로의 태세를 갖추었다. 마치 감자나 고구마를 캐는 자세였다.

"어이, 농민! 공격 한 번 성공했다고 잘난 척하지 마. 나는 네가 쓰러질 때까지 20번이고 30번이고 계속 때려눕힐 수 있어!"

연애편지남이 입 주위를 닦았다.

"그래, 봐주지 않아도 돼. 그쪽의 공격이라면 100번은 무리여도 30번 정도는 견딜 수 있어. 그때까지 5번 정도는 때려눕힐 수 있고. 정말로 진검이 아니라 다행이지 뭐야."

라한네 형이 천연덕스러운 얼굴로 말했다.

"형, 뭔가 이상하지 않아?"

라한이 살짝 당황한 표정으로 마오마오의 동의를 구했다.

"원래 역경에 강한 편이라고는 생각했는데 아무리 봐도 숫자 차이가 너무 벌어져 있어. 아니, 숫자는 평범한데, 평범하지 않을 때 평범하다는 건 보통은 있을 수 없는 일이야."

라한은 영문 모를 소리를 중얼거렸다.

"라한네 형, 메뚜기나 도적 같은 것들한테 수도 없이 쫓겨 다녔잖아."

지금 생각해 보면 마오마오가 도적 마을에서 겪었던 것과 비슷한 일들을 일상다반사로 되풀이하면서 간신히 목숨만 건져서

서도로 돌아온 게 아닌가.

귀한 집안 자제와는 다르다. 실전 경험이 없는 무관 따위보다 정신력, 담력이 훨씬 강할 것이다.

"그럼 계속해 볼까?"

라한네 형은 숨도 헐떡거리지 않았다. 체력으로 말하자면 하루 온종일 밭을 갈고도 거뜬히 일상생활을 해낼 수 있는 사람이다. 그 '평범'이 너무 엄청나다.

연애편지남은 배를 문지르며 일어섰다. 하지만 라한네 형의 너무나 아무렇지 않은 태도를 보고는 저도 모르게 손에서 목검을 떨어뜨렸다. '뭐야, 이 자식?'이라는 표정이었다.

"승부 끝!"

연애편지남은 그 이상 허세를 부리지 않았다.

"형!"

라한을 필두로 전원이 라한네 형에게 다가갔다.

야오도 눈물을 글썽이고 옌옌은 미안한 표정이었다.

"감사합니다."

야오는 눈물이 그렁그렁한 채 라한네 형에게 고개를 숙였다.

'이것도 일단은 '나 때문에 싸우지 마'인 셈이지.'

후궁에서 본 소설이라면 여기서 사랑이 싹틀 장면이다.

마오마오 입장에서는 마침 잘됐다는 생각이 들었다. 라한보다는 라한네 형이 그나마 야오의 상대로 어울린다. 젊은 아가씨이니 라한에게서 다른 남자로 마음이 옮겨 가도 이상하지 않다.

라한으로서도 그편이 나을 터였다. 야오가 자꾸 달라붙는 일과, 라한네 형에게 묘령의 여성을 소개하는 일. 그 두 문제를 한꺼번에 해결할 수 있으니 말이다.

하지만 현실은 생각처럼 잘 풀리지 않았다.

"라한네 형, 상처를 봐야겠으니 웃옷을 좀 벗어 주세요."

그렇게 여러 번 얻어맞았으니 멍쯤은 생겼으리라. 마오마오는 직접 만든 연고를 꺼냈다.

"자, 잠깐. 그러지 마, 왜 옷을 벗겨?"

라한네 형은 야오와 옌옌을 보며 당황했다. 아무리 그래도 여성 앞에서 상의를 벗는 건 부끄러운 모양이었다. 참고로 서도에 있을 때는 마오마오 앞에서 아랫도리 속옷만 입고 정원을 간 적도 있다. 이 차이는 대체 뭘까.

"그보다 일단 이겨서 다행이야. 도적을 상대하는 게 아니니 죽지는 않을 거라고 생각했지만, 그래도 지는 건 꼴사나우니까."

"꼴사나운 일은 아닙니다. 물론 이겨 주셔서 대단히 감사드립니다."

옌옌이 고개를 깊이 숙였다. 남자를 보는 눈이 전체적으로 엄격한 옌옌이지만 라한네 형에게는 진심으로 감사하는 모양이었다.

'아가씨를 위기에서 구해 주었으니까.'

엔옌에게서도 높은 평가를 받을 수 있다면, 라한네 형과 야오가 잘될 확률은 단번에 올라갈… 줄 알았는데.

"야오 아가씨를 위해 이렇게까지 해 주실 줄은 생각도 못 했습니다. 정말로 감사합니다, 쥔지에 님."

"쥐, 쥔지에…."

라한네 형이 옌옌의 말을 반추하더니, 얼굴이 점점 새빨갛게 붉어졌다.

'어?'

마오마오는 무슨 일인가 싶어 굳어졌다.

"왜 그러시죠, 쥔지에 님?"

"아, 아니, 미안한데, 저기, 다시 한번만 말해 줄래?"

"네, 몇 번이든 감사의 말씀을 드리겠습니다. 감사합니다."

"아니, 그거 말고! 쥔지에라니!"

라한네 형은 얼굴을 새빨갛게 붉힌 채 외쳤다.

마오마오뿐만 아니라 라한도 아연한 표정이었다.

"저택에 있는 소년과 같은 이름이셨죠. 평소 이름을 말씀하지 않으시는 건 소년을 배려해서였을 테고요. 좀 헷갈린다고는 생각했습니다만, 은인께 감사의 말씀을 드릴 때 성함을 거론하지 않는 것도 이상하다는 생각이 들어서요. 아니면 이름으로 불리는 게 싫으신가요? 라한네 형이라고 부르는 편이 나을까요?"

"아니! 그냥 불러 줘! 나는 라한네 형이 아니고, 쥔지에야!"

라한네 형이 옌옌을 똑바로 응시했다. 본래 이 장면은 옌옌이 아니라 야오를 응시해야 하는 부분인데 말이다.

서야 할 깃발이 엉뚱한 인물을 향해 서고 말았다.

"동성동명이었구나."

야오는 라한네 형의 이름을 처음 들었다는 표정이었다. 그렁 그렁하던 눈물은 이미 쏙 들어가고, 야오와 라한네 형 사이에서 흔들리던 깃발은 덧없이 무너져 내렸다.

대신 라한네 형의 가슴속에서 커다란 징이 여러 번 뎅뎅 울려 퍼지고 있었다.

마오마오는 멍한 기분으로 라한을 쳐다보았다.

"뭔가 일이 또 복잡해진 것 같지 않아?"

마오마오는 라한에게 확인하듯 물었다.

"넌 남의 연애 사정만큼은 예리하더라."

마오마오도 독심술 같은 건 쓸 줄 모른다. 하지만 지금 라한이 자신과 같은 기분이라는 사실은 확인했다.

'하필이면 고르고 골라 옌옌이라니!'

라고 말이다.

6 화 : 말과 토끼

　세상일은 수많은 촌극으로 이루어져 있다.

　마오마오는 묘하게 우물쭈물하기 시작한 라한네 형을 흘끔거리며 어떻게 해야 할지 고민했다.

　라한네 형의 연애를 응원해 주고는 싶지만 오로지 야오 한길인 옌옌 상대로는 온통 애를 먹을 미래밖에 보이지 않는다.

　'일단 그 이야기는 제쳐 두고.'

　마오마오는 바로 해결할 수 없는 문제는 일단 방치하는 성격이다. 게다가 그다음의 골치 아픈 문제가 접근하고 있었다.

　"마오마오 씨."

　마 남매가 다가왔다.

　"오랜만에 뵙습니다."

　"오랜만이네요."

　"그렇게 오랜만인가?"

바센의 태도가 마음에 들지 않았는지 마메이가 웃으면서 주먹 등으로 동생을 후려갈겼다. 허리 힘이 튼튼한 바센은 비틀거리지도 않았지만 라한이었다면 코피를 내뿜으며 뒤로 날아갔으리라.

남매 뒤에는 아까 입회인 역할을 한 남자가 서 있었다. 마메이의 행동에 조마조마한 표정이었다.

"입회인 역할을 받아들여 주셔서 감사합니다."

마오마오는 정중히 고개를 숙였다. 본래 마오마오가 할 말은 아니지만, 라한네 형은 옌옌만 쳐다보고 있고 라한은 새삼 신 일족의 큰마님과 이야기를 나누는 중이었다.

"아니에요, 이름 있는 일족의 회합에서는 흔히 있는 일이거든요. 싸움 실력을 뽐내고 싶어 하는 남자분들이 많기에 늘 마 일족이 입회인을 맡고 있죠."

호호호호 하고 웃는 마메이가 조금 수상쩍어 보였다.

"그런데 마오마오 씨, 아까 우 일족과 같은 방에서 나오는 걸 봤는데 무슨 일이 있었나요?"

'역시 눈치가 빨라.'

신 일족도 함께 나왔다는 사실을 언급하지 않는 것을 보니 마메이가 우 일족에게 볼일이 있다는 사실을 알 수 있었다.

"중재인 비슷한 일을 좀 하게 돼서요. 하지만 우 일족한테 제 얼굴이 통하는 건 아니니까 주의해 주세요."

자세히 이야기할 수는 없으나, 거짓말은 아니다. 깊이 파고드는 건 무례한 일이라는 사실은 마메이도 알아주리라.

"그래요. 깊은 내용을 묻지는 않겠어요. 하지만 정말 아무런 빚도 만들지 않은 건가요?"

마메이의 맹금류 같은 눈이 빛났다.

"저 괴짜도 중재인 자리에 앉아 있었다고 하면 대충 상상이 가시겠어요?"

마오마오는 에둘러 괴짜 군사가 모든 것을 망가뜨렸다는 사실을 전했다. 괴짜 군사는 라한네 형이 신경 쓰이는지 계속 만지작거리고 있었다.

"아아… 그런 상황이었구나. 하지만 그렇게 험악한 분위기는 아니었던 것 같았는데."

마메이는 납득하면서도 탐색하듯 쳐다보았다.

"솔직히 정正과 부負를 합쳐서 무無가 되었다고나 할까요."

"그래도 아주 모르는 사이보다는 낫지 않겠어요?"

마메이는 싱긋 웃으며 마오마오의 손을 잡았다.

"잠깐 동행해 줄 수 있을까요?"

'이번에는 또 뭘 시키려고요?'

마오마오는 '연행'을 잘못 말한 것 아닐까 하고 정정하고 싶었다.

"동생아, 어디 가니?"

라한이 그제야 마 남매를 발견했다. 신 일족의 큰마님에게 빚을 만들어 놓아서인지, 안색이 조금 나아졌다.

"라한 님, 동생분을 잠시 빌려 가도 될까요?"

라한과 마메이 사이에 면식이 있는지 없는지는 모른다. 기억도 안 난다. 하지만 예리한 마메이라면 이름 있는 일족 자제의 얼굴과 이름 정도는 전부 파악하고 있다 해도 놀랍지 않다.

"……. 마 일족분이라면 문제없습니다."

라한은 순간적으로 머릿속 주판알을 튕겨 본 모양이었다. 진시와 인연이 있는 바센 일행에게 빚을 만들어 놓아도 손해 볼 것은 없다.

'우 일족과 마 남매.'

이 조합에서 떠올릴 수 있는 것은 리슈 관련 문제였다. 리슈 일이라면 마오마오도 협력 정도는 할 수 있다. 하지만 마치 라한의 체면을 세워 주는 듯한 상황이 된 것 같아 부아가 치민다. 일단 괴짜 군사 쪽을 가리키며 "저 인간은 네가 알아서 해결해 놔."라고 지시를 내렸다.

"그럼 마오마오 씨, 이쪽으로."

마오마오는 생긋 웃는 마메이를 따라갔다.

마오마오가 마메이에게 안내받아 간 곳은 아까의 광장과는 떨어진 곳에 있는 다른 정원이었다. 꽃도 피지 않은 모란나무

와 수선화가 늘어선 모습을 보니 겨울용 정원이라는 사실을 알수 있었다.

도중에 함께 가던 장년의 남자를 소개받았다.

"소개가 늦었네요. 우리 남편이랍니다."

"마메이의 남편입니다."

"매형이다."

입회인 역할을 해 준 남자는 역시나 마메이의 남편이었나 보다.

한 명만 말하면 충분한데, 친절하게도 세 명이 각각 설명해 주었다. 이름을 대지는 않았으나 마오마오도 이름을 일일이 다 기억할 자신이 없기 때문에 솔직히 아무래도 상관없었다. 아마 '마 아무개' 씨일 터였다.

마메이의 남편은 듬직한 체구에 어딘가 모르게 소박한 분위기를 풍겼다. 과묵하지만 사려 깊어 보이는 모습은 가오슌을 떠올리게 했다. 마 일족은 총체적으로 아내에게 꼼짝 못 하는 자들밖에 없는 듯했다.

"아내가 폐를 끼치고 있습니다."

"아뇨, 아뇨."

아랫사람에게도 정중한 태도를 취하는 모습은 가오슌과 꼭 닮았다. 가오슌은 친딸이 자신을 싫어한다고 했지만 정말 그럴까 하고 마오마오는 생각했다.

"그런데 우리가 우 일족에게 어떤 볼일이 있는지 아무것도 묻지 않는 건가요?"

마메이가 새삼스럽게 물었다.

"리슈 님께 홀딱 반한 바센 님을 소개해 드리고 싶으신 거죠?"

마오마오는 굳이 돌려 말하기도 귀찮았기에 직구를 던졌다.

"으아아아아악!"

바센이 노골적으로 당황했다. 삶은 새우보다 더 새빨간 얼굴이었다.

"네, 맞아요. 이 아이는 옛날부터 내성적이어서 이대로는 평생 결혼도 못 하지 않을까 고민했거든요. 병약한 바료에게 무리를 시켜서 겨우 아이를 낳게 해 놓았는데, 설마 반한 상대가 전직 상급 비일 줄이야."

"바, 바바바바, 반하다니요, 누님."

"그럼 싫어?"

"그, 그런 건 아닙니다!"

바센은 목소리가 크다. 개인실로 데려간다 해도 제대로 밀담을 나눌 수 있었을지 모를 일이다. 인기척 없고 계절과도 어울리지 않는 정원으로 나오는 편이 차라리 나아 보였다.

"리슈 님에 대해서는 알고 있죠, 마오마오 씨?"

"네. 너무나도 천운이 따라 주지 않는 분이 아닐까 싶네요. 특히 가정 환경 면에서. 현재는 출가하신 몸이라고 들었습니다."

마오마오가 볼 때 리슈의 아버지와 이복 언니 모두 제대로 된 인간이 아니다. 조부는 꼭 그렇지만도 않아 보였으나 데릴사위를 지나치게 믿은 나머지 손녀딸이 불행해졌다는 점은 부정할 수 없다.

"맞아요. 리슈 님은 아직 18세. 인생이 50년이라 해도 아직 한참 남은 세월을 절에서 보내야 한다니 너무 가혹하지 않겠느냐고, 인정 많은 할아버님이라면 생각하시겠죠?"

마메이는 마오마오에게 묻듯 말했다.

"우 일족의 당주는 정이 두터운 분이었던 것 같아요. 무슨 정치적 의도가 담겨져 있는 게 아니라면야, 한번 정에 호소해 볼 가치는 있지 않을까 싶네요."

마오마오는 방금 전 지켜보았던 우와 신 일족의 대화를 전제로 말했다.

"그래요."

마메이 입장에서는 원하던 대답이었던 모양이었다. 바센도 어울리지 않게 눈을 반짝반짝 빛냈다. 마메이의 남편은 아무 말이 없었다. 이 사람이 왜 동행했는지는 마오마오도 잘 몰랐다.

"하지만 황족 가문에 두 번이나 시집을 갔다가 또 두 번이나 출가를 한 건 이례적인 사건이긴 해요. 주상께서 마음 써 주시지 않는다면 리슈 님께는 미래가 없지 않을까요?"

"그 점은 걱정 안 해도 될 거예요. 주상께서는 리슈 님을 친딸처럼 생각하시니까. 무슨 핑곗거리가 있으면 그렇게까지 설득이 어렵진 않을 거예요. 오히려 주상과 리슈 님 사이에 혈연관계가 없는 만큼, 친딸보다 더욱 융통성을 발휘해 주실 여지가 있어요."

'친딸보다, 말이지.'

마오마오는 잔혹한 이야기라고 생각했다. 황족의 피를 물려받았다는 이유로, 설령 친딸이라 하더라도 정치적 도구로 사용될 수밖에 없는 것이 공주의 숙명이다. 마오마오는 링리 공주를 예뻐하는 현제를 떠올렸다. 아무리 귀여워도 장래에는 결국 정치판의 장기짝으로 사용해야만 하는 운명이다.

"우 일족한테 말을 걸고 싶은데, 솔직히 우리 대에는 그리 친한 사람이 없어서 난처하던 참이었거든요."

"아니, 저도 딱히 지인이라고 할 정도는 아닌데요. 그보다 이미 면회 약속을 잡아 놓으셨던 거 아니었어요?"

마오마오는 어이가 없었다. 라한처럼 용의주도하지는 않은 모양이었다.

"우 일족의 전 당주, 아니, 현 당주로 돌아오셨던가. 당주는 외동딸이 생전에 사랑하던 겨울 정원에서 조용히 지내기를 좋아하신다고 해요."

"조용히 지내고 계시는데 방해해도 되는 건가요?"

상대에게 불쾌감을 심어 주면 교섭이고 뭐고 전부 날아가 버리지 않을까 하고 마오마오는 생각했다.

"방해가 되지만 않는다면 문제없겠죠. 마오마오 씨는 리슈 님과 전부터 알던 사이였잖아요?"

마메이는 마오마오의 손을 잡고 앞으로 쭉쭉 걸어 나섰다.

모란나무로 둘러싸인 정자에 사람 그림자가 보였다.

"계시네요."

노인 한 명, 간병인인 중년 여성이 한 명, 그리고 청년과 어린아이가 한 명씩 있었다. 어린아이는 아직 10살 정도밖에 되어 보이지 않는 남자아이였고, 청년이 보살피고 있었다.

노인은 아까 봤던 우 일족의 당주였다.

'호위도 없이 부주의하네.'

마메이는 머리와 옷매무새를 서둘러 고치고, 연지를 가볍게 다시 바르더니 지극히 자연스럽게 정자로 다가갔다.

맹금류처럼 날카로운 눈을 살짝 뜨고 미소를 짓는다. 어린아이의 경계심을 사지 않기 위한 행동이라고는 하나 정말이지 멋진 위장술이다.

"실례하겠습니다."

앞으로 나선 사람은 마메이가 아니라 그 남편이었다.

'이것 때문에 데려왔구나.'

마메이는 마 일족 안에서 일족을 통솔하는 입장에 있는 모양이지만, 다른 일족의 당주에게 직접 말을 거는 일은 바람직하지 못하다. 그 사이에 윗사람을 끼우는 편이 낫다. 그래서 그 역할로 이용하기 위해 남편을 데려온 것이다.

'바센을 시켜도 문제는 없겠지만.'

바센이 우 일족에게 멀쩡한 인사를 건넬 수 있을 리가 없다. 지금도 뻣뻣하게 굳어 있으니 말이다.

"아니, 이거, 이거. 마 일족이시군요."

"바킨馬閃이라고 합니다."

'어차피 금방 잊어버리겠지.'

마오마오는 그렇게 생각하며 마메이 뒤에 서 있었다.

"제 아내 마메이와 처남 바센입니다. 그리고….'

"마오마오라고 합니다. 좀 전에 폐를 끼쳤습니다."

마오마오는 무난하게 인사를 건넸다.

우 일족의 당주는 마오마오를 보고는 눈을 가늘게 떴다.

"아니, 방금 전에는 뭐, 여러 가지 일이 있기는 했지만, 뭐, 여러 가지 일이 있기는 했지만, 뭐….'

엄청나게 마음에 담아 두고 있었던 모양이다. 자꾸 애매하게 돌려 말하는 것은, 신 일족의 가보에 대해 언급하지 않기 위해서였다. 일단 괴짜 군사를 발로 걷어찬 일은 잊어 줬으면 좋겠다.

"그래서 라 일족의 따님을 데려온 마 일족 여러분은 대체 무슨 볼일이신지요."

우 일족의 당주뿐만 아니라 다른 자들도 모두 의아한 표정이었다.

거기서 마메이가 한 걸음 앞으로 나섰다.

"여기 있는 마오마오 씨는 후궁에서 2년간 일했답니다."

"후궁?"

'대충 2년이지.'

중간에 들락날락했기 때문에 실제로는 더 짧다. 하지만 자세히 설명할 필요는 없을 터였다.

"그때 리슈 님과도 깊은 교우를 다질 기회가 있었다고 하는군요."

'깊은 교우라고 할 만큼 친하진 않은데.'

마오마오는 그렇게 생각했으나 흐름상 입을 열 수가 없었다.

"당주님께서는 리슈 님과 편지를 주고받으셨으리라 생각합니다. 하지만 리슈 님은 아무에게도 걱정을 끼치기 싫으신 마음에 편지에서는 늠름한 태도를 유지하셨을 것이 분명합니다. 리슈 님이 어떻게 지내셨는지, 그때의 이야기를 들어 줄 사람이 있으면 좋겠다고 마오마오 씨는 늘 생각했다고 합니다."

마메이는 눈을 촉촉이 적시며 가련한 태도로 이야기했다. 마메이의 본성을 모르는 사람이라면 홀랑 넘어갈 법한 태도였다.

"…흐음, 하지만 그런 이야기가 있었다면 아까 하는 편이 낫지 않았을까요?"

맞는 말이라고 마오마오도 생각했다. 중간에 마 일족이 끼어들 이유가 없다.

"저희 아버지는 가오슌이라고 합니다. 주상과는 젖형제 사이입니다."

"가오슌… 그렇군, 그 아이인가. 환관이 되어 개명하고 후궁으로 들어갔다고 들었는데."

우 일족의 당주는 가오슌을 아는 모양이었다. 심지어 말투로 보아하니 꽤나 옛날부터 알던 사이인가 보다.

"네. 아버지는 달의 귀인을 호위하셨습니다. 그리고 후궁에 계시던 리슈 님을 걱정하셨지요. 리슈 님은 우 일족의 아가씨이지만, 주상과 저희 아버지 가오슌과 소꿉친구였던 분의 따님이시기도 하니까요. 만일 황족을 지킨다는, 그 무엇과도 바꿀 수 없는 사명이 없었다면 그 불우한 처지의 개선을 호소하셨을 것입니다."

'대단하네.'

마오마오는 마메이의 연기에 솔직하게 감탄했다. 사실인지 아닌지는 모르지만 완전히 거짓말이라고 할 수도 없다. 리슈가 후궁에서 괴롭힘을 당했다는 이야기를 듣고 가오슌은 무척 복잡한 표정을 지었다. 후궁 관리인으로서의 고민이라면 고민일 수도 있겠지만 소꿉친구의 딸이라는 데서 오는 고민이 다소 섞

여 있다 해도 이상하지 않다.

"무엇보다 한때는 아버지와 리슈 님 어머님 사이에서도 혼담이 오갔다고 들었습니다. 어쩌면 제 동생이 되었을지도 모르는 리슈 님을 생각하면 가슴이 찢어질 것만 같았지요."

심지어 더한 폭탄 발언까지 날아왔다.

"아, 아아아아…."

바센은 입을 반쯤 벌린 상태였다. 몰랐었나 보다. 동요하는 동생을 제지하기 위해 마메이는 우 일족에게 보이지 않는 위치에서 바센의 배를 후려갈겼다. 바센은 아랫배 힘이 세기 때문에 견딜 수 있었다. 라한이었다면 도저히 견디지 못했을 충격이다.

"마 일족과의 혼담은 어디까지나 가볍게 나왔던 화제일 뿐, 신경 쓸 것 없어요."

"네, 그렇지요."

우 일족의 당주는 크게 귀담아 듣지 않고 흘려보냈다. 좋은 집안사람들에게는 혼담이 들어왔다가 그냥 흘러가는 일 정도야 워낙 흔한 모양이었다.

"하지만 손녀딸 이야기는 나도 듣고 싶구려."

"네."

마메이는 얌전하게 고개를 숙였으나, 정작 이야기해야 할 당사자는 마오마오다.

"리슈 님을 처음 뵈었던 것은 원유회 때였습니다."

마오마오는 후궁 시절 이야기를 시작했다. 돌로 된 원탁을 둘러싸고 앉자 고용인이 차를 가져다주었다.

자세한 설명은 생략하고 마오마오는 자신이 교쿠요 황후를 모신 일, 그 관계로 당시 같은 상급 비였던 리슈를 만났던 일을 이야기했다.

"원유회에서는 주위 분위기와 전혀 어울리지 않는 옷을 입고 계셨습니다."

우 일족의 당주가 쓸쓸한 표정을 지었다. 곁에 있던 청년은 시선을 피하며 아이와 놀아 주고 있었다.

"식사는 리슈 님이 드시지 못하는 청어로 바꿔치기 되어 있었습니다. 그분을 괴롭히기 위한 일이었으며, 두드러기가 올라온 팔을 제가 진료했습니다."

"마오마오 씨는 의료 지식이 있고, 현재도 의국에서 일하고 있답니다."

마메이가 설명을 보충했다.

우 일족의 당주는 미간에 주름을 잡았다. 간병인인 중년 여성은 당주의 안색을 살피고, 청년은 아이에게 과일을 먹이고 있었다.

"다과회에서는 꿀이 들어간 음료가 나왔고, 아무도 그 사실을 알려 주지 않은 채 그분께 먹이려 했습니다."

우 일족의 당주가 커다란 한숨을 내쉬었다. 몸이 약했던 리슈는 어린 시절 꽤나 세심한 보살핌을 받으며 자랐으리라.

'이야기를 듣기만 해도 정신적 타격을 받겠지.'

하지만 마오마오는 우 일족의 당주보다 옆에 있는 인물이 더 신경 쓰였다.

바센이 이를 빠득빠득 가는 소리를 내고, 눈에는 핏발이 선 상태였다. 콧김 소리가 마오마오에게까지 들렸다.

'괜찮을까?'

마오마오는 걱정이 되었으나 바센 옆의 마메이가 동생이 뛰쳐나가지 못하도록 허리끈 뒤를 꽉 잡고 있었다. 마메이의 남편도 바센을 가만히 응시하고 있었다. 무슨 일이 있을 때 제동을 거는 역할을 하기 위해서도, 마 아무개 씨는 와 있는 모양이었다.

"시녀장이 교체된 후 새롭게 온 시녀장은 리슈 님을 잘 모셨습니다."

하지만 옛 시녀장과 다른 시녀들은 여전했다. 툭하면 리슈의 물건을 빼앗고, 심지어 어머니의 유품이었던 거울까지 빼앗으려 했다.

"거울, 그 거울 말이오?"

"네, 리슈 님 어머님의 얼굴을 비추는 거울 말입니다."

리슈가 후궁의 자기 궁 욕실에서 유령을 보았을 때의 이야기다. 정체는 거울에 비춰진 리슈 어머니의 얼굴과 흔들리는 장막이었으나, 그것을 모르고 겁을 먹은 리슈가 대욕탕에 왔던 일을 마오마오는 기억하고 있었다.

그때 마오마오가 대욕탕에서 리슈를 홀딱 벗기고 전신 제모를 시킨 일은 굳이 말할 필요 없겠지.

마오마오는 처음 서도에 갔을 때의 이야기도 했다. 그때는 설마 다시 한번 서도에 오리라고는, 하물며 1년이나 체류하리라고는 상상도 못 했다.

"연회석에서 리슈 님은 사자의 습격을 받았습니다."

진시의 아내 찾기나 다름없던 연회석에서 구경거리로 나왔던 짐승의 우리가 망가진 사건이다.

"사자… 그 멍청한 놈은 무슨 문제가 있었다는 이야기는 안 했는데."

우 일족의 당주가 주먹을 부르쥐었다. 관자놀이에 혈관이 튀어나와 있었고, 간병인인 중년 여성이 조마조마한 표정으로 손수건으로 땀을 닦아 주었다. 청년은 분노하는 당주의 모습을 보여 주고 싶지 않는지 아이를 조금 떨어진 곳으로 데려갔다.

"그때 도와주셨던 분이 여기 계신 바센 님입니다."

마오마오는 사자를 죽였던, 말도 안 되는 남자를 자연스럽게 소개했다. 분노를 내뿜기 직전이었던 바센은 갑자기 이름을 불려 정신이 퍼뜩 든 표정이었다.

"우리 손녀를 구해 주셨습니까?"

"아, 아뇨. 당연한 일을 했을 뿐이고⋯."

마오마오는 흔해 빠진 겸손을 보이는 바센을 차가운 눈으로 쳐다보았다.

'영감님이 화가 나서 쓰러질 것 같으니까 불행 이야기는 이 정도로 해 두는 편이 낫겠지. 아직 할 얘기는 많이 있지만.'

마오마오는 그렇게 생각했으나⋯.

"리슈 님의 불행이 친부로 인해 벌어진 일이라는 사실이 안타 깝기 그지없습니다. 사자의 습격을 받았던 사건도, 짐승을 유 도하는 향기를 이복 언니가 풍기고 다녔던 것이 원인이라 들었 습니다."

'무슨 소리야!'

마오마오가 굳이 하지 않았던 이야기를 바센이 나불나불 떠 들어 댔다.

"⋯준純을 불러라."

당주의 목소리가 낮게 으르렁거리는 듯했다. 수염이 떨리고 눈이 다소 충혈되어 있었다.

중년 여성이 가볍게 고개를 숙인 후 아이를 돌보던 청년을 부 르러 갔다.

"무슨 일이신지요?"

아이를 돌보던 청년이 공손히 고개를 숙였다.

"네 여동생이 저지른 짓거리를 하나도 남김없이 다 말하라고 했거늘, 왜 감추었지?"

'여동생?'

마오마오는 리슈에게 이복 언니 외에도 이복 오빠가 있었다는 사실을 떠올렸다.

이 '쥰'이라 불린 청년은 리슈의 이복 오빠인 모양이었다.

"제 동생은 리슈 님께 해를 가한 일을 반성하고, 앞으로 결코 사람들 앞에 나서지 않기로 하였습니다. 부디 용서해 주십시오."

쥰은 정중해 보이지만 여기서는 절대 써서는 안 될 말을 쓰고 말았다.

"사람들 앞에 나서지 않기는 무슨! 리슈는 출가를 했다. 그 원인을 제공한 것이 누구냐?"

"제 아버지 우류卯柳와 저 우쥰, 그리고 제 여동생입니다."

쥰이라 불린 청년은 담담한 말투로 말했다.

"누가 '우'라는 이름을 써도 좋다고 했지?"

"실례했습니다."

쥰이 깊이 고개를 숙였다.

"너희는 리슈의 인생을 엉망진창으로 짓밟은 대가를 치러야 한다."

"알고 있습니다."

"물러나라."

마오마오는 가슴이 두근두근했다. 우 일족의 당주가 청년에게 주먹을 휘두를 것만 같아서였다. 하지만 노인은 아무리 그래도 이 자리에서 때릴 만큼 성격이 급하고 어리석지는 않았다.

신 일족에게 보였던 관대함이 이 자리에는 없었다.

우 일족의 당주는 인격자지만 오랜 세월 손녀를 괴롭힌 자들에게는 엄격한 모양이었다. 데릴사위와 그 자식들은 완전히 신뢰를 잃고 말았다.

'아니, 관대한 편이라고 해야겠지.'

우 일족이 어느 정도 규모인지는 모른다. 하지만 적어도 라 일족보다는 훨씬 많을 것이다. 집안이 몰락했다면 수십, 수백 명의 사람들이 길거리에 나앉는 꼴이 되고 만다.

우 일족의 당주는 데릴사위에게서 당주 자리를 빼앗아, 원래 지위로 돌아왔다. 하지만 가라앉는 배를 원상 복귀시키려니 늙은 당주는 이제부터 얼마나 마음고생을 해야 할까.

우쥔은 집에서 쫓겨나지 않은 것만으로도 감사해야 할 일이다. 그 여동생도 반성하고 있다고는 하지만 끼니 걱정을 하는 궁핍한 삶을 살고 있지는 않을 것이다.

"흉한 꼴을 보여 드렸군요."

간병인 여성이 당주의 땀을 닦아 주었다. 아이가 당주의 무릎 옆으로 다가와 마실 것을 내밀었다.

우쥔만은 실실 웃으며 우두커니 서 있었다. 마치 광대 역할을 맡은 것 같다고 마오마오는 느꼈다.

"본래는 일족에서 쫓아냈어야 하겠지만, 리슈의 편지에 그놈을 험하게 대하지는 말아 달라고 적혀 있어서."

'그놈'이란 리슈의 부친을 가리키는 말이리라.

우쥰을 일부러 회합에 데려온 것은, 어떤 의미에서는 징계라고 할 수도 있으리라.

'음습하다면 음습하긴 하네.'

하지만 리슈의 아버지가 리슈에게 저지른 일이 훨씬 더 지독했다.

직접적인 원인은 아니라고는 하나 우쥰이 이 정도 징계를 받고 끝난 것은 행운일 것이다. 무엇보다 우쥰은 굴욕을 당하는 데 익숙한 눈치였다. 자존심이 없는 편이 오히려 살기 편한 경우도 있다.

우쥰은 자업자득이지만 동시에 동정심도 느껴진다.

하지만 마오마오는 굳이 끼어들지 않았다.

아무리 인격자라 해도 용서할 수 없는 일은 있을 것이다. 정론을 설파하며, 화풀이를 하지 말라고 설득할 입장이 아니다.

"이야기를 계속해도 될까요?"

마오마오는 우 일족의 당주에게 물었다.

"부탁합니다."

"하지만 이 이상 드릴 이야기는 없습니다."

리슈의 불행 이야기를 계속 늘어놓아 봤자 당주의 마음이 풀리지는 않을 터였다.

"하지만 한 가지 말씀드릴 수 있는 것은, 리슈 님이 비 자리를 박탈당하고 후궁을 나오게 된 일이 정말로 리슈 님 자신의 탓은 아니라는 점입니다. 그리고 주상께서도 리슈 님을 걱정하셔서, 일부러 후궁에서 먼 곳으로 보내신 것이라고 생각합니다. 리슈 님께도 아직 미래가 남아 있다고 생각해도 되지 않을까요?"

우 일족의 당주는 이마를 짚었다. 희미하게 떨고 있는 것처럼 보이기도 했다.

"리슈는 내게 보내는 편지에서는 상급 비로서 잘해 나가고 있다고 썼는데…."

"할아버님께 걱정을 끼치고 싶지 않으셨던 것이겠지요."

"내가 빨리 알아차렸어야 했건만."

우 일족의 당주는 리슈를 계속 방치해 두었던 자기 자신에게 분노를 느끼는 모양이었다.

이제 와서 리슈를 괴롭힌 시녀들에게 벌을 내릴 수는 없다. 아니, 리슈가 후궁을 나갔을 때 이미 처분이 내려졌으리라. 불명예스러운 방식으로 후궁에서 쫓겨난 그들은 지금쯤 부끄러운 삶을 살고 있을 테고, 혼담에도 지장이 있을 것이다.

'이 정도면 됐겠지?'

마오마오는 마메이가 시킨 대로 리슈 이야기를 통해 우 일족의 당주를 같은 탁자로 끌어냈다. 게다가 바센이 리슈를 구한 이야기도 하고, 리슈에게 아무 잘못이 없다는 이야기도 했다.

이제부터 마메이에게 이야기의 주도권을 넘기면 마오마오 입장에서도 충분한 성과를 거둔 셈이 된다. 하지만 마메이의 눈은 '조금 더 해 볼 수 있죠?'라고 말하고 있었다.

'주문이 과하잖아.'

하지만 과한 주문을 잘 받아 주기로 정평이 난 마오마오다.

"리슈 님의 편지에는 상급 비로서의 역할을 잘 해내고 있다고 적혀 있다고 하셨지요?"

"그랬지."

"…리슈 님, 너무 무리를 하셔서…."

마오마오는 일부러 그러는 것처럼 작은 목소리로 중얼거렸다.

"무리를 했다니, 그게 무슨 뜻이지요?"

우 일족의 당주는 수염을 흔들며 의아한 표정을 지었다.

"후궁에서 비가 할 일, 그것은 말씀드릴 필요까지도 없이…."

마오마오는 바센 쪽을 흘끔 쳐다보았다. 바센은 처음에는 이야기의 의미를 알아차리지 못한 눈치였으나, 몇 번 눈을 깜빡이다 겨우 깨달은 모양이었다. 방금 전 분노했을 때와는 다른 의미에서 얼굴을 붉혔다. 거기에는 수치심과 동시에 약간의 분함이 섞여 있었다.

'비의 소임은 황제와의 자식을 낳는 일이지.'

교쿠요 황후, 리화비는 해냈다. 시스이, 아니, 러우란도 형식적으로는 하고 있었다.

단 한 명, 황제의 방문을 받지 못했던 상급 비는 리슈뿐이었다.

"주상께도 리슈 님은 딸 같은 존재이셨을 겁니다. 한 번도 침소에 찾아오지 않으시고, 승은을 내려 주지 않으셨지요."

마오마오는 천천히 고개를 가로저었다. 곁눈질로 마메이를 보니 뭔가 만족스러운 듯 뺨을 움찔거리고 있었다. 바센은 맥이 빠진 듯, 안도한 듯한 표정이었다.

"그렇지 않고서야 주상도 후궁에서 내보내진 않으셨을 겁니다."

본래 황제의 승은을 입었다면, 설령 단 하룻밤이라 하더라도 평생을 후궁에서 지내야만 한다. 특별한 예외라고도 할 수 있는 아무래도 있지만 결국은 황제의 별궁에서 살고 있다. 황제의 보호를 받고 있다는 사실은 달라지지 않았다.

"역시 그랬군요."

우 일족의 당주는 납득한 표정이었다.

"네."

마오마오는 휴우 하고 한숨을 내쉬었다.

"주상의 승은을 입지 않고 후궁 밖으로 나온 비의 대부분은 새로운 곳으로 시집갔다고 들었습니다."

소박을 맞았다며 찬밥 취급을 당할 법도 하지만 상대가 황제라면 이야기가 달라진다. 관리의 딸이든, 상인의 딸이든 후궁 출신은 부가 가치가 올라간다. 후궁이라는 비밀의 화원에 마음이 끌리는 자도 많다. 무엇보다 비로 선발된 시점에서 용모와 집안은 보장을 받은 셈이다.

"리슈 님도 출가를 하시지 않았다면, 어디든 모셔 가고 싶을 곳이 많을 테지요."

"앞으로 살 날이 얼마 남지 않은 이 늙은이가 증손주를 보고 싶다는 건 욕심이 아닐까요."

'좋아!'

마오마오는 이제 더 이상은 아무것도 할 일이 없다는 눈빛으로 마메이를 쳐다보았다. 마메이는 만족한 얼굴로 매처럼 날카롭게 눈을 반짝였다.

"질문 하나 해도 괜찮을까요?"

마메이가 손을 들었다.

"무엇인가요?"

"리슈 님의 출가에는 기한이 없는 건가요?"

"리슈는 한동안 요양을 하라는 지시를 받았다더군요."

"'한동안' 말인가요."

"그렇지요, 한동안."

"즉, 주상의 명만 있으면 리슈 님은 출가하신 곳에서 돌아올 가능성도 있다는 말이 되는군요?"

마메이는 마침 잘되었다는 표정이었다.

"리슈 님이 우 일족으로 돌아와서 남편을 맞아들일 일은 없을까요? 단 하나뿐인 직계가 아닌가요?"

"그렇지요. 내 외동딸이 낳은 단 하나뿐인 손주이니."

우쥰이 눈을 피했다. 마오마오는 이 청년도 피해자라고 생각했다. 직계가 아니기 때문에, 데릴사위의 혼외자이기 때문에 떳떳치 못한 삶을 살아야 한다. 아버지가 데릴사위 따위가 아니었다면 더욱 자유롭게 살 수 있었을 텐데.

"하지만 리슈가 제 어미의 전철을 밟게 둘 수는 없습니다. 이미 다음 후계자는 이 아이로 정했어요. 앞으로 결코 불행한 결혼을 시키지는 않을 것입니다."

우 일족의 당주는 과자를 먹는 아이의 머리를 쓰다듬었다. 지금까지 우쥰이 보살피던 아이였다.

"그렇다면 저희 마 일족이 리슈 님께 혼담을 가져가도 문제는 없겠지요?"

마메이가 겨우 본론으로 들어갔다.

바센은 입술을 너무 세게 깨문 탓에 보라색이 되어 있었다.

"마 일족이 우리 일족에 혼담을?"

"네. 리슈 님이 본가를 이으신다면 방계의 사내를 남편으로 맞아들여야 하겠지만, 후계자가 아니라면 부디 저희 가문의 인물을 만나 보셨으면 합니다."

"호오."

당주가 바센을 흘끔 쳐다보았다. 상대가 누구인지 바로 알아차린 모양이었다.

"예전에 마 일족과 인연을 맺고 싶었던 적도 있었지. 그러나⋯."

'그러나?'

"우리 일족과 인연을 맺은들 무슨 의미가 있겠소? 우 일족은 옛날만큼의 권력이 없지. 다른 가문이라면 모를까, 마 일족 입장에서 결코 득 될 일이 없을 터. 상대에게 아무 이점도 없는 이야기를 곧이곧대로 받아들이고 싶지는 않소."

"방금 전 신 일족과 무슨 이야기를 하시던 것 같은데, 아직도 사이가 틀어진 채인가요?"

마메이는 어디까지 알고 있을까, 아니면 그냥 떠 보려는 걸까. 일단 마오마오는 '저는 아무 말도 안 했어요'라고 우 일족의 당주를 향해 호소하는 눈빛을 보냈다.

"신 일족과는 여러 일이 있었지만 그대들과는 아무 상관도 없을 텐데."

"그렇지요. 하지만 리슈 님과는 가문과 상관없이 그저 인연을 맺고 싶은 마음이라는 말씀을 드려도 이야기를 들어 주시지 않으시겠습니까?"

"리슈 본인을 원하는 건가?"

우 일족의 당주가 값어치를 따지는 눈빛으로 마메이와 바센을 쳐다보았다. 옛날, 딸에게 몹쓸 사위를 짝지어 준 일을 후회하는 모양이었다.

"리슈를 어딘가로 시집보낼 경우, 몇 군데 후보를 생각하고는 있었는데…."

"그 후보에 마 일족도 넣어 주실 수 없을까요?"

마메이는 적극적으로 나섰다. 실례라고 여겨질 정도로 강력한 접근이었다. 우 일족의 당주에게도 그리 나쁘지 않은, 아니, 매력적인 제안이리라.

하지만 당주는 고개를 끄덕이지 않았다.

"지금은 어느 가문에도 보낼 수 없소. 어디에 적이 있을지 모르니. 우리 가문은 내가 사람 보는 눈이 없었던 탓에 약해지고 말았지. 하지만 그것만으로는 설명할 수 없는 일도 일어나고 있어. 마치 리슈를 못 본 체했던 벌을 받고 있는 것만 같더군."

"어떤 일인가요?"

"하하하, 이 이상 가문의 수치를 더 말하라고? 뭐, 좋소. 가오슌의 딸이라면 감이 좋으니 알겠지. 아무래도 군의 새로운 파벌이 나를 싫어하는 것 같아."

우 일족의 당주는 그렇게만 말했다.

'군의 새로운 파벌.'

최근 어디서 들은 이야기였다.

"내가 살아 있는 동안 해결하고 싶소. 이 아이가 대를 이을 때까지는 어떻게든 해야 할 문제요."

우 일족의 당주는 스스로의 노구에 채찍질을 하고 있는 모양이었다.

"자, 그럼 슬슬 연회장으로 돌아갈까?"

간병인 여성이 바퀴 달린 의자를 움직였다.

"이야기를 들어 주셔서 감사합니다."

마메이는 그 이상 더 캐묻지 않았다.

깊이 고개를 숙이고, 우 일족이 자리를 뜨는 모습을 지켜보았다.

우 일족이 시야에서 완전히 사라지니 급격히 피로가 몰려왔다.

'흐아~'

마오마오는 어깨의 힘을 쭉 뺐다.

"역시 마오마오 씨네요. 아주 이상적으로 이야기를 끌고 가 줬어요."

마메이는 칭찬했지만 그 말을 고분고분 받아들이고 싶지는 않았다.

"하지만 우 일족은 보류로 끝냈네요."

"아무것도 안 하는 것보다는 씨앗만이라도 뿌려 두는 편이 낫죠. 싹이 틀지 어떨지는 모르겠지만."

아내가 의욕적으로 나서는 모습을 남편은 흐뭇한 모습으로 바라보았다. 동생으로 말하자면 마오마오보다 더욱 버거운 자리였는지 아직도 제대로 재기동을 못 하고 있었다.

"저는 여기서 그만 물러날게요. 그래도 괜찮겠죠?"

"어머나, 피곤한가 보네요. 이런 자리에 익숙한 줄 알았는데."

마메이는 만족했는지, 방금 전의 억지 웃음보다 훨씬 밝은 표정을 짓고 있었다.

"모르는 정보가 갑자기 쏟아지면 피로가 와르르 밀려오거든요."

"아, 우 일족과 마 일족의 혼담 이야기? 남녀 간의 연령이 가까우면 아무래도 나올 수밖에 없는 얘기잖아요."

"흔히 듣는 이야기라고는 생각했어요."

하지만 지인의 이야기가 되면 미묘한 기분이 드는 경우가 많다. 그렇지 않아도 황족 관련자들은 인간관계가 복잡한데 말이다.

'리슈의 어머니와 주상이 소꿉친구였고, 아둬 님도 소꿉친구.'

황제의 종자였던 가오슌이 그 안에 들어 있어도 이상하지 않다.

'화제를 바꾸자.'

"그러고 보니 오늘은 취에 씨가 안 왔네요."

"취에 씨는 다른 볼일이 있거든요. 굉장히 망설였지만 꼭 시켜 달라고 조르는 바람에 할 수 없이 일하러 내보냈어요."

마오마오와 마메이는 천천히 걸으며 이야기를 나누었다. 남자 둘은 말없이 뒤를 따라왔다. 마메이의 남편은 정말로 과묵한 인물이었다.

"취에 씨는 그래 봬도 어학 재능이 뛰어나서, 팔다리 하나 못 쓰게 되어도 머리와 입만 남아 있으면 다 쓸모가 있답니다."

마메이가 취에를 높이 평가한다는 사실은 알겠지만 그래도 말이 너무 심하다.

"이국인 통역이라도 하나요?"

마오마오가 흥미 본위로 물은 게 잘못이었다.

"네, 포로들을 한꺼번에 감옥에 집어넣고 방치하고 있는데 자기들끼리 무슨 얘기를 하지 않을까 하고 가만히 귀를 기울이고 있다나 봐요."

"그것참."

무시무시한 이야기다.

국경에서 이국인이 잡히는 일은 드물지 않다. 대부분 도적질을 하다 잡히기 때문에 바로 처형당하는 일이 많다고 들었다. 포로로 가둬 둔다는 것은 그만큼 지위가 높은 인물이라는 뜻이다.

"취에 씨, 오른팔을 못 쓰게 됐는데도 일하는 데 지장은 없겠네요."

"네. 하지만 달의 귀인 시녀 자리는 그만두게 될 거예요. 앞으로는 어머니가 취에 씨를 대신해서 들어가시겠죠. 대신 들여보낼 시녀를 쉽게 찾을 수가 없어서 정말 큰일이에요."

"그렇군요. 스이렌 님은 엄격하시니까."

물론 마메이의 어머니인 타오메이도 엄격하다. 어지간히 유능한 사람, 아니면 취에처럼 까불까불한 성격이 아니면 일을 계속할 수 없으리라.

"사실 스이렌 님은 이미 오래전에 은퇴하셨어도 이상하지 않은 연령이시고. 입장상 달의 귀인 옆에 너무 딱 붙어 있는 것도 바람직하지 않은 일이긴 하죠."

"입장상?"

마오마오가 물었다.

"마오마오 씨는 모르나요? 스이렌 님이 어떤 분인지."

"뒷배가 없었던 어린 황태후를 지켜 낸 전설의 시녀라는 이야기는 들었는데요."

무슨 활극에라도 나올 법한 선전 문구다.

"네. 시녀이자 유모죠. 워낙 어렸던 황태후는 갓난아기에게 충분히 젖을 먹이지 못했거든요. 그러니까 주상께 젖을 드렸던 유모이기도 해요."

"시녀이자 유모…."

진시의 유모이자 주상의 유모이기도 했다는 이야기는 들었다. 하지만 유모라고 해서 반드시 젖을 먹이는 역할은 아니기 때문에, 단순히 보살펴 준 사람 정도일 거라고 생각했다.

　"가오슌 님이 젖형제라는 이야기를 들어서, 당연히 가오슌 님의 어머님이 유모이신 줄로만 알았는데요?"

　"할머님도 유모 일을 하시기는 했지만, 주상께 배치된 건 이미 젖을 뗄 무렵이었어요."

　"어라?"

　'잠깐만.'

　그렇다면 젖형제가 한 명 더 있으리라. 기본적으로 모유는 자식을 많이 낳지 않으면 넉넉히 나오지 않고, 아이가 성장하면 멎어 버린다. 스이렌에게도 주상과 나이가 비슷한 자식이 있을 터였다.

　"혹시 스이렌 님이 아둬 님의 어머님이신가요?"

　마오마오는 고개를 갸웃하며 물었다.

　"네, 몰랐나요?"

　마메이도 고개를 갸우뚱했다.

　"아니, 잠깐, 잠깐만. 안 닮았는데요?"

　얼핏 보기에는 부드러운 인상의 스이렌과 늠름한 장신의 아둬.

　외모만 봐서는 전혀 닮지 않았다.

"아둬 님은 아버님을 닮으셨다고 들었어요."

마메이가 걸음을 멈추었다. 이대로는 이야기가 끝나기 전에 연회장에 도착할 것 같다고 생각한 모양이었다.

"아뇨, 잠깐, 잠깐만요. 아둬 님이랑 스이렌 님은 누가 봐도 완전한 남처럼 예의 차리는 사이가 아닌가요?"

마오마오는 두 사람이 직접 만난 모습을 본 적이 없지만, 스이렌은 아둬를 딸이라기보다 훨씬 고귀한 사람으로 취급하는 것 같은 느낌이었다.

"스이렌 님은 평민 출신이니까 아둬 님이 비가 되신 후로는 입장을 확실히 구분하셨던 것 같아요. 그 점을 생각하면 스이렌 님의 입으로 굳이 마오마오 씨에게 모녀 관계라는 이야기를 안 하신 게 이해가 되네요."

"그럼 알 길이 없잖아요."

무엇보다 예전에 거리에 나섰을 때 마오마오가 입은 것은 스이렌의 딸 옷이었다.

'그런 옷을 아둬 님이 입으시리라고는 도저히 생각할 수가 없는걸!'

스이렌이 묘하게 즐거운 얼굴로 마오마오의 옷을 갈아입혔던 이유는, 자기 취향의 옷을 좀처럼 입어 주지 않는 딸을 대신할 존재를 발견해서였는지도 모른다.

'그렇다면 문제는 진시네.'

스이렌의 딸이 누구인지 묻지 않았던 마오마오에게도 잘못이 있지만, 말하지 않았던 진시도 문제다. 진시도 스이렌이 말했다고 생각하고 있을지도 모른다.

마오마오는 머릿속이 빙빙 도는 기분이었다.

이러니까 황족 관련자들의 인간관계는 복잡하고 골치 아프고 문제다.

"그나저나 스이렌 님은 평민 출신이신데 유모가 되셨네요."

마오마오는 머릿속을 정리하기 위해 들은 정보를 반복했다.

"네. 스이렌 님은 임신 중에 남편을 잃었는데, 당주 승계 때문에 문제가 발생하기 전에 친정으로 돌아가셨다고 해요. 부모님이 그리 좋은 분은 아니셨는지 스이렌 님은 아둬 님을 낳자마자 바로 팔려 가듯 후궁에 출사하셨다고 들었어요."

"아이를 낳자마자 바로 출사했다고요?"

출산 후에는 한동안 푹 쉬어야 하는데 정말 너무한 이야기다.

"네. 당시의 후궁 안에서는 무슨 일이 있어도 아이를 낳아야 한다는 분위기가 팽배했으니까 출산 경험이 있는 여자를 오히려 우대하던 시기였을 거예요."

지금과는 전혀 다른 방침이었던가 보다.

모든 문제가 다 어린 소녀 취향이었던 선제 때문에 아기가 태어나지 않은 탓이다.

"덕분에 스이렌 님은 당시 임신 사실을 감추고 있던 안시 님을 발견하고, 그분의 시녀가 되었죠."

전설의 시녀는 배경부터가 파란만장했다.

"하지만 보통 황제의 비 생모를 왕제의 유모로 삼는 일은 없지 않나요?"

자칫하면 황위 계승 문제가 일어날 수도 있는 상대의 유모가 자기 비의 모친이라니.

"꽤나 특수한 예였을 거예요. 하지만 한 배에서 태어난 형제에게 같은 유모를 붙이는 일 자체는 드물지 않아요."

물론 그건 그렇다고 마오마오도 생각했다.

"하지만 이례적인 건 주상과 달의 귀인의 나이 차이가 매우 크게 벌어져 있다는 점과, 주상이 젖형제인 아둬 님을 비로 삼았다는 점이에요."

마오마오도 납득했다.

"우리 마 일족은 대대로 황제의 젖형제가 되는 일이 많지만 그 때문에 벼슬을 받지 못해요. 비가 되는 일도 없죠."

황제의 일가친척으로서 지나친 권력을 움켜쥐지 못하게 하려는 조치다. 그러고 보니 함께 있는 바센이나 가오순이 무슨 관직명으로 불리는 것을 들은 적이 없었다.

그렇다면 아둬는 도대체 얼마나 특수한 입장인지 마오마오는 새삼 생각했다.

동시에 진시는 그 이상으로 특수한 입장이지만 마오마오는 얼굴에 생각을 드러내지 않으려 애썼다.

"지금 동궁이신 교쿠요 황후 전하의 황자 옆에는 내 남편과 또 한 명의 마 일족이 붙어 있어요. 그리고 리화 비전하가 낳으신 황자도 후궁을 나갈 때 우리 일족이 최소한 한 명은 붙게 될 거예요."

"달의 귀인은 마 일족을 그야말로 독차지하고 계신 상황이네요."

어디까지나 객관적인 의견으로서 마오마오는 말했다.

"그건 몇 년 동안 동궁의 지위에 계셨기 때문이에요. 아무래도 두텁게 보살펴 드릴 수밖에 없죠. 자, 그럼 슬슬 연회장으로 돌아갈까요?"

'정말 그것뿐일까?'

마오마오는 문득 그런 생각을 했으나 깊이 고민하지 않기로 했다. 그보다 연회장에서 또 누가 무슨 짓을 저지르지는 않았을지, 그쪽을 더 신경 써야 했다.

약사의 혼잣말

7 화 : 사라진 도둑 전편

이름 있는 일족의 회합, 노도와도 같은 첫날이 끝났다.

밤의 연회가 끝나자마자 수마가 밀려왔다. 목욕도 하지 않고 잠들어 버릴 뻔했는데 옌옌이 억지로 욕탕에 집어넣은 기억이 있다.

반대로 둘째 날은 첫날에 비하면 큰 문제가 일어나지 않았다.

굳이 거론하자면 괴짜 군사가 내기 바둑을 걸어서 다른 가문의 높은 분들을 그야말로 속옷까지 홀랑 벗겨 버리려 했던 일.

그리고 라한네 형이 유난히 옌옌에 대해 질문을 퍼부은 일 정도였다.

마오마오 입장에서는 야오의 연애편지남 문제도 해결되었고, 우 일족과 마 일족도 만나게 해 주는 등 꽤나 큰 성과를 거둔 기분이었다.

해결된 것 이상으로 문제가 불어난 느낌도 들지만 무사히 집에 돌아갈 수 있게 되었기에 마오마오는 기뻐하기로 했다.

이틀째 오전도 종료. 연회 같은 것은 없고, 그저 느긋하게 교류하고 싶은 가문끼리 서로 이야기를 나누는 정도로 끝났다.

거래 상담에 성공해서 뿌듯한 표정을 짓는 자도 있고, 맞선에 실패해서 의기소침한 자도 있다.

라한은 신 일족과 단단히 담판을 지어, 앞으로 야오에게 쓸데없이 집적거리지 못하도록 각서를 받아 놓았다고 한다. 그리고 겸사겸사, 아니, 오히려 본론이라고 할 수 있는 거래 상담을 통해 교역으로 손에 넣은 이국의 명검과 갑옷을 잔뜩 팔아 치웠다. 연애편지남은 어지간히 머쓱했는지 그 후로는 조용히 있었다. 하지만 친구로 보이는 동년배 젊은이들과 이런저런 이야기를 나누는 눈치였다.

'쓸데없이 보복이라도 하지 않아야 할 텐데.'

그 부분은 신 일족의 큰마님을 믿는 수밖에 없다.

그런 연유로 마오마오 일행도 집에 돌아갈 준비를 했다.

"옌옌 씨는 요리가 특기구나. 어떤 채소를 키우면 좋아할까?"

라한네 형은 마차로 짐을 나르며 마오마오에게 물었다. 본인은 부정하지만 머릿속이 완전히 농민이다. 그리고 옌옌에게 있는 것 없는 것 다 갖다 바칠 기세다.

"저도 모르는데요."

"뭐야, 옌옌 씨의 요리를 실컷 먹고 있는 게 누군데."

"요즘은 못 먹었어요."

이 속이 훤히 들여다보이는 형씨는 도대체 누구란 말인가.

"형, 향신료를 키워 보는 건 어때?"

빈틈없는 라한은 큰 이득을 취할 수 있는 작물을 추천했다.

"후추 같은 걸 키우라고? 방법을 모르는데."

"하지만 생산할 수만 있다면 요리의 폭이 넓어지지 않겠어?"

라한이 머릿속에서 튕기는 주판알 소리가 들려오는 듯했다.

"라칸 님, 이 짐은 어떻게 할까요?"

"음~ 마음대로 해."

괴짜 군사가 내기 바둑으로 따낸 전리품을 얼판이 옮기고 있었다. 아무리 그래도 속옷까지 다 털어 버리지는 않은 모양이었으나, 질 좋은 웃옷과 허리띠 등이 여러 겹 쌓여 있었다. 마오마오는 운 나쁜 바둑 상대를 향해 두 손을 모으고 싶었다. 나중에 라한이 야무지게 팔아 치우리라.

"마오마오는 이제 어떻게 할 거야?"

야오가 물었다. 옌옌은 야오의 짐을 마차에 잔뜩 싣고 있었다. 고작 1박일 뿐인데 정말로 이렇게나 필요할까 싶을 정도로 엄청난 짐이었다.

"글쎄요, 빨리 기숙사로 돌아갈까 싶네요. 내일부터 바로 일이라서."

"나도야."

"일이 밀려 있겠어요."

마오마오와 야오는 나란히 한숨을 내쉬었다. 내일 일을 생각하니 마음이 무거웠다.

"야, 라한."

마오마오는 라한을 불렀다. 라한은 아직도 자기 형에게 이익률 높은 작물을 추천하고 있었다.

"왜 그래?"

"나는 기숙사 앞에 내려 줘."

이대로 괴짜 군사의 저택에 끌려가서는 곤란하다.

"알았어."

마오마오가 마차에 타려던 순간이었다.

격렬한 모래 폭풍을 일으키며 누군가가 말을 타고 달려왔다.

"뭐야, 뭐야?"

말이 히힝거리는 소리가 울려 퍼졌다. 콧김이 거칠어진 말이 마오마오를 향해 따그닥따그닥 다가왔다.

"아가씨!"

"리하쿠 님, 무슨 일이신가요? 여긴 어떻게 오셨어요?"

말에 탄 사람은 리하쿠였다. 평소에는 붙임성 좋은 대형견 같은 얼굴이지만 지금은 다소 험악한 표정이었다.

"지금 당장 녹청관으로 와 줘."

"무슨 일인데요?"

리하쿠의 조급한 표정에서 왠지 모르게 심상찮은 분위기가 묻어났다.

"녹청관에 강도가 들어서 바이링이 부상을 입었어."

"네?!"

늘 신세를 졌던 언니가 다쳤다니 마오마오도 제정신을 차릴 수가 없었다.

마오마오는 리하쿠의 뒤에 바로 타려 했다.

"잠깐, 그 말은 피곤할 거야. 이 녀석이랑 교환해."

라한네 형이 마차의 말을 풀어서 데리고 왔다. 이럴 때는 눈치가 매우 빠르다.

"오, 라한네 형. 고마워!"

리하쿠도 재빨리 말안장을 교환했다. 익숙한지 손이 빨랐다.

"잠깐, 마오마오!"

"먼저 갈게요!"

야오가 불러 세웠으나 마오마오는 말에 올라탔다.

"가자!"

리하쿠가 말의 배를 걷어찼다. 마오마오는 떨어지지 않도록 리하쿠의 몸통을 꽉 붙잡았다.

올 때는 2시간 정도 걸린 길이었으나, 돌아갈 때는 1시간도 채 걸리지 않았다.

익숙한 유곽의 익숙한 기루가 평소와 분위기가 달랐다. 아직 밤 영업이 시작되지 않은 시각인데도 긴장으로 술렁거리고 있었다.

"이봐, 아가씨를 데려왔어!"

마오마오와 리하쿠는 말을 버리고 녹청관으로 들어섰다. 평소였다면 아직 낮잠을 자고 있을 기녀들이 화장도 하지 않은 맨얼굴로 현관 앞에 모여 있었다.

"나 참, 요란 떨기는."

세파에 닳고 닳아 완전히 시들어 빠진 목소리가 들려왔다.

"할멈."

녹청관 할멈이었다. 평소와 다름없이 담뱃대를 물고 있다.

"리하쿠 나리, 아무리 바이링이 걱정된다 해도 일을 너무 크게 키우면 안 되지."

"후후후. 맞아, 맞아. 도둑한테 놀라서 엉덩방아를 찧었을 뿐인걸."

명랑하고 요염한 그 목소리는 바이링이었다. 의자에 앉아, 여동이 주는 물을 받아 마시고 있었다.

"도둑? 강도가 아니라?"

"그래서 약 처방도 안 했어."

방 한 칸을 빌려 약방을 경영하는 사젠이 고개를 내밀었다가 다시 쏙 들어갔다. 마오마오가 궁정에서 일하게 되었을 때 억지로 약사로 만들었던 남자였는데 일은 제대로 하고 있는 모양이었다.

"리하쿠는 너무 걱정이 많다니까."

바이링이 리하쿠의 가슴을 찰싹 때렸다.

"아니, 바이링에게 무슨 일이 있을지도 모른다고 생각하니 도저히 가만히 있을 수가 없어서."

"그렇다고 일부러 마오마오를 데려올 필요는 없잖아."

"사실은 뤄먼 씨를 데려오고 싶었지만 말이야. 그 사람은 후궁에 있다지, 어설픈 약사는 믿을 수가 없지, 그래서 아가씨를 데려오려고 했더니 어딜 좀 가서 자리를 비웠다지. 얼마나 당황했다고."

리하쿠는 바이링 일만 되면 냉정함을 잃는 모양이었다. 아니, 아무리 그래도 당황이 지나친 것 아닐까.

"후후후, 마오마오를 불러 온다고 해 놓고서는 꽤나 늦었잖아."

둘은 서로 좋아 어쩔 줄 모르는 눈치지만 파발마에 실려 본의 아니게 끌려온 마오마오는 이제 대체 어쩌란 말인가. 싸늘한 눈으로 시시덕거리는 두 사람을 쳐다볼 뿐이다.

"믿음이 안 가서 미안하게 됐다."

사젠이 토라진 얼굴로 약방에서 얼굴을 반만 내밀었다가 다시 쏙 들어갔다.

"난 가도 돼?"

마오마오는 실눈을 뜨고 녹청관 할멈에게 물었다.

"잠깐 기다려. 기껏 왔으니 도망친 도둑의 단서라도 찾아 주고 가야지."

할멈은 입을 열자마자 무모한 주문을 했다.

"안 잡혔어?"

"그게 글쎄, 보기 좋게 도망쳐 버렸거든."

"관리를 불러."

"하하하. 기루가 관리 신세를 졌다는 얘기가 새어 나가면 어떤 소문이 퍼질지 모르는 일 아니냐?"

그것도 그래, 하고 마오마오는 납득했다.

"일단 내 방을 좀 봐 줄래?"

하품 섞인 그 졸린 목소리는 죠카였다. 평소 늘 자세가 반듯한 죠카 언니가 오늘은 웬일인지 잠옷 차림이다.

"죠카 언니 방?"

"도둑이 든 건 바이링 언니가 아니라 내 방이거든. 넌 그런 범인을 찾는 게 특기잖아?"

"특기라고 할 정도는 아니지만 일단은 볼게."

마오마오는 3층에 있는 죠카의 방으로 이동했다. 층이 높아질수록 고위 기녀의 방이며, 주어진 공간도 넓다. 죠카의 방은 연속된 세 칸으로 구성되어 있다.

"우와아."

"상태가 너무 심각하지?"

방 안은 엉망진창이었다. 책장의 책이란 책이 전부 바닥에 쏟아져 있었다. 책상 서랍도 전부 뒤집어 놓았다.

연결된 양 옆의 방도 난장판이었다.

"의상도 난리가 났네."

비단옷이 짓밟히고 비녀도 여기저기 떨어져 있다.

"……."

마오마오는 눈을 가늘게 뜨고 떨어진 옷을 관찰했다. 다 구깃구깃했지만 별로 더럽혀지지 않은 것이 그나마 다행이었다. 비녀는 밟혔는지 부러진 파편이 흩어져 있었다. 그 비녀를 보고 위화감을 느낀 마오마오는 조각을 집어 들고 품속에 넣었다.

"나 참, 내가 목욕하는 틈을 노려 몰래 숨어들다니 정말 대단한 배짱이야. 덕분에 갈아입을 옷도 없다고. 오늘 밤은 찻잎이나 갈아야겠네."

"아침부터라면, 머리를 감았어?"

"머리를 감았지."

죠카가 잠옷 차림인 이유였다. 녹청관에서는 머리를 감는 날이 정해져 있는데, 평소보다 따뜻한 물이 많이 필요하고 시간도 오래 걸리기 때문에 아침부터 목욕을 한다. 목욕하는 순서는 매번 다르지만 고위 기녀나 매상을 많이 올린 기녀가 먼저 들어가는 경우가 많다.

"한창 목욕할 시간을 노렸구나. 아침이긴 하겠지만, 언제쯤이야?"

"바이링 언니한테 계속 눌러앉아 있는 손님이 있어서 내가 제일 먼저 목욕을 했어. 진팔각*경이었던가. 나 참, 기껏 깨끗하게 머리를 감고 있는데 소란스러운 소리가 나서 돌아와 보니 방이 온통 이 꼴이잖아. 정말 최악이야."

"더럽네. 그리고 뭔가 냄새가 나지 않아?"

마오마오는 코를 문지르며 창가로 향했다. 연기 냄새 같은, 독한 장미향이 불쾌하게 느껴져 창밖의 공기를 크게 들이마셨다.

"그 멍청한 도둑이 장미 향수를 바닥에 떨어뜨렸거든. 손님한테 받은 귀중한 물건인데. 이젠 치울 의욕도 안 나."

죠카는 무척이나 화가 난 모양이었다.

마오마오는 겸사겸사 창밖을 내다보았다. 3층이지만 장식이나 난간이 많기 때문에 못 기어 올라올 것도 없다. 아래는 중정인데 아침에는 사람이 별로 없다.

그래도 녹청관의 남자 하인들이 그렇게 무능하진 않을 거라고 생각한다. 어떻게 그렇게 쉽게 놓쳤을까.

"도둑맞은 물건은?"

※진팔각(辰八刻) : 8시.

"나무를 짜맞춰 만든, 숨겨진 장치가 있는 세공 상자. 아직 못 찾았어."

"뭐?! 그거?"

"그거야, 그거."

죠카는 평소보다 훨씬 퀭한 얼굴이었다. 짜맞춤 세공 상자에는 죠카의 장사 도구인 비취 옥패가 들어 있다. 소중한 물건일 텐데 죠카는 의외로 차분했다.

"여기 말고 다른 방은 도둑 안 들었어?"

"내 방뿐이야."

마오마오는 턱에 손을 짚었다.

녹청관에서 가장 잘나가는 기녀는 '세 아가씨'다. 그중 메이메이는 얼마 전 낙적을 받아 나갔기 때문에 지금은 두 사람밖에 없다. 돈이 될 만한 것을 노린다면 그 두 사람의 방이나, 또는 할멈의 방을 노려야 할 것이다.

"바이링 언니는 방에 계속 있었어?"

"네가 데려온 그 나리. 낮까지 연장으로 있었어. 요즘 자주 오더라."

"아아."

리하쿠는 꼬박 1년을 서도에 있었다. 그때 잔뜩 모인 돈으로 바이링을 만나러 오는 모양이었다.

'낙적할 돈을 모으려는 거 아니었어?'

기녀 낙적은 어렵다. 돈을 모으지 않으면 낙적할 수 없지만, 단골이 아니면 낙적 자체를 할 수가 없다. 그 안배가 어렵다.

"바이링 언니 방은 내 옆이잖아? 언니가 무슨 소리가 나서 이상하다고 생각하고 들여다보러 왔더니 도둑이 있었던 거야. 도둑은 금방 창문을 통해 도망쳐 버렸지만."

"그것 때문에 놀라서 엉덩방아를 찧었구나."

그나저나, 마오마오는 의아한 기분이 들었다.

"바이링 언니는 소리를 듣고 왔다면서? 리하쿠 님은 못 들었대?"

"자고 있었던 거 아냐? 언니가 엉덩방아를 찧으면서 지른 비명을 듣고 일어난 모양인데. 무엇보다 잠이 덜 깼던 것 같아. 일부러 먼 곳까지 쫓아가서 널 데려올 정도였으니 말이야. 홀딱 반해서 물불 안 가리는 상태이기도 하지만, 아무리 그래도 지나치게 동요했다니까."

'잠이 덜 깼다….'

마오마오는 또다시 턱을 문질렀다. 마오마오가 아는 한 리하쿠는 그렇게까지 덜렁대는 성격이 아니다. 굳이 따지자면 생김새와 다르게 냉정하고 임기응변에 능한 남자다.

"잠깐 바이링 언니 방에 다녀올게."

"마음대로 해."

"방은 아직 안 치우는 편이 좋을 거야."

마오마오는 죠카에게 충고한 뒤 옆방으로 이동했다.

멋대로 남의 방에 들어갈 수도 없었기에 아래층에 있는 바이링을 불렀다.

"바이링 언니, 방 안 좀 확인해 봐도 돼?"

"응, 좋아~ 하지만 어젯밤 그대로라 정리정돈은 안 됐어~"

"오히려 잘됐네."

허락을 받았으므로 마오마오는 바이링의 방에 들어갔다. 확실히 정리는 되어 있지 않았다.

빈 술잔, 아침 먹은 죽 그릇, 벗어 던진 옷, 구깃구깃한 침대. 향 외에도 명백히 짐승 같은 냄새가 풍겼으나 기루에서는 일상다반사였기에 신경 쓰지 않았다.

마오마오는 술잔을 들고 냄새를 킁킁 맡았다.

"으음~?"

마오마오는 죽 그릇을 집어 들었다. 아침 식사용으로 두 개가 있었다. 이미 표면이 말라 번들번들 들러붙은 상태였다. 그릇 두 개를 들고 교대로 냄새를 킁킁 맡아 보았다.

'이거다!'

마오마오는 죽 그릇을 들고 방을 나와 1층으로 내려왔다.

"왜 그래, 아가씨?"

리하쿠는 현관 앞에서 차를 마시고 있었다. 다른 기녀들은 자기 방으로 돌아갔다. 슬슬 밤 영업을 준비해야 했다.

"리하쿠 님은 안 가세요?"

"으음… 기왕 왔으니까 연장하려고. 내일 아침에는 돌아갈 거야."

"돈 많이 모아 놓으셨나 보네요."

마오마오는 리하쿠를 팔꿈치로 꾹꾹 찔렀다.

"왜 이래."

리하쿠는 그리 싫지만도 않은 표정이었다.

"우후후후, 오늘 밤도 즐겨 봐요."

"하하하하."

바이링은 리하쿠에게 안기다시피 기대고 있었다. 오늘 밤에도 리하쿠는 다양한 것들을 쪽쪽 빨릴 터였다.

"그런데 아침도 여기서 드셨어요?"

"응."

"이 그릇으로?"

"맞아. 그게 왜?"

마오마오는 그릇을 내려놓고 리하쿠를 빤히 쳐다보았다.

"아침으로 나온 죽은 맛있게 드셨나요?"

"응, 건더기도 풍부하고 맛있던데. 녹청관은 역시 다르다 싶더라고."

"너무 맛있게 먹어서 그만 내 몫까지 줘 버렸지 뭐야."

"그랬구나."

마오마오는 팔짱을 끼고 납득했다.

"뭐가 그랬다는 거야?"

"리하쿠 님, 아침 식사 후 굉장히 졸리지 않으셨어요?"

"졸렸느냐고 묻는다면, 뭐, 그야."

"졸렸겠지. 하룻밤 꼬박 운동을 했으니까."

바이링은 리하쿠의 가슴을 콕콕 찔렀다. 하지만 지금은 남의 밤일 사정을 듣고 싶은 게 아니다.

"하지만 리하쿠 님은 서도에서는 밤낮이 바뀌었어도 비상시에는 바로 일어나셨잖아요?"

리하쿠는 1년간 마오마오의 호위였다. 따라서 아무리 잠들어 있는 것 같아도 리하쿠가 바로 눈을 뜰 수 있다는 사실을 알고 있었다.

"바이링 언니는 옆방에서 나는 소리를 알아차렸는데 리하쿠 님이 쿨쿨 자고 있을 거라고는 생각하지 않아요."

"그러니까 무슨 약이라도 먹었다는 거야?"

죠카가 3층에서 내려왔다.

"응. 아침용 죽 그릇. 진상 고객용 죽이었어."

마오마오는 빈 그릇을 보였다.

진상 고객, 말 그대로 몹쓸 손님을 말한다. 기녀에게 폭력을 휘두르거나 자신이 치른 금액 이상의 환대를 강요하고, 또 지나치게 기운이 넘쳐서 기녀의 체력으로 도저히 견뎌 내지 못하는 손님도 포함된다.

그럴 경우 어떻게 하면 좋을까.

녹청관에서는 남자 하인은 물론 경호원도 고용하고 있다. 노골적으로 폭력을 휘두르면 출입 금지 처분을 내리면 그만이다. 하지만 그 정도까지 가지 않는 경우, 심지어 단골이 되어 찾아올 경우 기녀가 피폐해진다.

따라서 술이나 안주에 미리 수면제를 섞어 잠이 들게 유도하는 경우가 있다.

그 약이 리하쿠의 죽 그릇에 들어 있었다. 아무리 빈 그릇이라 해도 마오마오의 코를 속일 수는 없다.

"나… 진상 고객이었어?"

리하쿠는 충격을 받은 눈치였다.

"아니에요. 다른 기녀라면 몰라도 바이링 언니 상대라면 리하쿠 님 정도로 절륜한 사람이 아니면 곤란하다고요."

"그래, 맞아."

바이링이 달랬다. 바이링이라는 기녀가 워낙 상식 밖이기 때문에 발생하는, 어쩔 수 없는 특례다.

"그래?"

"응, 응. 그러니까 또 와 줘."

"그럼!"

리하쿠는 기운을 되찾았지만 문제는 죽에 수면제가 섞여 있었다는 점이다. 오늘 리하쿠의 행동이 유난히 어수선했던 것도 수면제의 영향일지 모른다.

녹청관에서 사용하는 수면제는 술과 함께 섭취함으로써 큰 효과를 발휘한다. 진상 고객에게 수면제를 먹일 경우 그 양을 조절해서 몸에 나쁜 영향이 가지 않도록 조심하지만, 불시에 넣을 경우 꼭 그렇다고는 할 수 없다.

'그 외에도 뭐 이상한 걸 타진 않았겠지?'

마오마오는 다시 빈 그릇 냄새를 킁킁 맡았다.

"도둑이 들어온 시간에 마침 죠카 언니는 목욕, 바이링 언니 방에는 수면제를 탄 죽이 준비됐다…."

우연이라고 하기에는 너무 절묘하다.

현재 3층에 개인 방을 갖고 있는 것은 바이링과 죠카뿐이다.

"바이링 언니, 도둑은 창문을 통해 도망쳤다고 했지?"

"그래."

"옷차림은?"

"갈색 같은 옷이었어. 그런데 아주 잠깐 봤을 뿐이고, 뒷모습 밖에 못 봐서 상의가 어땠는지는 잘 모르겠는데 아래에는 통 넓은 바지를 입고 있었어."

어디에나 있을 법한 움직이기 쉬운 옷차림이다. 거리에 나가 봐도 수많은 사람들이 입고 있으리라.

"그리고 그 가벼운 몸놀림을 보면 군더더기 없는 근육이 붙어 있는 것 같았어."

근육을 좋아하는 바이링다운 목격 증언이다.

"아침 식사 죽 그릇을 가져온 건 누구야?"

"여동이야. 그 애, 즈린. 리하쿠가 와 있어서, 쵸우도 같이 왔어."

"쵸우도? 내 앞에는 안 나타나던데."

마오마오는 혀를 찼다. 쵸우는 사연이 있는 소년으로 마오마오가 잠시 보살핀 적 있다. 반항기인지 최근 들어서는 마오마오와 얼굴도 제대로 마주하려 하지 않는다.

"제 말하면 온다더니."

현관으로 쵸우와 그 금붕어똥 즈린이 들어왔다.

"쵸우!"

"으악!"

마오마오를 보자마자 쵸우는 경계 태세를 취했다.

오랜만에 보는 악동은 꽤나 성장했다. 신장도 마오마오를 뛰어넘고, 윤곽도 다소 투박해졌다. 수염이 나려면 아직 멀었지만 소년에서 청년으로 막 성장하려는 참이었다.

즈린은 마오마오의 연줄로 언니와 함께 녹청관에 들어온 소녀였다. 이전과 변함없이 쵸우에게 딱 달라붙어 있다. 식사는 제대로 얻어먹고 있는지, 처음 봤을 때에 비하면 꽤나 통통하고 사랑스럽게 성장했다.

"쵸우 너, 바이링 언니한테 아침 죽을 갖다줬지?"

즈린이 아니라 쵸우에게 묻는 이유는 즈린은 말을 못 하기 때문이다.

"응, 갖다줬는데? 뭐 문제라도 있어?"

쵸우의 시선이 마오마오보다 1촌* 높은 것이 묘하게 짜증이 난다. 하지만 어쩔 수 없다. 앞으로 성장기를 맞이하면 쑥쑥 자라 마오마오보다 훨씬 커질 것이다.

"진상 고객용 죽이었어."

"뭐?"

시치미 뚝 떼는 투의 '뭐?'는 아니었다. 얼굴에도 곤혹스러운 표정이 떠올랐다.

"나는 아무 짓도 안 했어."

"하지만 섞여 있었어."

본인은 모른다 해도 마오마오는 추궁해야만 했다.

"즈린, 네가 탄 거야?"

"……."

즈린은 고개를 가로저었다.

"아, 하지만."

쵸우가 뭔가 떠올랐는지 손뼉을 쳤다.

※1촌 : 3센티미터.

"죽은 처음부터 준비돼 있었는데."

"준비돼 있었다고?"

"……."

즈린도 긍정했다.

"할멈이 시키는 대로 죽을 가지러 갔더니 이미 준비돼 있어서 그걸 가져갔어."

"……."

즈린도 고개를 끄덕였다.

"즉, 다른 기녀가 준비해 놓았던 연장 손님용 죽을 너희가 가져왔다는 말이니?"

바이링은 즈린의 뺨을 조물조물 만지며 놀았다. 즈린은 그저 가만히 있었다. 마오마오도 어린 시절 비슷하게 장난감 취급을 받은 적이 있었다.

죽 준비는 여동이 할 일이지만 중급 이하의 기녀는 직접 준비한다. 연장 손님은 리하쿠 외에도 있었으며, 그것이 진상 고객이라면 죽에 수면제를 타는 것도 이상하지 않다.

하지만 진상 고객용 죽을 그대로 방치해 놓았을 리가 없다.

"죽이 마르면 맛없어지잖아. 손님에게 맛없는 죽을 먹이면 화를 낼 테고, 죽을 낭비해도 야단을 맞아. 그래서 먼저 가져간 거야."

쵸우의 말에 모순은 없었다. 음식을 낭비하지 말라는 말은 수

전노인 할멈이 기녀나 여동들에게 늘 하는 소리다.

"즈린한테 죽을 가져가라고 했던 건 나다. 이 녀석들은 거짓말 안 했어."

할멈이 다가왔다.

"음식을 낭비하지 않은 건 잘한 일이지만, 죽을 방치한 말썽쟁이 기녀가 누군지는 알아봐야겠는데."

할멈은 안쪽 방의 책상 서랍에서 장부를 꺼냈다. 책상 옆에는 시간을 재는 선향 받침대가 세워져 있었다.

"어디 보자, 오늘 아침 연장 손님은 리하쿠 나리 말고도 다섯 명이나 있네. 하지만 진상 고객이라고 할 만한 사람은 없는데."

선향 받침대도 리하쿠를 포함하여 6명분이 있었다. 유달리 고급스러운 받침대가 하나 있는 것은 상급 기녀인 바이링의 몫이리라.

"최근 들어 소행이 나빠졌거나 하는 손님 아냐?"

"그렇지는 않은 것 같은데. 뭐, 네 눈으로 확인해 봐라."

할멈은 마오마오에게 장부를 내밀었다.

"난 다 모르는 이름들이야."

손님은 고사하고 전부터 있던, 아는 기녀의 이름도 둘밖에 안 된다.

"우리도 똑같은 기녀를 한없이 놔두고 있을 수는 없으니까 말이지."

"그건 그래."

낙적을 받아 나간 기녀도 있는가 하면, 가게를 옮긴 기녀도 있다. 무사히 은퇴했다면 다행이지만 병에 걸려 계속 일할 수 없게 된 사람이나 죽은 사람도 적지 않다.

"…할멈, 2층 방 평면도 있어?"

"그런 걸로 뭐 하게?"

"됐으니까 빨리."

마오마오는 할멈에게서 평면도를 받아 들었다.

그리고 방 배치를 확인한 뒤 중정으로 나갔다.

"뭐 하려고?"

"실제 내 눈으로 확인할 거야."

죠카의 방 바로 아래로 이동했다. 할멈도 궁금한지 마오마오를 따라왔다.

"창에서 뛰어내렸다면 이 부근에 발자국이 남아 있지 않을까 싶어서."

"그러고 보니 그저께 가볍게 소나기가 내렸지."

지면은 젖어 있었다.

'3층에서 뛰어내렸으니까 발자국이 뚜렷하게 남아 있을 텐데.'

그럴싸한 발자국은 없었다.

"도둑 목격자는 바이링 언니 말고는 없어?"

"없더라."

"남자 하인도 아무도 못 봤대?"

"아침에 마침 사람이 없는 시간대였거든. 하지만 눈알들이 온통 옹이구멍이라니 전부 벌을 줘야겠어."

할멈의 눈이 빛났다. 엄격한 것 같지만 남자 하인들에게는 기녀의 탈주를 감시하는 역할도 있다. 이렇게나 쉽게 도둑을 놓치다니 경비에 문제가 있다고밖에 생각할 수가 없다.

"뭘 좀 알아냈냐?"

"조금 더 조사해 볼래."

"이 이상 뭘 더 조사하겠다고?"

"2층, 바이링 언니 방 바로 아래."

할멈은 마오마오를 막지 않았다. 할 거면 철저하게 범인을 찾아내 달라는 표정으로 마오마오를 보고 있었다.

8 화 : 사라진 도둑 후편

마오마오는 2층으로 이동했다.

2층의 개인 방은 3층보다 좁다. 방 크기가 곧 주인의 격을 나타낸다 해도 좋으리라.

녹청관에서 가장 좁은 방은 간신히 차를 마실 수 있는 공간과 침대가 있는 것이 전부다. 좁기 때문에 짐도 많이 둘 수 없고, 옷을 살 돈도 없으므로 다른 기녀들과 공유하는 경우가 많다.

죠카의 아래 방은 비교적 넓다. 매상 순위가 상위인 기녀들의 방이 줄줄이 늘어서 있다. 그래도 죠카에게 주어진 방의 3분의 1 크기다. 즉, 죠카의 방 아래에는 방이 세 칸 있다는 뜻이다.

마오마오는 일단 도둑이 나간 창의 바로 아래, 가운데 방의 문을 두드렸다.

"안을 확인하겠다니 무슨 소리야?"

얼후 연습을 하고 있던 기녀가 눈을 가늘게 떴다. 마오마오가 후궁에 출사한 후 들어온 기녀다. 마오마오와 같은 나이지만, 마오마오를 그리 좋게 생각하지는 않는다.

마오마오에게 녹청관은 옛 둥지지만 상대방 입장에서는 기녀도 아닌데 빈번히 녹청관을 드나드는 영문 모를 인간일 뿐이리라.

"죠카 언니 방 창문으로 도둑이 도망쳤어. 그래서 아래층 방에서도 확인하고 싶어."

"뛰어내렸으니까 중정을 보면 되는 거 아냐?"

"중정은 이미 조사했어."

높은 매상을 올리고 있는 만큼 생김새는 아름답지만 성격이 만만치 않다. 그러나 마오마오는 기루에서 자란 데다 후궁 생활도 경험했다. 상대방의 말에 겁먹을 리가 없다.

"할멈 허가는 받았어. 빨리 비켜 줘."

마오마오는 그렇게 말하며 계단 아래에 있는 할멈을 보았다.

"알았어, 알았어. 맘대로 들어가서 확인하지 그래?"

기녀는 할멈이 무서운지 바로 물러났다.

"고마워."

마오마오는 안을 확인했다. 침대와 탁자와 의자, 책상, 의상을 넣어 두는 고리짝. 희미한 향냄새가 나쁘지 않았다. 특기가 얼후 연주인 것도 그렇고, 원래는 좋은 집안 자녀인지도 모른다.

'가세가 몰락한 아가씨나 좋은 집안의 과부는 인기가 있지.'

고급 기루에서는 지성과 차분한 분위기를 선호한다. 성격이 비뚤어진 손님일수록 높은 곳에서 밑바닥으로 여자를 끌어내렸다는 사실에 구미가 동할지 모른다.

비슷한 또래 처녀라면 시골 출신보다 좋은 집안 아가씨를 더 비싼 값에 사들인다. 기루 입장에서도 교육할 수고를 덜 수 있기 때문이다.

'팔려 간 곳이 후궁이라면 차라리 나았을 텐데.'

후궁 하녀와 고급 기녀. 전자에게 훨씬 많은 미래가 있다.

마오마오는 창을 열었다. 바로 위에는 죠카의 방. 몸을 반쯤 내밀고 팔을 뻗었다.

'나로서는 무리지만 몸이 가벼운 남자라면 가능할 수도 있겠네.'

그러고 나서 방을 가볍게 둘러보았다.

"그래서 어떤데?"

"응, 끝이야. 다음 방으로 갈게."

"어떠냐고 물었잖아!"

"딱히. 아, 질문이 있는데. 어젯밤부터 오늘 아침까지 뭐 했어?"

마오마오는 만일을 대비해 확인했다.

"뭘 했냐니? 일일이 말해야 해?"

"도둑이 죠카 언니 방에 숨어들었다가 뛰어내렸을 때 뭘 했는지 확인하는 거야. 무슨 소리를 들었어도 이상하지 않잖아."

"그야 손님 상대를 하고 있었지. 어제는 두 명."

기녀가 하룻밤에 복수의 상대를 하는 일은 드물지 않다.

"아침에는?"

"…여동들이 자는 큰 방에 있었어."

"왜?"

"왜냐니! 양 옆방에 둘 다 연장 손님이 있었단 말이야! 제대로 잘 수 있었을 것 같아?"

'그건 그랬겠네.'

개인실이기는 하지만 방 벽은 그리 두껍지 않다. 잘 때 양옆에서 신음 소리가 들려오면 신경이 쓰여 잠을 잘 수가 없을 것이다. 좋은 집안 출신의 폐해다.

"응, 알았어, 알았어."

마오마오는 좋은 집안 출신 기녀의 방을 뒤로했다.

가운데 방 다음으로는 왼쪽 방의 문을 두드렸다.

"네?"

나온 사람은 즈린의 언니였다. 이전에 마오마오의 주선으로 기녀가 되었던 소녀다. 마오마오에게 다소 은혜를 느끼고 있는지 아까의 기녀처럼 노려보지는 않았다.

'전에는 비쩍 마른 닭 같았는데.'

지금은 보기 좋게 살이 오르고, 마오마오보다 풍만해졌다. 매상이 좋다고 들었는데 납득이 된다.

"방 안 좀 보여 줘."

"갑자기 무슨 일이에요? 설명해 주세요."

즈린의 언니도 아까의 기녀처럼 방에 들여보내기를 거부했지만 할멈을 들먹이자 떨떠름한 표정으로 승낙했다. 이 방도 향냄새가 났다.

마오마오는 코를 킁킁거렸다. 킁킁거리며 방 안을 샅샅이 관찰했다.

"어젯밤부터 오늘 아침에 걸쳐서 뭐 했어?"

"그런 이야기를 반드시 해야 하나요?"

말투 자체는 할멈이 교정을 시켜 놓은 모양이었다. 하지만 아까의 기녀와 달리 실내가 번잡하고 온통 어수선했다. 곳곳에 청소하다 만 흔적이 남아 있고, 고리짝에서 옷이 다 튀어나와 있고, 바닥에도 얼룩이 있었다.

외모는 성장했지만 품성은 아직 더 발전시킬 여지가 있어 보였다.

"도둑이 들었다는 이야기는 들었지? 그래서 죠카 언니 방 아래…."

이하, 아까의 기녀에게 했던 설명과 같다.

즈린의 언니는 주저하며 이야기를 시작했다.

"어젯밤에는 손님을 다섯 명 받았어요. 마지막 손님은 아침까지 시간이 얼마 안 남아서 연장했고요."

"다섯 명? 너무 많지 않아?"

마오마오는 즈린의 언니를 관찰했다. 아직 젊고 피부에도 윤기가 있다. 하지만 눈이 다소 충혈된 상태였다. 기녀는 체력이 요구되는 직업이다. 손님이 많을수록 체력을 소모한다.

"저는 다른 사람들과 다르게 얼후도 탈 줄 모르고, 바둑도 못 둬요. 그러니 많은 수를 받는 수밖에 없어요."

"지금은 젊으니까 괜찮지만 금방 힘들어질걸."

마오마오는 기녀가 걱정되어서 한 충고였지만 오히려 역효과였다.

"그럼 어쩌란 말이에요? 이제 와서 글을 익히라고요? 낮잠 시간을 줄여서? 무리잖아요. 무엇보다 매상을 올리지 않으면 저도 즈린도 쫓겨날 거예요. 아니면 즈린한테까지 이 일을 시켜서 돈을 벌게 하라는 말인가요?"

즈린의 언니가 마오마오를 마구 몰아붙이듯 말했다. 매상에 집착하는 이유는 동생 즈린이 있기 때문이다. 친부에게 버림받고 기루의 문을 두드렸지만, 동생을 버릴 수는 없었다.

"애당초 바이링 언니도 몸으로 벌고 있잖아요. 저보다 손님을 많이 받는 날도 있는데 왜 저는 안 되나요?"

"그건 그래."

마오마오는 그 이상 아무 말도 하지 않았다.

'바이링 언니는 특별하니까.'

마치 기녀가 되기 위해 태어난 사람 같은 미모와 체력과 성격의 소유자다.

처음부터 갖고 있던 기량의 차이는 매우 크다. 인간 같지도 않은 부모 밑에서 태어나, 다 죽어 가는 동생을 보살피며 살아온 소녀는 아무것도 갖고 있지 않았다. 그저 단 하나, 욕망으로 범벅이 되어 번들번들 빛나는 두 눈 외에는.

무엇보다 기녀로서 일하지 않는 마오마오가 이 소녀에게 설교를 할 자격은 없다. 괜한 말을 하고 말았다.

"그럼 아침에 도둑이 바이링 언니 방을 드나드는 모습은 못 본 거지?"

"네. 죄송하지만 볼일이 끝났으면 나가 주실래요? 오늘은 아침부터 시끄러워서 통 잠을 못 잤거든요."

"알았어."

즈린의 언니는 졸린 듯 하품을 하며 침대에 누웠다. 침대보를 새것으로 바꾸기는 했지만 잘 정돈해 주름까지 펼 여유는 없는 모양이었다. 오늘도 손님을 여럿 받겠지.

'너무 이상한 손님은 안 들여보냈으면 좋겠는데.'

마오마오는 다음 방으로 이동했다.

마지막으로 오른쪽 방에 있던 사람은 마오마오도 얼굴을 잘 아는, 고참 기녀였다.

"왜?"

자고 있었는지 멍한 얼굴이었다.

마오마오보다 2살 많고, 녹청관에 온 지는 10년 이상 된다. 세 아가씨처럼 요란하게 잘나가지는 않지만 화술과 정중한 접객으로 높은 평가를 받고 있으며, 교양 있는 고객이 많다. 대화로 분위기를 이끌어 나가기 때문에 정사에 이르는 일이 드물어서 체력 관리도 능숙하다.

안정적으로 손님을 받을 수 있는 얼마 안 되는 기녀다.

"죠카 언니 방에 도둑이 들었어. 창으로 도망쳤다고 해서 바로 아래 방을 확인하러 온 거야."

기녀는 '알았다'는 대답 대신 안으로 들어오라며 마오마오를 불렀다.

보통 손님을 상대로 말을 많이 하기 때문인지 일할 때 외에는 과묵한 기녀다. 접객할 때는 완전히 다른 사람이 되는 모습을 보고 마오마오도 놀란 적이 있었다.

"그럼 들어갈게."

마오마오는 방을 확인했다. 얼핏 보기에는 간소해 보이지만 심미안 있는 사람이 보면 알아볼 만한 실내 장식이 갖춰진 방이었다. 보는 눈이 없는 손님은 방을 둘러보고는 수수하다고 무시한 뒤 나가 버린다. 물건의 가치를 아는 손님만 남으면 된다는 것이 이 과묵한 기녀의 영업 방침이었다.

　방 크기는 다른 두 방과 같다. 침대와 탁자와 의자, 그리고 책상. 그 외에 개인적으로 구입한 가구가 놓여 있다. 장식선반에는 한 송이짜리 화병이 놓여 있고, 별 모양 꽃을 피운 도라지가 꽂혀 있었다. 화병은 수수한 흙색이지만 풍류를 아는 손님에게서 받은 선물이다. 손바닥에 올릴 수 있는 크기이지만 이것만으로도 말 몇 마리는 살 수 있는 가치가 있다고 한다.

　마오마오는 창을 열고, 다른 방과 마찬가지로 창살과 주위 벽을 확인했다.

　"아침에 도둑이 도망쳤을 때 창밖에서 무슨 소리가 들리지 않았어?"

　"손님 귀가. 아침 죽."

　손님이 돌아갔기 때문에 아침을 먹고 있었다는 소리인 모양이었다.

　"아무것도 못 보고, 못 들었지?"

　"응."

　"고마워."

　마오마오는 과묵한 기녀의 방을 나섰다.

　"하아~"

마오마오는 어이가 없다는 목소리를 내며 1층으로 내려왔다.
그리고 할멈이 있는 안쪽 방으로 향했다.

"할멈."

"도둑은 찾았냐?"

"알 것 같으니까 장부 좀 보여 줘."

"…할 수 없구만."

할멈은 조악한 종이를 다발로 묶어 만든 장부를 마오마오에게 건넸다.

마오마오는 마지막 장을 펼쳐서 확인했다. 어느 기녀에게 어느 손님이 언제부터 언제까지 있었는지가 적혀 있었다.

"우쿄 있어?"

마오마오는 고참 남자 하인의 이름을 꺼냈다.

"네, 네. 무슨 일이신가요?"

마치 때맞춰 나타나기라도 한 듯 녹청관 남자 하인들의 우두머리가 다가왔다.

"이 손님 뒤를 밟을 수 있겠어? 가명일 가능성이 높긴 한데."

마오마오는 장부에 적힌 손님의 이름을 가리켰다.

"음… 최선을 다해 볼게. 그러지 않으면 할멈한테 야단맞을 테니까."

"화는 안 낸다. 급료를 깎을 뿐이지."

할멈이 곰방대에 쌓인 재를 털었다.

"그렇게 잔인할 수가."

우쿄는 그렇게 말한 뒤 녹청관을 나갔다.

할멈은 마오마오가 가리킨 손님과, 그 손님을 받은 기녀의 이름을 확인했다.

"벌 줄 준비를 해야 하나?"

"적당히 해 둬."

"상처를 입히진 않을 거다. 장사 도구니까."

할멈은 품에서 징벌방 열쇠를 꺼내서 2층으로 올라갔다. 마오마오도 따라갔다.

지켜보던 주위 기녀들이 떨기 시작했다.

왜 도둑의 뒤를 쫓을 수 없었을까.

간단한 일이다. 결론부터 말하자면 내통한 사람이 있었다.

"이번엔 또 무슨 일이에요?"

방에서 손님을 기다리던 즈린의 언니는 불쾌한 표정이었다. 하지만 마오마오 뒤의 할멈을 보고는 몸을 움츠렸다.

등 뒤에는 무슨 난리인가 싶어 몰려든 다른 기녀들도 있었다. 하나같이 구경꾼들이다.

"뭐, 뭐야?"

마오마오는 방 안으로 성큼성큼 걸어 들어가 창을 살폈다. 아래쪽 창틀에 검붉은 점 같은 것이 찍혀 있었고, 바닥에도 그럴싸한 붉은 얼룩이 보였다.

"이거, 피야."

"그게 어쨌다는 거죠? 제가 다쳤을 때 흘린 건데요."

"죠카 언니 방에 들어간 도둑은 어떤 물건을 찾느라 온 방을 뒤졌어. 그때 이걸 밟아서 상처가 났지."

마오마오는 밟혀서 부러진 죠카의 비녀를 보였다. 부러진 부분에 검붉은 얼룩이 묻어 있었다. 굳은 피였다.

"도둑은 죠카 언니가 목욕하는 시간을 노려, 창으로 기어 올라가서 침입했어. 신발을 신고 있으면 올라가기 불편하니까 맨발이었겠지. 하지만 물건을 찾던 도중 소리를 듣고 온 옆방의 바이링 언니에게 들켰던 거야. 그래서 창을 통해 밖으로 도망쳤고."

"그게 나랑 무슨 상관인데? 창틀이 더럽혀지는 일쯤이야 흔하잖아."

즈린의 언니는 마오마오를 완전히 적으로 인식한 모양인지 말투가 거칠어졌다.

"너는 도둑을 손님인 척하고 방으로 들였어. 그리고 협력한 거지?"

"이상한 말 좀 하지 말아 줄래? 그런 짓을 해서 내게 무슨 이득이 있는데? 할멈도 내가 도둑이랑 한패라고 생각하는 거야?"

"나는 그 누구의 편도 아니다. 다만 우리 가게에 해를 끼치는 놈을 용서 못 할 뿐이야.”

이래서 할멈은 무섭다. 마오마오 입장에서도 즈린의 언니를 가게에 소개한 이상 무슨 짓을 저질렀을 경우 곤란해진다. 하지만 아무리 그래도 문제는 해결해야만 했다.

“너, 최근 들어서 매상이 상위로 올랐던데. 메이메이 언니가 낙적을 받아 나가서 빈 3층 방을 노리고 있는 거 아냐?”

자신의 지위를 올리려면, 주위 사람들을 끌어내리면 된다. 그렇게 발목이 잡히는 기녀는 많다. 기루의 방이 좋아질수록 손님의 질도 좋아지고 단가가 올라가기 때문에 본인으로서는 사활이 걸린 문제다.

‘특히 이 녀석의 경우 몸을 쓰는 방법 말고는 매상을 올릴 수가 없으니까.’

그러나 매상이 올라간다 해도 할멈은 이 여자를 새로운 ‘세 아가씨’의 일원으로 넣어 주지 않을 것이다. 질보다 양으로 손님을 받는 데다, 무엇보다 다른 둘에 비하면 즈린의 언니는 여러모로 훨씬 뒤처지니까.

그렇게 속만 태우고 있었으나, 죠카의 값어치를 떨어뜨리면 어떻게 될까. 죠카의 황실 핏줄 영업에 사용하는 비취 패가 없어지면 과연 어떻게 될까.

‘그런 걸로 죠카 언니의 가치가 떨어지진 않아.’

하지만 태생과 성장 환경에 열등감을 품고 있는 즈린의 언니는 그것을 빼앗고 싶었으리라.

그러나 즈린의 언니는 끈질겼다. 창틀의 핏자국만으로는 도저히 자백을 이끌어 낼 수가 없었다.

"그건 다른 기녀들도 마찬가지잖아. 나만 의심하는 건 이상하지 않아? 나 말고도 연장 손님이 있었을 테고, 죠카 언니 아랫방도 나 하나뿐은 아니잖아? 쟤네도 있는데!"

즈린의 언니는 과묵한 기녀와 얼후 연주를 할 줄 아는 기녀를 가리켰다. 후배 기녀에게서 '쟤네'라 불리며 손가락질을 당한 탓에 두 사람은 불쾌한 표정을 지었다.

"나는 오늘 연장 손님도 없었고, 방에 있지도 않았어."

"흐음, 손님이 없구나. 불쌍해라."

"뭐라고?"

얼후 타는 기녀는 잇몸을 드러내며 분노를 터뜨렸다. 남자 하인이 제압하지 않았다면 즈린의 언니는 주먹으로 얻어맞았을 것이다.

'도발하는 재능이 있네.'

즈린이 말을 못 하는 반동인지 언니는 세 치 혀를 잘 놀린다.

"난 무리."

"이쪽 손님은 돌아갔어."

과묵한 기녀의 연장 손님은 도둑이 들기 전에 돌아갔다. 마오마오 이상으로 말수가 부족하기 때문에 마오마오가 보충해 주어야만 했다.

"돌아간 척하고 침입하는 방법도 있잖아?"

즈린 언니의 말에 과묵한 기녀는 고개를 가로저으며 부정했다.

"손님도 무리."

"이쪽 방의 오늘 아침 손님은 입맛이 까다로운 미식가였어. 풍채 좋은 사람이라 창으로 뛰어내리는 짓은 절대 못 해."

마오마오는 손님을 장부에서 확인했다. 할멈에게 물으면 어떤 손님인지 바로 알 수 있다.

"맞아. 도둑은 굳이 따지자면 마른 체형이었어."

바이링이 덧붙였다.

즈린의 언니는 마오마오를 노려보았다.

"너는 죠카 언니 방으로 손님이 침입하도록 사주했거나 또는 그 행위를 방조함으로써 공모하기로 했지."

마오마오는 즈린의 언니를 마주 노려보았다.

"우선 죠카 언니가 목욕하는 시간을 확인하고, 없을 때를 노렸어. 하지만 혹시 바이링 언니의 손님이 아침까지 연장한다면 소리를 들을 수도 있으니 곤란하겠지. 그래서 두 사람의 아침 식사 죽 그릇에 진상 고객용 수면제를 탄 거야."

"수면제를 타? 어떻게?"

"간단하잖아? 너는 동생 즈린을 먹여 살리기 위해 일하고 있으니까. 동생이 어떤 일을 하고 있는지 확인 정도는 하겠지."

여동은 상급 기녀의 아침 식사를 가져가는 일을 한다. 어느 시간대에 아침 식사 죽을 가져가는지는 알고 있을 테니 그 직전에 수면제를 탄 죽을 놔두면 된다.

"할멈에게 교육을 받았으니 미리 퍼 놓은 따끈한 죽이 있으면 그걸 우선해서 가져가겠지. 손님이 공모했다면 기녀가 방을 빠져나간다 해도 불평하지 않을 테고. 안타깝게도 바이링 언니가 리하쿠 님에게 자기 몫의 죽까지 줘 버렸기 때문에 바이링 언니는 잠들지 않았어. 그래서 옆방의 소리를 알아차린 거야."

"흥. 얼핏 앞뒤가 맞는 것 같기는 하지만, 어디까지나 억측이잖아? 증거! 증거 어디 있어?"

'그 소리 할 줄 알았다.'

마오마오는 코를 킁킁거렸다. 킁킁거리며 방을 돌아다니다 냄새가 가장 짙은 장소에 멈춰 섰다. 옷을 넣어 두는 고리짝 앞이었다.

"도둑도 바보는 아니야. 도둑질을 하러 갈 때, 목격당해도 괜찮은 복장을 갖췄을 거야."

─갈색 같은 옷이었어. 그런데 아주 잠깐 봤을 뿐이고, 뒷모습밖에 못 봐서 상의가 어땠는지는 잘 모르겠는데 아래에는 통 넓은 바지를 입고 있었어.

바이링의 증언을 떠올렸다.

아무리 어디에나 있는 흔한 옷이라 해도, 도둑질을 하러 갈 때와 똑같은 옷을 입고 다닌다면 의심받을 것이다.

그렇다면….

마오마오는 고리짝을 거꾸로 뒤집었다.

"뭐 하는 거야?"

즈린의 언니가 옷들을 끌어모았다.

마오마오는 즈린의 언니를 밀어젖히고 갈색으로 보이는 상의를 움켜쥐었다. 남자 옷이었다.

'역시.'

마오마오는 상의의 냄새를 맡았다.

"바이링 언니, 이거 도둑 옷이랑 비슷하지 않아? 남자 상의."

"아~ 그거 같네."

"그냥 비슷할 뿐이잖아! 남자 옷 정도는 아무 데나 흔히 있는 건데!"

손님이 깜박 잊고 두고 가는 경우도 있고, 기녀의 옷과 교환해서 놓고 가는 일도 있다.

도둑은 누군가가 놓고 간 옷을 입고 도둑질을 하러 갔다가 이곳으로 돌아와 옷을 갈아입고 나갔으리라.

"그래. 비슷한 옷은 얼마든지 있지. 하지만…."

마오마오는 상의의 냄새를 맡았다. 체취와는 별개로, 강렬한 냄새가 났다.

"이 옷 냄새는 뭐지? 독한 향냄새가 나는데."

"향냄새? 그건 내 향이야."

"정말일까?"

마오마오는 죠카 앞으로 갈색 상의를 가져갔다. 죠카는 싫은
듯 남자 상의를 손가락으로 살짝 집어서 냄새를 맡았다.

"흐음, 이게 네 향이라고?"

"그래요."

"내가 손님한테 받은 수입품 향수 냄새가 나는데. 딱 하나밖
에 없는 상품이라던 그 큰 가게 주인나리가 거짓말을 하셨다는
뜻일까?"

마오마오는 즈린 언니의 방에 들어서자마자 바로 알아차렸
다. 아직 물건도 제대로 갖춰지지 않은 방인데 유달리 고가의
향수 냄새가 풍겼기 때문이었다. 심지어 죠카의 방에서 맡은
것과 같은 냄새였다.

마오마오가 과묵한 기녀의 방까지 확인하러 갔던 것은 만일
을 위해서였다.

죠카는 손가락으로 집어 들었던 상의를 내던지고는 즈린의
언니 앞으로 다가가 섰다.

"이 이상은 변명 못 하겠지?"

죠카의 눈매가 매서웠다. 다음 순간 죠카는 즈린 언니의 따
귀를 때리고 있었다. 즈린의 언니는 왼뺨을 맞고 옆으로 휘청
거렸다. 간발의 차이도 두지 않고 죠카의 오른손이 오른뺨에도

날아들었다.

"아파, 아프다고!"

"……."

죠카는 아무 말 없이 계속해서 뺨을 때렸다.

할멈은 막지 않았다. 즈린의 언니는 나쁜 짓을 했고, 죠카는 따귀 이상의 벌을 내리지 않았다. 기녀들 사이의 싸움에서 따귀 정도까지는 허락된다.

"너무 많이 때리면 붓지 않을까?"

"어차피 앞으로 2, 3일은 손님 앞에 내놓을 예정 없어."

즉, 마음대로 때리라는 소리다.

"뭐야, 무슨 일이야?"

소란이 난 것을 들은 쵸우와 즈린도 다가왔다.

"?!"

즈린은 자기 언니가 죠카에게 얻어맞는 모습을 보고 뛰어들었다. 죠카를 찰싹찰싹 때리며, 언니를 그만 때리라고 항의했다.

"비키렴. 너까지 맞고 싶니?"

죠카는 즈린을 밀어젖히려 했다.

즈린의 언니가 죠카의 배를 있는 힘껏 발로 걷어찼다. 죠카는 뒤로 쓰러져 입에서 침을 흘렸다.

"뭐 하는 게야!"

할멈이 즈린 언니의 머리채를 잡았다.

"즈린한테 손대지 마!"

즈린 언니의 목소리가 울려 퍼졌다.

"나도 하기 싫었어! 하지만 어쩔 수 없잖아! 돈을 벌려면 필요한 일이었어. 대체 뭐가 문젠데!"

즈린의 언니는 눈에 핏발을 세우며 말을 쏟아 냈다.

"올라가지 않으면 끌려 내려갈 뿐이야. 기녀로 살아남으려면 무슨 짓이든 다 할 거야. 듣기 좋은 소리만 하고 살 수는 없잖아. 여기 있는 사람들도 다 조금씩은 하는 생각이잖아! 쟤 손님은 돈을 후하게 쓴다고. 매상이 올라가면 반찬도 하나 늘어난다고."

즈린의 언니 목소리에 주위 기녀들이 눈살을 찌푸렸다.

"다들 하는 생각이잖아! 내가 안 했어도 다른 누군가가 했을 거야! 노포 기루의 정점에 영원히 올라앉아 있는 고참들이 방해된다고, 분명 다들 생각하고 있을 거야."

"입 다물어라."

할멈의 낮은 목소리가 들려왔다.

"그 고참을 실력으로 끌어내리지도 못하는 이류가 대체 누구지? 그걸 못 하는 시점에서 네 잘못이야."

할멈은 코웃음을 쳤다.

"뭘 멍하니 서 있어! 당장 이 계집을 끌어내. 일단 성격 교정부터 필요하겠네. 처분은 나중에 정해야겠다."

할멈이 남자 하인에게 명령을 내렸다.

즈린의 언니는 징벌방으로 끌려갔다. 즈린은 콧물을 흘리며 할멈의 다리에 매달렸지만 다른 기녀들이 떼어 냈다.

"즈린, 안 돼, 그만해."

쵸우는 자기 부하인 즈린을 달랬으나 즈린은 소리가 되어 나오지 않는 비명을 질렀다.

마오마오는 방관했다.

할멈의 벌은 장사에 방해가 되지 않는 범위 내에서 내려진다. 하지만 그만큼 고문에 가까운 짓도 한다. 본보기를 위해서다.

다른 기녀들이 흉내 내지 못하게 하기 위해서 필요한 일이었다.

기녀로서 살아가려면 당연한 일이었다.

약사^의 혼잣말

9 화 : 기녀가 은퇴할 때

즈린의 언니가 연행되는 가운데, 배를 걷어차인 죠카가 천천히 일어섰다.

"괜찮아?"

"…응. 마오마오, 지금 잠깐 괜찮겠니?"

죠카는 배를 문질렀다. 피해자인 기녀는 차가운 눈으로 가해자의 뒷모습을 응시하고 있었다.

"또 뭐가 남았어?"

"아니, 그냥 좀 부탁할 일이 있어서. 내 방으로 와 줄래?"

"알았어."

마오마오는 죠카의 방으로 향했다.

아직도 도둑이 어지럽힌 상태 그대로인 죠카의 방이었으나 탁자와 의자 주위만은 깨끗했다.

"앉아."

마오마오는 의자에 앉았다.

죠카는 침대 이부자리를 뒤집었다. 드러난 침대 판자를 한 장 한 장 젖히자 천으로 싼 꾸러미가 나왔다. 그것을 탁자 위에 올려놓았다.

"도둑이 노린 건 이거였거든."

천으로 싼 꾸러미 속에서 나온 것은 깨진 비취 패였다. 지난번에 마오마오에게도 보여 준 그 물건이었다.

"왜 그런 곳에 있는데? 도둑맞은 거 아니었어?"

"얼마 전에 살해당한 무관 이야기를 들었거든. 왠지 불길한 예감이 들더라고. 그래서 짜맞춤 세공 상자에서 비취 패를 꺼내서 패는 이부자리 밑, 상자는 장롱 깊숙한 곳에 숨겨 놓았어. 평소에 위험한 이름을 써서 장사를 하다 보면 묘한 감이란 게 날카로워지거든. 예상대로 짜맞춤 상자를 도둑맞았지."

마오마오는 깨진 비취 패를 빤히 쳐다보았다. 표면에 상처가 나고, 다 긁혀 있었다. 비취 자체의 질은 좋지만 패로서의 가치는 없고 가공하기도 어렵다. 이것을 훔쳐 봤자 환금하기는 어렵다. 하지만 다른 용도가 있다.

죠카 언니는 창관에서 태어났다. 낳은 사람은 기녀였고, 씨는 손님 중 누군가. 그 손님이 놓고 간 물건이 이 옥패 조각이다.

죠카女華라는 이름은 불경하다. 본래 '카華'라는 글자는 황족

밖에 쓰지 못한다. 하지만 죠카의 아버지는 사실 고귀한 혈통의 소유자였고, 그 증거로 패를 놓고 갔다. 따라서 '카'라는 글자를 쓸 수 있다는 것이 죠카의 설정이었다.

죠카 스스로는 자신이 황족이라고 생각하지 않고, 멍청한 여자가 남자 손님에게 속아서 도난품인지 뭔지를 선물받았을 뿐이라고 여긴다.

하지만 손님을 모으기 위해서 조금 신비로운 분위기를 연출하는 것도 나쁘지 않다. 죠카는 장사를 위해 황족의 사생아일지도 모른다는 이야기를 이용하고 있다.

"마오마오는 내 장사 방식을 알지? 고귀한 분의 사생아라는 말은 어디까지나 선전 문구일 뿐이고, 진심으로 그렇게 생각하진 않아. 손님도 반신반의했기 때문에 지금까지 무사할 수 있었지."

"하지만 그게 진짜인지 아닌지를 작정하고 알아보려 하는 놈들이 나타났다는 말이네."

마오마오는 팔짱을 꼈다. 죠카 외에도 마오마오 주위에서 일어난 황족 관련 이야기는 또 있었다.

'역시 티엔요우도 조사 대상이려나?'

이전에 티엔요우가 화타인가 하는 옛 황족 사생아의 자손이라는 이야기는 들은 적이 있다.

"그렇게 되면, 이름이 뭐랬더라, 그 무관? 죠카 언니의 손님이고, 괴짜 군사의 집무실에서 살해당한 자."

황족의 혈통에 대해 조사하고 있다면 티엔요우와도 관련이
있다.

"너 정말 사람 이름 기억 못 하는구나. 팡이라는 남자잖아."

"맞아, 맞아, 그거!"

죠카는 손님에게 관심 없고 쌀쌀맞은 분위기를 유지하고 있
지만 손님의 이름은 확실하게 외운다. 하지만 그것을 겉으로
드러내지 않고 제멋대로 별명을 지어 부르는 경우가 많다.

'그 자식도 이름으로 안 부르지.'

여기서 티엔요우와 묘한 접점을 느끼게 된다.

"그 녀석은 이 패를 탐내다가 살해당했어. 그리고 이번에도
패를 도둑맞을 뻔했고. 아무리 내가 기루에서 나간 적 없는, 세
상 물정 모르는 숙맥이라 해도 알아."

죠카는 크게 한숨을 내쉬었다.

'그러고 보니….'

무관을 죽인 관녀 세 명이 신 일족과 관계가 있는 것 같다고
라한이 말했는데 그것과도 상관이 있을까, 하고 마오마오는 생
각했다. 그 이후 소식은 듣지 못했다.

"도둑이 짜맞춤 세공 상자를 부숴서 열어 봤다가, 그 속에 아
무것도 없을 경우 어떻게 할 것 같아?"

죠카의 비취 패를 또다시 노릴 것이다. 그때는 더욱 강경한

수단을 동원할지도 모른다.

"슬슬 물러날 때가 됐나 봐. 모을 만큼 모으기도 했고, 목숨보다 비싼 건 없으니까."

죠카는 두 손을 들었다.

"이제 황족 사생아 영업은 끝이야. 더 빨리 끝냈어야 했어. 이제 와서 손님을 도발하던 선전 문구가 사라질 리가 없다는 건 알고 있지만, 그래도 바로 손을 떼는 게 제일 나은 방법이란 것쯤은 알아."

죠카는 지친 듯 말한 뒤 바닥에 떨어져 있던 책을 주워, 팔락팔락 책장을 넘겼다. 그리 좋은 종이를 사용하지는 않았는지 표면에 보풀이 일고 마모되어 있었다. 죠카는 여동 시절 돈이 없어서 필사본을 만들곤 했는데, 그때의 물건인 모양이었다.

"기녀의 수명은 짧아. 후딱 끝낼 수 있다면 편하겠지만 조금씩 닳으면서 마모되다 끄트머리부터 찢어져 나가게 마련이야. 비참하기 그지없고, 수선하면 아직 더 버틸 수 있지 않을까 생각하게 돼."

죠카가 넘긴 책장이 찢어졌다.

"기녀를 은퇴하려고?"

마오마오의 질문에 죠카는 애매하게 고개를 갸웃거렸다.

"결과적으로 그렇게 될지도 모르겠네. 벌써 서른 가까운 기녀는 새 손님이 붙기 힘들어. 과거 시험을 보는 학생들은 기운을 얻으러 찾아오겠지만 단골이 되어 주지는 않고."

기녀의 은퇴는 어차피 언젠가 올 일이다. 하지만 마오마오는 왠지 슬펐다.

"나는 이 비취 패를 포기할 거야. 비취 패를 버렸다, 이제 나하고는 아무 상관없다고 말할 수는 없겠지만 그런 의사를 전달하는 것 자체가 중요하잖아? 황족의 사생아를 자칭하지 않을 테니 부디 목숨만 살려 달라고."

"그러게."

"마오마오, 네가 궁중의 높으신 분과 접점이 있다는 건 나도 알아. 물론 그 변태 외알 안경 아저씨도 포함해서. 너무나 부탁하기 어려운 일이라는 건 알지만, 나는 기루 안밖에 모르는 사람이야. 부탁할 사람이 너밖에 없어."

늘 늠름하던 죠카의 목소리에 약한 속내가 섞여 있었다.

"내가 거절할 수 있을 리가 없잖아."

평소 같으면 귀찮다고 생각했을 일이다.

"비취 패는 내가 책임지고 처분할게. 신용할 수 있는 높은 사람한테도 말하고."

마오마오는 비취 패를 천으로 싸서 품에 넣었다. 본래 3촌* 정도 되는 작은 패지만 묘하게 묵직한 느낌이 들었다.

※3촌 : 9센티미터.

'이런 걸 처분해 달라고 부탁한다면….'

괴짜 군사는 논외다. 아무도 불씨를 가지고 화약고에 들어가려 하지는 않을 것이다.

고귀한 분 중 짚이는 사람이 몇 명 있지만 특히 이 일에 적합한 인물은 하나밖에 없었다.

마오마오의 머릿속에 진시의 얼굴이 떠올랐다. 진시라면 황족이나 명문가를 잘 알고 있을 테고, 무엇보다 좋은 의미로든 나쁜 의미로든 선량했다.

시 일족 아이들도 못 본 체해 주고, 황족의 후예인 스이레이도 숨겨 주고, 심지어 샤오의 전직 무녀도 보호해 주고 있다.

'너무 부담을 주는 건 좋지 않지만.'

마오마오도 마음이 무겁지만 죠카를 위해서라도 바로 행동에 나서고 싶었다. 빨리 손을 쓰지 않으면 죠카의 신변 안전도 확보할 수가 없다. 하지만 정말로 부탁하기 어려운 일이었다.

'막 그저께 만난 참인데 말이야.'

마오마오 입장에서도 동침을 거부당한 직후이니, 남들만큼은 거북한 기분이었다.

약사의 혼잣말

1 0 화 ⁝ 화압(花押)*

기루에서 숙사로 돌아오는 길, 마오마오는 마차를 부탁했다.

돌아오는 시간이 늦어진 탓도 있었고 비취 패를 맡았기 때문에 무슨 일이 생겨서도 곤란했다. 마차 값 조금 절약한다고 크게 달라질 것도 없겠다고 마음먹고 있었으나….

"마오마오 씨~ 모시러 왔어요~"

마차와 함께 나타난 사람은 어째서인지 취에였다.

"취에 씨가 어떻게?"

마오마오는 순수한 의문을 품었다.

"아이, 너무하시네요. 취에 씨로는 만족이 안 되나요~?"

"마메이 씨한테서, 다른 일이 있어서 그쪽으로 갔다고 들었거든요."

※화압 : 사인.

"일이 오늘 아침에 겨우 끝났어요. 휴우, 피곤하다, 피곤해~"

취에는 일부러 그러는 것처럼 어깨를 두드렸다.

"그리고 마메이 씨한테 얘기 들었어요. 리하쿠 씨한테 끌려갔다고. 그리고 뭐, 여러 가지 일이 있었으리라는 사실을 취에 씨의 초월적인 능력으로 감지하고 모시러 온 거랍니다."

아무리 유능하다 해도 지나치게 수상한 변명이다.

"어이, 할멈~ 우리 가게에 간첩 같은 짓거리를 하는 인간 없어~? 외부인한테 정보 뿌리는 인간~"

"어휴~ 마오마오 씨는 정말 의심이 많으시다니까~"

취에는 그렇게 말하며 마오마오의 등을 밀었다. 오른손은 쓸수 없기 때문에 왼손만으로 민다.

"보시다시피 저는 예전처럼 일할 수가 없어서, 달의 귀인의 시녀 자리에서도 해고당했어요. 그래서 대신 앞으로는 마오마오 씨한테 붙어서 일할 일이 많을 테니 잘 부탁드려요~ 저희 집에는 병약한 남편이랑 잘 먹는 집오리가 기다리고 있거든요~"

'집오리는 바센 거잖아.'

일단 마오마오는 마차 값을 아낄 수 있겠다고 생각하며 마차에 올라탔다.

"기숙사로 돌아가세요~?"

"아뇨. 저기, 그, 달의 귀인을 좀 찾아뵐 수 있을까요? 아무연락도 안 드렸지만."

마오마오는 조금 거북한 기분으로 말했다.

"달의 귀인이라~"

취에는 음흉하게 히죽 웃었다.

"취에 씨가 서방님을 유혹할 때 입었던, 속이 훤히 비치는 잠옷을 빌려드릴까요?"

'아니, 그런 거 아니라니까.'

마오마오는 말없이 취에의 양 뺨을 꼬집어 당겼다. 마오마오와 진시의 이야기는 대체 어느 정도까지 정보가 공유되고 있을까. 정말이지 머쓱해 죽겠다.

"이허 화 후헤호."

"어때요?"

마오마오는 취에의 뺨에서 손을 놓았다. 취에는 양 뺨을 어루만졌다.

"…휴우, 농담이었는데. 조금 기다려야 할지도 모르지만 아마 괜찮을 거예요. 취에 씨한테 맡겨 주세요."

"잘 부탁드려요."

마오마오는 취에를 향해 고개를 꾸벅 숙였다.

취에의 말대로 마차 안에서 기다려야 했다. 취에는 좀처럼 돌아오질 않았다.

'허가가 안 내려지는 건가?'

안 내려지면 안 내려지는 대로 어쩔 수 없다고 마오마오는 생각했다. 왜냐하면, 진시를 만나서 도움을 받는 것과 만나기 거북한 기분이 서로 충돌하고 있었기 때문이다.

'당하기 전에 먼저 덤벼 버리고 싶다.'

그저께는 그런 기분으로 진시를 찾아갔다가 쫓겨나고 말았다. 맥이 빠지기도 했고, 안도감도 들었다.

대체 어떤 얼굴로 다음번에 만나야 하나 생각은 했지만 한참 먼 일인 줄만 알았다.

사흘도 되지 않아 다시 만나야 한다니, 너무 민망하다.

'뭐, 일이라고 생각해야지.'

마오마오는 가볍게 숨을 들이마셨다가 내쉬었다. 옛날처럼 대하면 그만이다.

"마오마오 씨, 마오마오 씨."

겨우 취에가 돌아왔다. 마차 안으로 들어온 취에의 손에는 무슨 짐이 들려 있었다.

"마오마오 씨, 마오마오 씨. 원하시던 속이 훤히 비치는…."

"필요 없다고요."

마오마오는 취에가 내민 천 꾸러미를 밀치다시피 내던졌다. 다소 실례되는 행동이라고는 생각하지만 상대가 취에이기 때문에 신경 쓰지 않는다.

"마오마오 씨, 취에 씨 취급이 너무 험해진 것 같지 않나요~?"

"아뇨, 아뇨. 취에 씨에게는 취에 씨에게 딱 맞는 대응을 하고 있는 거예요. 그보다 그런 걸 가지러 갔던 거예요? 엄청나게 기다렸는데요?"

마오마오는 마차 안에서 한 시간이나 기다렸던 것이다.

"에헤헤."

취에는 엉뚱한 방향을 바라보며 혀를 날름 내밀었다. 정말이지 남 짜증 나게 하는 행동을 하는 데 능숙한 사람이다.

"일도 제대로 하고 왔어요. 이제부터 달의 귀인을 찾아갈 거예요."

취에는 작은 창을 통해 안으로 들어가라고 마부에게 지시한 뒤 마오마오가 후려쳐 떨어뜨린 천 꾸러미를 주웠다.

"일단 이걸…."

취에는 꾸러미 속에서 속이 훤히 비치는 천과 염주 같은 물건을 꺼냈다.

마오마오는 또다시 후려쳐 떨어뜨렸다.

"흐흐흑, 정말 너무하세요~ 마오마오 씨가 이 속이 훤히 비치는 천의 촉감 같은 걸 확인해 주셨으면 했는데. 놀랍게도 지금이라면 이 속옷도 따라오는데 말이에요."

취에는 이 정도로 풀이 죽을 위인이 아니다. 그 뻔뻔함으로 말하자면 심장에 털보다 더한 것이 났을 정도다.

"속옷이 아니라 염주겠죠."

'뭐, 유곽에서 전혀 못 봤던 물건도 아니지만.'

파고들 것 같다. 그 외에 마오마오는 전혀 아무 생각도 들지 않는다.

"으흑, 잠옷, 잠옷의 촉감만이라도…."

취에가 마오마오에게 매달렸다.

"그럼 잠옷은 살짝 만져만 볼게요."

"네, 네."

"짠 방식이 특징적이네요."

"그렇다니까요~ 자세히 봐 주세요."

그러저러하는 사이 진시의 궁에 도착했다.

"달의 귀인이시여~ 충실하고 현명한 취에 씨가 마오마오 씨를 데려왔답니다~"

취에는 전보다 더 제멋대로 구는 느낌이 든다. 전에는 스이렌 같은 사람을 조금이라도 무서워하는 분위기가 있었는데, 큰 부상을 입었다는 핑계로 아예 긴장이 풀려 버린 걸까. 아니면 더이상 진시 직속의 시녀가 아니기 때문일까.

"어머나, 정말. 말투가 그게 뭐니?"

스이렌이 소리도 없이 다가왔다. 생글생글 웃으며 취에를 바라보고 있다. 취에의 뺨에 한 줄기 땀이 흘러내린 것을 보니, 역시 너무 까불지 않는 편이 좋아 보인다.

'이 사람이 아둬 님의 어머님이구나.'

마오마오는 마메이에게 들은 이야기를 떠올리고 복잡한 기분이 들었다. 딱히 비밀이라고 할 것도 아니지만 그래도 얼굴에 너무 표시를 내지는 말자.

"마오마오, 안으로 들어오렴."

스이렌의 안내를 받아 안으로 들어갔다. 호위로는 낯익은 무관이 붙어 있었다. 타오메이는 돌아갔는지 보이지 않았다.

진시는 늘 그렇듯 거만한 태도로 자기 방 의자에 앉아 있었다. 하지만 마오마오를 보자마자 다소 거북한 듯 시선을 돌렸다.

반대로, 마오마오로 말하자면….

여러 가지로 거북하고 민망하기는 했지만 막상 와 보니 꼭 그렇지만도 않았다. 뭐랄까, 연휴가 끝난 후 직장에 출근하는 듯한 나른함과도 닮았다.

"그, 급한 볼일이 있다고 들었다만, 무슨 일이지?"

목소리만 들어도 진시가 긴장한 것이 느껴졌다. 마오마오가 의외로 괜찮은 것에 반해, 진시는 아직 거북한 모양이었다.

마오마오는 이야기를 어떻게 꺼내야 할까 생각했다. 우선 어디서부터 이야기할까 고민하다, 일단 죠카가 맡긴 비취 패를 보였다.

"혹시 이걸 보신 적이 있나요?"

"비취로 만든 패인가?"

진시는 눈을 가늘게 뜨고 마오마오에게서 패를 받아 들었다.

"표면에 상처가 나고 긁혀 있군. 심지어 쪼개진 모양인데."

"처음부터 쪼개져 있었다고 합니다."

진시는 신음하면서 가만히 관찰했다.

"으음… 뭐지, 이게? 꽤나 깊은 사연이 있는 물건인 것 같군."

진시는 앞머리를 쓸어 올렸다.

"이건… 지인이 맡긴 패입니다."

마오마오는 어떻게 말해야 할까 생각했다.

"그 지인을 낳은 여자는 기녀였는데, 손님이 이 패를 주고 갔다고 합니다. 그 손님은 '나는 황족의 사생아다'라고 말했다고 들었습니다."

솔직히 이야기하면서도 죠카의 이름은 거론하지 않았다. 조사해 보면 알 일이지만 굳이 입 밖에 내지 않는다.

"흔한 이야기인데."

진시는 각도를 바꿔 가며 깨진 비취 패를 관찰했다.

"당사자는 황족을 자칭하지도, 이것을 이용해 무언가를 갈취하려 하지도 않습니다. 그저 이 비취 패를 갖고 있으면 의도치 않은 의심을 살 수 있다면서 제게 맡겼습니다."

마오마오는 말을 조심스레 고르면서 설명했다.

"황족이라. 아주 거짓말이라고 잘라 말할 수도 없겠군."

진시의 눈빛이 업무 도중의 진지한 분위기로 바뀌었다.

"스이렌."

"네."

진시가 손을 들자 스이렌은 종이와 필기도구를 가져왔다.

"측면에 문양이 있다."

진시가 눈을 가늘게 뜨고 측면을 관찰했다. 그러더니 붓을 들고 측면의 문양을 베껴 그리기 시작했다.

"흠."

"이것은…."

스이렌도 들여다보았다.

"그게 뭔데요~?"

취에도 흥미진진한 표정이었다.

마오마오는 전혀 알 수 없었으나, 무슨 문자 같은 문양이었다.

"진시 님, 이게 뭔가요?"

"화압으로 보인다."

"화압?"

화압이란 이름 대신 사용하는 기호 같은 것이다. 본래의 글자를 다소 변형시켜 만들었기 때문에 글자로도, 문양으로도 보인다.

진시는 측면에 그려진 문양의 일부를 화압으로 인식한 듯했다. 마오마오 같은 서민은 화압이 낯설었기 때문에 문양 속에 숨겨져 있어도 알아보지 못했다.

"용케 아셨네요?"

마오마오는 솔직하게 감탄했다.

"도장 대신 화압을 쓰는 자가 많으니까. 하루에도 몇 십 개씩 강제로 보아야 해."

마오마오는 진시의 집무실에 늘 서류가 쌓여 있던 모습을 떠올렸다.

"무엇보다 내 옥패에도 비슷한 것이 새겨져 있지."

스이렌이 일어나 어딘가에서 오동나무 상자를 가져왔다. 그 속에는 비취 패가 들어 있었다.

"보거라."

진시의 비취 패 측면에도 비슷한 문양이 조각되어 있었다.

깨진 비취 패보다 훨씬 크고, 보다 정성스러우며 치밀한 세공이 되어 있었다. 발가락이 네 개 달린 용이었는데 깨진 비취 패와 많이 닮았다.

마오마오에게 보여 준 후, 스이렌은 다시 비취 패를 잘 집어넣었다.

"…누구의 화압인지 알아보시겠어요?"

"거기까지는 기억이 안 난다. 하지만…."

진시는 자신이 그린 화압의 윗부분을 가리켰다.

"화압을 만드는 데에는 여러 방법이 있지. 초서체로 흘려 쓰는 방식, 이름의 한 글자만 흘려 쓰는 방식, 그 외에도 이름의 두 글자를 조합해 만드는 방식 등."

마오마오에게는 전혀 없는 지식이었다.

"이건 두 개의 문자일까요?"

"음, 아마도."

진시는 화압 옆에 무언가를 그렸다.

"두 개의 문자를 조합한 것은 이합체라고 하는데, 한 글자의 왼쪽 부분과 다른 글자의 오른쪽 부분을 합치거나 하는 방식이다. 이것의 경우 상하를 합친 것처럼 보이는군."

"상하…."

진시가 추가로 그린 부분은 '초두*'처럼 보였다.

마오마오는 땀을 뻘뻘 흘렸다.

"황족이 자주 사용하는 화압이지."

"그, 그렇군요."

진시의 비취 패에도 확실히 비슷한 화압이 있었다.

'으아아.'

마오마오는 죠카를 떠올렸다. 본인은 황족의 후예라는 사실을 암시하여 장사 도구로 이용했는데, 실제로 그렇다면 대체 어떻게 될까.

어느 정도 예상은 해 두었지만 현실이 되니 아무래도 당황스

※초두(艹) : 풀초변.

러워진다.

"질문이다만, 이 패의 주인은 누구지?"

방금 전까지의 거북하던 표정은 날아가고 없었다. 진시 또한 일에 열심인 인간이기에, 거북함보다 지금 당장 일어난 문제를 우선하는 모양이었다.

"주인이 누군지 알면 그 주인에게 벌을 내리시겠습니까?"

마오마오는 식은땀을 흘리며 물었다.

진시는 웬만한 관리들과는 다르다고 생각하지만 아무리 그래도 가족이나 다름없는 사람을 팔고 싶지는 않았다. 죠카 언니에게 무슨 일이 생기기라도 하면 곤란하다.

"주인이 그 패를 훔친 것은 아니겠지?"

"네. 방금 전 말씀드렸던 대로입니다."

모친이 손님에게 받은 물건이라고 들었다.

"하지만 손님에게 이 패를 보여 주며 이야기를 한 적이 있는 모양이라, 간혹 황족의 사생아라는 소문이 퍼지는 경우가 있었다고 합니다."

어디까지나 죠카 자신이 퍼뜨리고 다닌 이야기가 아니라, 손님이 제멋대로 착각했을 뿐이라고.

마오마오는 최대한 좋은 인상을 줄 만한 말을 고르려 애썼지만 진시는 대충 눈치를 챈 모양이었다.

"즉, 그 결과 이 비취 패 때문에 무슨 곤란한 일이 생겼다는 말이군?"

"명답이십니다."

마오마오는 크게 한숨을 내쉬었다. 진시는 황족을 사칭했다고 화를 내지는 않았다.

"이 깨진 비취 패를 노리고 도둑이 들었습니다. 나중에 또 강경 수단을 동원해 빼앗으려 할 가능성이 있습니다. 그래서 비취 패를 포기하는 편이 안전하겠다는 결론에 이르렀습니다."

"정말로 비취 패를 노렸다고 단언할 수 있는 건가?"

"네. 최근 들어 비취 패를 사고 싶어 하던 사람이 있었던 모양입니다. 그것도…."

마오마오는 잊을 뻔한 이름을 떠올렸다.

"팡이라는 무관이었습니다."

"팡? 왕팡 말인가?"

"네. 괴짜 군사의 집무실에서 살해당한 남자 말이죠."

진시는 머리가 좋고, 마오마오와 다르게 인간관계를 파악하고 있을 터였다.

"왕팡은 황제의 사생아를 찾고 있었고, 그러다 결과적으로 살해당했다고 말하고 싶은 건가?"

"모르겠습니다. 하지만 세 다리를 걸쳤다가 여자들이 결탁해서 살해했다는 것보다는 체면이 서겠지요. 여자들은 정보 수집 도구로 이용당했을지도 모릅니다."

살해를 저지른 여자들은 아직 감옥에 있을까.

"흠. 그렇다면 패의 주인은 누구지? 아직 누가 맡겼다는 건지 명확히 듣지 못했다만."

"패의 주인을 벌하지는 않으시는 거지요?"

마오마오는 못을 박았다.

마오마오가 말하지 않아도, 진시의 정보망을 이용하면 비취 패의 주인 따위는 순식간에 알아낼 수 있으리라.

"의심이 많군. 그렇게 신용이 없나?"

진시는 눈살을 희미하게 찌푸렸다. 불쾌하게 만들면 안 된다고 생각하면서도, 여기서는 선을 확실하게 그어야 한다고 마오마오는 생각했다.

"진시 님께는 진시 님의 입장이 있으니까요."

진시는 입장상 비정한 처벌을 내려야만 하는 경우가 있다. 마오마오가 명확히 하지 않음으로써, 얼버무리기 쉬워질 수도 있을 터였다.

"네가 불이익을 받을 일은 없을 거다. 그것을 맡긴 지인도 그렇고."

진시는 진시대로 거짓을 말하고 있지는 않다. 진시 입장에서는 머리가 아픈 내용이라 해도, 약속을 어기지는 않으리라.

"……."

마오마오와 진시는 서로 노려보았다.

"자, 자."

중간에 끼어든 사람은 취에였다.

"달의 귀인이시여, 마오마오 씨가 모든 이야기를 다 털어놓아 줬으면 하시는 건 이해가 되지만요~ 그렇다고 신뢰받지 못하시는 것 같지도 않은데요~"

"신뢰란 그런 것 아닌가?"

"그건 신뢰가 아니라 정복 아닐까요~?"

취에의 말에 진시가 몸을 움찔 떨었다.

"모든 것을 다 알려 드는 건, 상대를 홀딱 벗겨서 무방비한 상태로 만드는 행위예요~ 달의 귀인께서는 당신의 비호하에 있으면 문제없을 것이라고 생각하시겠지만 거기에 과연 마오마오 씨의 선택지가 있을까요? 그 행위는 늘 달의 귀인 밑에 있어 야만 한다는 속박이에요~"

진시의 얼굴이 하얘졌다.

"마오마오 씨도 마오마오 씨대로 달의 귀인의 부담을 줄여 드리고 싶다는 마음은 알겠지만… '튕김'이 너무 과해요~"

"튕김…."

마오마오가 눈을 가늘게 떴다.

"뭐, 달의 귀인이 상대라면 누구나가 할 이야기를 모조리 털어놓겠지만요. 앗, 취에 씨는 이 이상 아무 말도 안 할게요~ 악의는 없으니 처분을 내리진 말아 주세요~"

취에는 실컷 말한 뒤 한 걸음 물러나 스이렌의 안색을 슬그머니 살폈다. 스이렌은 표정을 바꾸지 않고 진시의 방을 나갔다. 취에는 가슴을 쓸어내리며 한숨을 내쉬었다.

"그럼 취에 씨는 이만."

더는 방해하지 않을게요, 하고 취에도 스이렌의 뒤를 따랐다.

방에는 단둘이 남았으나 머릿속은 온통 비취 패 문제로 꽉 차 있었다.

진시는 끄응 하고 시큼한 것을 먹은 표정을 지었으나 몇 초후 원래 얼굴로 돌아왔다.

"패의 주인은 처벌을 받을 만한 짓을 했나?"

"아뇨, 절대 그렇지 않습니다."

'아슬아슬하게 괜찮겠지.'

"그럼 문제없다. 만일 필요하다면 호위도 준비해 줄 생각이었다."

"아마 그건 주인이 거부할 거라고 생각합니다."

"비취 패 문제는 머릿속에 넣어 두마. 그리고 유곽 주위의 경비도 강화해 둘까."

"그런 방식이라면 큰 도움이 될 겁니다."

진시는 그 이상 마오마오를 추궁하지 않았다.

"화압만으로 판단할 수는 없어. 다른 특징도 살펴봐야겠다. 소재는 비취. 심지어 경옥이고 색도 짙군."

진시는 확인하듯 비취 패의 특징을 하나하나 말해 나갔다.

"어차피 마오마오 너라면 이미 황족의 패일 가능성도 생각해 두었겠지. 화압을 몰라도 상상은 할 수 있었을 테고."

"신분이 상당히 높은 분의 패일 가능성은 생각하고 있었습니다."

정말로 황족일 가능성이 있다면 등골이 오싹해진다.

"게다가 깨지고 긁히고 쪼개졌다면, 공공연히 밝히고 싶지는 않으나 도저히 버릴 수는 없다는 갈등이 엿보이는군."

진시와 마오마오는 대체로 비슷한 생각을 한 모양이었다.

"황족의 사생아이기는 하나 가문의 소동에 말려들지 않도록 일부러 패를 깨고 긁었던 건가."

"그 가능성도 충분히 있다고 생각합니다."

"그 경우 어느 시대일지가 문제군. 최근이라고는 생각하기 어려워. 주상께서 몰래 시정을 돌아보시기라도 하지 않은 한은."

주상의 성격상 아주 없는 일이라고 생각하기는 힘들지만, 그것은 불가능하다.

"주상일 가능성은 없습니다. 30년 가까이 전에 받은 물건이라고 들었으니까요."

"30년이라."

진시는 손끝으로 붓을 빙글빙글 돌렸다. 붓끝이 거의 말라 있어 먹물이 튀지는 않았으나 만일 한 방울이라도 떨어질 경우가 무섭다. 진시의 평상복 한 벌로 서민의 연수입이 날아간다.

마오마오는 저도 모르게 무서워져서 진시의 손에서 붓을 빼앗았다.

"선제일 가능성은 한없이 낮다고 생각한다."

"알고 있습니다."

어린 소녀 취향으로 유명한 인물이었으니 죠카의 모친에게 손을 댔으리라고는 생각하기 어렵다. 무엇보다 옛날에 들었던, 죠카의 씨앗 제공자로 생각되는 남자의 용모와는 많이 다르다.

'외모는 그럴싸하지만 지저분한 남자라고 했지.'

도저히 황족이라고는 생각할 수가 없다.

"그리고 받았을 때 이미 깨지고 긁혀 있었다고 합니다. 비취패이니 대대로 물려받은 유품이 아닐까요?"

"제일 가까운 것이 선제 시대가 되는군. 출가당한 옛 황족들이 어느 정도 남아 있었을 때지."

여제가 통치하던 시대다.

선제가 제위에 오른 것은 선제의 이복형제들이 병에 걸려 쓰러졌기 때문이다. 하지만 그 후 살아남은 남자 황족들은 선제의 위협이 되지 않도록 전부 처리당했다고 들었다.

'어디까지가 사실인지는 모르겠지만.'

만일 이 패의 본래 주인인 황족이 선제의 이복형제 중 한 명일 경우 계승 소동에 휘말리게 되리라. 그렇게 되지 않도록 패를 깎아서 사생아라는 사실을 숨겼다면 현명한 판단이었을지도 모른다. 물론 후딱 버려 버리는 편이 안전했겠지만.

"재료가 비취라면 어느 시대인지 판단하기 어렵군."

이것이 천이었다면 그래도 알아보기 쉽다. 천을 짜는 방식이나 문양이 시대에 따라 다르기 때문이다.

"아니, 할 수 있을지도 모르겠다."

진시는 측면을 가만히 들여다보았다.

"황족의 옥패라면 그것을 만든 직공은 한정되어 있지. 이런 문양이라면 다른 황족과 겹치지 않도록 도면을 보관하고 있을 터."

"그렇다면…."

"음, 이것은 내가 맡아 두고 조사해 보겠다. 그건 그렇고…."

"무슨 일이시죠?"

달리 마음에 걸리는 일이 있는지 진시는 마오마오를 쳐다보았다.

"어제, 오늘 사이 이름 있는 일족의 회합인지 뭔지에 나간 모양이더군."

"아, 라한의 음모에 속아 넘어갔습니다."

"라한이라. 하기야 그 녀석이라면 너를 그런 회합에 끌고 가고 싶어 하겠지."

진시는 납득했다.

"여러모로 강행군이라 고생스러웠겠어."

진시는 마오마오의 노고를 위로하듯 말했다.

"하지만 뭐, 다양한 것들을 볼 수 있었으니 좋은 경험이 되었다고 생각합니다. 바센 님도 와 주셨고요."

"그렇군. 나도 가고 싶었다만."

진시의 목소리가 다소 토라진 듯 들렸다.

"아니, 진시 님은 오시면 안 되죠."

"왜지? 이름 있는 일족 말고 다른 사람들도 참가할 수 있지 않나?"

"진시 님은 부하들이 즐겁게 술자리를 갖고 있을 때 갑자기 찾아오는 상사를 어떻게 생각하세요?"

진시는 생각에 잠겼다.

아마도 그 상사 자리에 괴짜 군사 등을 끼워 맞춰 보는 모양이었다.

"혹시 다들 분위기 파악 못 한다고 생각하는 건가?"

"글쎄요. 하지만 제일 좋은 건 돈만 내 주고 사라지는 상사겠죠."

"슬픈 일이군!"

진시는 뚱한 얼굴로 마오마오를 노려보았다.

마오마오는 가벼운 미소를 지었다.

그런 두 사람을 지켜보는 시선이 있었다.

"전혀 진전이 없네요~"

"둘 다 일밖에 모르니까."

취에와 스이렌이 방 안을 엿보고 있다는 사실을, 마오마오와 진시는 알 길이 없었다.

11화 ⁝ 후배들

바쁜 하루하루를 보내는 사이 계절은 초여름으로 넘어갔다. 습한 공기가 피부를 휘감는 가운데 마오마오는 일을 하고 있었다.

대량으로 쌓인 빨랫감을 해치우는 작업에 정신없이 몰두한 상태였다.

"빨래 정도는."

"한가한 견습 의관이."

"할 수 있잖아."

마오마오는 물을 채운 커다란 통에 빨랫감을 담고 맨발로 짓밟고 있었다.

피와 고름으로 더럽혀진 붕대와 의관복이 산처럼 쌓여 있어 지긋지긋한 기분이었다. 이렇게 금방금방 빨랫감이 쌓이는 건 어떻게 좀 했으면 좋겠다.

그것은 야오나 옌옌도 마찬가지여서, 옆에서 함께 악전고투를 하고 있었다. 최근 마오마오는 이 두 사람과 다른 의무실에 배치되었지만 지금은 빨래하기 편한 커다란 우물에 모여 일을 분담하는 중이었다.

"마오마오, 물 튀어."

　옆에서 물벼락을 맞은 야오가 원망스러운 듯 눈을 가늘게 떴다.

"죄송해요. 이렇게 해야 빨리 끝나거든요."

　마오마오가 밟고 있는 것은 의관들의 수술복이었다. 상사의 옷이니 정성스럽게 다뤄야 한다며 손빨래를 시작했다간 끝이 나지 않는다. 피 얼룩은 시간이 지날수록 잘 안 지워진다.

"마오마오, 아가씨에게 더러운 물을 끼얹지 말아 줘요."

　옌옌도 불쾌한 얼굴로 열심히 피 얼룩을 문지르고 있었다. 마오마오는 수술복, 야오는 붕대, 옌옌은 자잘한 얼룩 빼기를 담당하는 중이었다.

"네."

　마오마오는 야오에게서 통을 멀리 치운 뒤 다시 수술복을 밟았다.

"피 얼룩 지우는 무가 있으면 편할 텐데. 전에도 쓴 적 있었잖아요?"

　무는 갈아서 피 얼룩 제거에 쓸 수 있다.

"그건….."

야오가 머쓱한 듯 시선을 피했다.

"작년 여름에 피 얼룩 지우는 데 무를 썼는데, 피가 잘 빠지지 않아서 그만 무를 너무 많이 써 버리고 말았거든요."

옌옌이 야오를 대신해 설명했다.

"그래서 사용이 금지된 거예요?"

"네."

무는 본래 겨울 채소다. 품종에 따라서는 봄과 여름까지도 생산할 수 있지만 귀중하기 때문에 너무 많이 쓰면 당연히 야단맞을 수밖에 없다.

"꾸준히 수작업으로 빼는 수밖에 없겠네요."

"그래야지."

"네."

마오마오 일행은 한숨을 내쉬며 빨래를 계속했다.

이전과 다름없는 업무로 보이지만 약간의 변화도 있다.

"저어… 붕대 열탕 소독이 끝났는데요."

다가온 사람은 15, 6세쯤으로 보이는 소녀 두 명. 아직 세파에 닿지 않은 눈빛을 지니고 있다.

의관 보조 관녀 채용은 마오마오 일행의 해로 끝나지 않았다. 이렇게 여기에 신입이 또 두 명 들어왔다.

'이름이 뭐였더라?'

안타깝지만 마오마오는 사람 이름과 얼굴을 잘 기억하지 못한다. 이 아이들이 후배구나 하는 정도에서 어정쩡하게 이야기를 맞춰 주고 있다.

"그럼 이거 열탕 소독도 부탁해."

야오는 다 빤 붕대를 후배들에게 건넸다. 나이로 보나 지위로 보나 아랫사람이므로 묘하게 언니 노릇을 하려 든다.

"알겠습니다."

후배 둘은 아무 말도 하지 않고 붕대가 든 바구니를 가져갔다.

"흐음."

"왜 그래요?"

옌옌이 마오마오의 얼굴을 쳐다보았다.

"아뇨, 꽤나 순종적인 아이들이 들어온 것 같아서요."

궁정의 관녀는 신부 수업의 일환, 또는 결혼 상대를 찾는 장소라고 생각하고 들어오는 자가 많다. 그리고 유복한 집안 출신 아가씨가 많기 때문에 잡무를 얌전히 해내는 성격이 드물다.

"저 외에도 몇 명 더 있었어. 첫날에 내가 다 쫓아냈지만."

야오가 흥 하고 거친 콧김을 내뿜으며 말했다.

"쫓아냈다고요?"

전에도 그런 일이 있었는데, 하고 마오마오는 떠올렸다.

"일을 그만두게 한 건 아니야. 다른 부서로 떠넘겼을 뿐이지."

"그래서 남은 게 저 두 명인가요?"

흐음 하고 마오마오는 고개를 끄덕였다. 소박해 보이는 소녀들이었다. 얼굴이 수수하기보다는 아직 때 묻지 않은 분위기가 있었다.

"분위기로 볼 때 지방 출신인가요?"

한 명은 몸집이 작고 팔을 걷어붙이고 있었고, 또 한 명은 장신에 작업복을 야무지게 갖춰 입었다.

"응. 하지만 한 명은 원래 후궁 궁녀였어."

"후궁 궁녀였다고요?"

"응. 키 큰 쪽이 위姯, 작은 애가 창샤長紗. 어차피 마오마오는 아직 이름 기억 못 하지?"

"하하하."

'큰 쪽이 짧은 이름, 작은 쪽이 긴 이름.'

야오는 마오마오를 제법 파악하게 된 모양이었다.

"후궁에서는 궁녀들에게도 학문을 가르쳐 주잖아. 위는 그중 우수해서 관녀가 되지 않겠느냐는 제의를 받았다나 봐."

"그랬군요. 보통 그런 사람은 후궁에 붙잡혀 있는 줄 알았는데요."

후궁의 봉공 기간은 2년. 가난한 집안의 딸들은 그 후 밖으로 나가야 한다. 그사이 조금이라도 직업을 얻을 연결 고리를 만들어 주기 위해 식자율을 올리려는 진시의 시도는 꽤 열매를 맺은 모양이었다.

"위는 후궁에 남는 일을 거절했다고 해. 원래 가족을 무척 아껴서, 후궁에서 돈을 벌어야 한다는 생각으로 도성으로 이사했다고 하니까. 가능한 한 가족과 함께 있고 싶은 마음에 관녀 시험을 치른 거지."

"효녀네요."

마오마오는 솔직하게 말했다.

하지만 위를 보고 신경 쓰이던 점이 있었다.

"그 차림으로는 빨래하기 힘들지 않을까요?"

이름이 짧은 쪽은 소매로 손목까지 단단히 가리고 있었다. 이 계절이라면 냄비로 붕대를 삶을 때 무척 더울 터였다.

"나도 얘기했어. 하지만 피부 노출이 금지되어 있다니까 할 말이 없더라고."

"그랬군요."

리국이라는 나라는 넓다. 도성에는 다양한 지방 사람들이 모여들며 풍습도 각각 다르다. 피부를 드러내서는 안 된다, 발은 작은 편이 아름답다, 등은 흔한 이야기다.

도성에서는 도성 방식을 따라야 하지 않을까 싶지만 그렇다고 강제할 수는 없다.

'일만 제대로 하면 문제없겠지.'

마오마오는 신경 쓰지 않고 계속 빨래를 하기로 했다.

서도에서 중앙으로 돌아온 후 마오마오는 약 서랍 관리를 맡는 일이 늘었다. 일로서는 반갑지만 약 종류도, 그 수도 방대하다. 바쁘게 돌아다녀야만 한다.

　재고와 생약의 사용 기한을 확인하고 오래된 약을 폐기하며, 부족한 약은 주문한다. 상비약도 떨어지면 안 되고, 부족하면 조제해서 넣어 두어야 한다.

　약 서랍이 있는 방은 통풍이 잘되는 시원한 곳으로 제조실이 병설되어 있다. 우물이 가깝고 아궁이가 있어 가끔 요리를 잘하는 의관이 점심을 준비하곤 했다.

　'다음에 옌옌한테 뭔가 만들어 달라고 해야지.'

　약 서랍 관리는 마오마오뿐만 아니라 다른 의관도 맡고 있었다. 하지만 다른 의관에게만 맡겨 놓으면 기껏 자신에게 돌아온 업무에서 배제되고 만다. 그런 상황은 피하고 싶었기에 마오마오는 틈만 나면 약 서랍을 확인했다.

　빨래로 시간을 빼앗긴 만큼 마오마오는 바지런히 움직였다.

　'환약이 부족하네. 만들어 놔야겠다.'

　마오마오는 탁자 위에 필요한 재료를 늘어놓았다. 그리고 서랍 위의 약연을 꺼내려 하는데 방 바깥에 누군가의 그림자가 보였다.

　"저, 저기, 이건 어떻게 하면 될까요?"

키가 작고 이름이 긴 후배가 마오마오에게 말을 걸었다. 마른 풀이 가득 든 바구니를 안고 있었다.

"주세요."

마오마오는 마른풀이 든 바구니를 받아 들었다. 화한 냄새가 콧구멍을 간질였다.

후배는 주문한 약초를 받아 온 것까지는 좋은데, 어떻게 해야 할지 알 수 없었던 모양이었다. 보고 배우라는 방침의 의관이 지시를 내리면 이렇게 되니 문제다.

"보존하라는 말을 들었겠죠? 이대로 두면 자리도 많이 차지하고, 썩을 수도 있기 때문에 보관하기 쉬운 모양으로 처리해야 해요. 보고 배워서 도와주세요. 뭣하면 기록을 하면서 배워도 괜찮아요."

마오마오는 마른풀을 집어 들고 잎사귀를 땄다. 바싹 건조되어 있었기에 이 이상 말릴 필요는 없어 보였다.

"잎사귀와 줄기를 분리해 주세요."

"네."

"끝난 잎사귀는 이 속에 넣고요."

마오마오는 약 서랍을 뽑아 신입 관녀 앞에 놓았다. 신입 관녀는 성실한 성격인지, 아니면 긴장해서인지 아무 말도 하지 않았다. 마오마오도 말없이 작업하는 편을 좋아하지만 업무 후배다 보니 조금은 일을 가르쳐야 했다.

"이 잎이 뭔지 아나요?"

"…박하인가요?"

"정답."

문제가 너무 쉬웠는지 후배는 금세 대답했다.

"효능은?"

"고향 집에서는 기침약과 두통약 만드는 데 썼어요."

"고향 집에서는?"

마오마오는 손을 멈추고 후배 신입을 바라보았다.

"고향 집이 약방이었나요?"

마오마오는 약간의 흥미를 느꼈다.

"약방은 아니고, 할머니가 주술사셨거든요."

'아… 그쪽이구나.'

마오마오는 동업자가 아니었기에 조금 실망했다.

인구가 적은 촌락에는 의사나 약사가 없는 경우가 많다. 그래서 촌락의 장로나 주술사가 의사를 대신하곤 한다.

마오마오는 주술을 믿지 않는다. 그 대부분이 근거가 없으며 사기에 이용되는 경우도 많기 때문이다.

하지만 완전히 부정할 수도 없다. 적어도 이 후배의 할머니라는 사람은 선량한 주술사라는 사실을, 그 지식으로 미루어 보아 알 수 있었다. 생약 지식을 묻는 필기시험에 합격한 것도 그 덕분이리라.

'어느 정도 가르치는 보람이 있겠네.'

전에 유곽의 약방을 맡기기 위해 사젠에게 억지로 지식을 쑤셔 넣은 적이 있다. 이 소녀라면 그것보다는 조금 더 고분고분하게 공부해 줄 듯했다.

"그럼 겸사겸사 상비약 만드는 일부터 도와줄래요?"

"알겠습니다."

마오마오에게 딱 붙어 열심히 흉내를 내는 후배. 마오마오는 탁자 위에 놓여 있던 약초를 집어 들었다.

그때 흐늘흐늘한 해파리 같은 생물이 다가왔다.

"저기, 저기. 뭐 하는 거야~?"

말할 필요도 없이 티엔요우였다.

"냥냥이 신입을 가르치는 거야? 키가 작은 쪽이 창샤였나?"

'이 자식, 내 이름은 기억 못 하는 주제에.'

후배의 이름은 기억하고 있다. 그랬다, 창샤라는 이름이었다.

하지만 마오마오가 반응을 보이면 재미있어하며 더한 짓을 저지르기 때문에 무시했다.

"아, 네. 마오마오 선배가 가르쳐 주고 계세요."

"하하하하, 냥냥은 말이지, 신기한 생약을 보면 춤을 추는 습성이 있으니까 조심해!"

"하하하하, 티엔요우는 말이지, 신선한 시체를 보면 춤을 추는 습성이 있으니까 조심해!"

마오마오도 응수했다.

"네? 생약? 시체?"

창샤는 마오마오와 티엔요우를 번갈아 쳐다보았다.

"신입이 혼란스러워하니까 방해하지 말아 주세요. 빨리 일이나 하러 가는 게 어때요?"

마오마오는 마른 잎사귀를 약연에 넣고 약연차를 굴려 열심히 갈기 시작했다.

"한꺼번에 섞지 말고, 일단 전부 갈아 놓은 다음에 섞는 거예요. 가능한 한 자디잔 분말로 만들기 위해서예요."

"네."

"있잖아, 있잖아."

티엔요우는 질리지도 않고 계속 말을 걸었다.

'그러고 보니 이 녀석.'

서도에서 들은 이야기로는 '화타'의 자손이라고 했다. 어디까지가 진실인지 몰라도 죠카 이야기가 아주 거짓말도 아니었던 걸 보면 사실일지도 모른다.

'티엔요우는 왕팡을 알고 있을까?'

하지만 괴짜 군사의 방에서 왕팡이 살해당했을 때 티엔요우는 단순한 시체로 취급했다. 아무리 그래도 아는 사람이라면 조금은 더 예의 바른 태도를 취했을 텐데.

마오마오는 생각하면서도 손을 멈추지 않았다.

"이렇게 해서 가루가 되면 비율대로 섞는 거예요. 반죽할 때는 연밀煉蜜을 쓰죠."

마오마오는 냄비에 들어 있는 질척한 액체를 보여 주었다.

"연밀이 뭐예요? 꿀의 일종인가요?"

"꿀을 푹 졸인 거예요. 꿀 상태 그대로는 수분이 너무 많기 때문에 미리 수분을 날리는 거죠."

"아하, 그렇군요."

"있잖아, 있잖아."

티엔요우는 아직도 포기하지 않고 계속 말을 건다.

마오마오는 여러 종류의 약초 가루를 섞고, 거기에 연밀을 넣었다. 면을 만들 때처럼 처음에는 부슬부슬하다가 차츰 덩어리가 되어 가도록 반죽한다. 독특한 냄새가 풍기는 점토 같은 덩어리가 완성되었다.

"귓불 정도의 굳기라고 생각하면 돼요. 그리고 나무틀이 선반 위에 있으니까, 아~ 거기 있는 의관님~ 나무틀 좀 갖다주세요."

겨우 마오마오가 티엔요우를 불렀다.

"꼭 이럴 때만 나를 써먹는다니까."

티엔요우는 툴툴거리면서도 겨우 존재가 인식된 게 기쁜지 나무틀을 가져다주었다.

"감사합니다. 이제 아무 데나 가 버리세요."

"나를 너무 막 대하는 거 아냐~?"

마오마오 입장에서는 티엔요우를 대하는 평상시 방식이지만, 창샤는 어쩔 줄 몰라 하는 눈치였다.

"티, 티엔요우 의관님. 감사합니다. 정말, 큰 도움이 됐어요."

"후후후, 천만의 말씀."

"티엔요우 의관님은 아직 젊으신데 벌써 중급 의관과 같은 일을 하신다고 들었어요. 특히 외과 처치는 타의 추종을 불허한다고요."

"헤헤, 뭐 그렇지~"

티엔요우는 칭찬에 익숙지 않은지 기분 나쁘게 이히히 하고 웃었다.

"어떻게 하면 적확한 처치를 할 수 있나요?"

"아~ 그건 시체를 해체…."

마오마오는 재빨리 티엔요우의 정강이를 걷어찼다.

"아얏!"

티엔요우는 한쪽 다리를 껴안고 펄쩍펄쩍 뛰었다.

"뭐, 뭐 하는 거야! 냥냥?!"

마오마오는 티엔요우를 향해 잇몸을 드러내며 위협했다.

'뭘 신나서 시체 해부 이야기를 나불나불 떠들어 대는 거야!'

의관들이 해부를 한다는 사실은 비밀이다. 신입인 창샤에게 해서 좋을 말이 아니다.

"응? 아아."

그제야 알아차렸는지 티엔요우는 한쪽 눈을 깜빡였다. 취에와는 또 다른 의미에서 사람 짜증 나게 하는 동작을 하는 남자다.

"난 말이지, 고향 집 부모님이 사냥꾼이거든. 그래서 짐승 해체에 익숙해."

"해체에 능하면 외과 처치도 잘할 수 있는 건가요?"

"피에 익숙한 거랑 익숙하지 않은 건 상당히 다르니까."

서도에서 요우 의관에게 들었던 이야기대로다.

"부모님이 사냥꾼이었어요?"

마오마오는 어디까지나 처음 듣는 이야기인 것처럼 확인했다.

"응, 그래."

"그럼 한번 댁에 찾아뵈어도 될까요?"

"뭐야? 부모님한테 사이를 공인받으려고?"

티엔요우는 일부러 그러는 것처럼 눈을 반짝반짝 빛내며 마오마오를 바라보았다.

"아니거든요. 신선한 고기가 필요해서요. 도성에서는 쉽게 구할 수가 없잖아요?"

"아~"

마오마오의 이야기를 듣고 티엔요우는 해부용 가축이 필요하다고 이해했다. 창샤는 들은 대로 그저 식용 고기를 원한다고 생각할 터였다.

마오마오의 본심은 티엔요우의 고향 집이 어떻게 생겼는지를 조사하는 데 있었다.

"나눠 주고 싶긴 하지만 무리야~ 난 의절당했으니까~"

"안타깝네요."

마오마오는 손을 멈추지 않았다. 점토 같은 약초 덩어리를 나무틀에 넣고 꾹 눌러 환약을 생산해 나간다.

"자, 자. 그만 슬슬 나가 주세요. 바쁜 의관님은 달리 할 일이 있을 것 아닌가요?"

"왜~ 나도 도울게~"

"아뇨, 아뇨. 됐어요. 중앙으로 돌아온 후에도 계속해서 근육을 단련하고 있는 리 의관님께 이를 거예요. 최근 들어서는 자택 마당에 커다란 모래주머니를 매달아 놓고 열심히 주먹을 휘두르고 발로 걷어차는 훈련도 추가하셨다네요. 그리고 쉬는 시간엔 무관과 대련하려고 수련장에도 얼굴을 내미신다더라고요. 모래주머니가 되고 싶은가요?"

"뭐야, 무서워!"

리 의관은 대체 무엇을 목표로 하고 있는지는 몰라도, 여하간 충실한 하루하루를 보내고 있다.

아무리 티엔요우라 해도 리 의관은 이길 수가 없는지 후다닥 돌아가 버렸다.

"티엔요우 의관님은 특이한 분이시네요."

창샤가 말했다.

"응, 엮이지 않는 편이 좋아."

마오마오는 계속해서 환약을 만들었다.

약사의 혼잣말

1 2 화 ⁝ 수련장 의무실 근무

　광대한 궁정 안에는 의무실이 여러 곳 있다. 그중에서 가장 바쁜 곳이 무관들의 수련장 근처다.

　"어이~ 머리가 찢어졌는데 좀 꿰매 줘!"

　"어깨 빠졌어. 좀 맞춰 줘."

　"신입이 쓰러졌어. 깨는 약 좀 줘."

　이런 일은 일상다반사다.

　기본적으로 신입 의관들을 단련시키기 위해 보내는 일이 많은 장소다. 또한 수습 기간 중인 의관 보조 관녀들이 배치될 일은 없는 장소였다. 거친 패거리도 많다.

　"슬슬 너한테도 괜찮은 경험이 되겠지."

　류 의관은 서도에서 돌아온 마오마오를 난폭한 자들이 많이 오는 그 의무실에 배치시켰다. 괴짜 군사가 지금까지처럼 의무실에 틀어박혀 있는 일을 방지하는 의미도 있으리라.

"무슨 일이 있으면 리 의관한테 말하고."

거친 부서에 여성이 배치되면 여러 가지 문제가 일어난다. 리 의관은 마오마오가 서도에 갈 때 당당히 반대하던 인물이었으나 그 근간에는 마오마오를 배려하는 마음이 있었다. 리 의관이라면 난폭한 자들이 많은 곳에서도 마오마오를 보호해 주리라 믿는 모양이었다.

"무슨 문제가 일어나면 내게 말하면 된다."

리 의관은 처음과 달리 마오마오를 인정해 주었다.

'좋은 사람이라니까, 리 의관님은.'

조금 벽창호 같은 데가 있지만 성실하면서도 꺾이지 않는 마음의 소유자였다. 참고로 의관복을 입고 있어도 불끈불끈한 근육이 보이기 때문에 의관인지 무관인지 점점 아리송해져 가고 있다.

"뭐, 딱히 도움을 요청하지 않아도 너한테 집적거릴 만한 녀석은 없겠지만."

누군가의 말에 따르면 마오마오의 등 뒤에는 외알 안경을 쓴 망령이 보인다는 모양이었다.

마오마오를 배치시킨 이유는, 성격은 몰라도 외모는 **빼어난** 야오나 옌옌에 비하면 그나마 문제가 덜 일어나리라는 판단 때문일 것이다. 그런 연유로 마오마오는 난폭한 직장에서 일을 하고 있었다.

오늘도 바쁘다. 아침부터 긴급한 환자가 들어왔다.

"저런, 저런. 아침부터 소란스럽구먼."

상급 의관이 느긋하게 말했다. 부드러운 분위기의 노의관이며 수염을 덥수룩하게 기르고 있다. 어젯밤에는 숙직을 했는지 환자용 침대에 앉아 아침 식사용 죽을 먹고 있다.

난폭한 자들이 많은 곳에 있어도 괜찮을까 싶은 풍채지만 실제로 일하는 모습을 보면 유능한 사람이라는 사실을 금세 알 수 있다.

"잠깐 옷 좀 갈아입고 올 테니 먼저 봐 주고 있거라."

"알겠습니다."

오늘 아침 담당은 마오마오와 리 의관이다. 다른 의관들은 다른 일을 하고 있거나 점심 이후 시간대 담당이었다.

"어이~ 배에 목검이 꽂혔는데 어떻게 좀 해 줘."

환자를 데려온 무관이 말도 안 되는 설명을 했다.

"배에 목검?"

마오마오와 리 의관은 실려 온 환자를 바라보았다.

어딜 어떻게 하면 이런 물건이 꽂힐 수 있을지는 둘째 치고 치료가 필요했다.

"ㅇㅇㅇㅇ윽, ㅇㅇㅇ."

부상을 입은 사람은 아직 스물도 채 되지 않은 젊은 무관이었다. 비지땀을 흘리며 신음하고 있었다.

"자세한 상황 설명을 부탁드립니다."

환자는 도저히 이야기를 할 상태가 아니었기에 환자를 데려온 무관에게 물었다.

"보이는 그대로다. 훈련 중에 부상을 입었어. 그 외에 또 뭐가 있지?"

부상자를 데려온 무관들은 재빨리 의무실을 나가 버렸다. 무책임한 데에도 정도가 있다.

"뭐야, 저 녀석들은."

리 의관은 퉁한 표정을 지으면서도 지금은 부상자 치료가 먼저라며 태도를 바꾸었다. 그러자 옷을 다 갈아입었는지 수염이 덥수룩한 노의관도 돌아왔다.

"부러진 목검이 꽂힌 모양이네요."

마오마오의 말은 당연한 것 같지만 사실 의미가 있다. 목검이 꽂혀서 부러진 것이 아니라, 원래 부러졌던 목검이 꽂혔다는 뜻이다.

노의관도 리 의관도 마오마오의 말뜻을 알아들었는지 고개를 끄덕였다.

왜 부러진 목검이 훈련 중에 꽂혔는지, 설명이 너무 불충분하다. 우연히 부러진 목검 위에 쓰러졌을까. 아니, 굳이 말하자면 일부러 꽂은 것처럼 보인다.

"외과 수술 준비를 해야겠다. 둘 다 부상자의 상처를 깨끗이 닦거라.”

노의관이 큰 선반에서 도구를 꺼냈다.

리 의관과 마오마오는 부상자를 침대에 눕히고 웃옷을 벗겨 상처 부위를 드러냈다.

“일단 나무 파편을 제거하겠습니다.”

마오마오는 큰 나뭇조각을 손으로 뽑았다. 나뭇조각이 피에 젖어 미끈거려서 잘 뽑히지 않았다. 작은 나뭇조각은 족집게로 조심스럽게 빼냈다.

“출혈이 심하군. 일단 지혈하자.”

리 의관이 붕대를 여러 겹 겹쳐서 복부를 꾹 눌렀다. 후벼 파인 구멍을 메우듯이 압박하는 것이 지혈의 기본이다.

“피부가 이렇게 너덜너덜해지면 잘 안 낫겠는데요.”

깔끔하게 절단되었다면 차라리 낫다.

“지저분한 피부를 제거하고 꿰매 붙여야지. 자, 그나저나 어떻게 연결해야 하나.”

피부를 그냥 붙여서 꿰매면 길이가 짧아서 잡아당겨질 수밖에 없다. 피부의 찢어진 부분을 세심하게, 무리 없이 붙여야 했다. 그러기 위해 새로운 상처를 만들어야만 하는 경우도 있다.

“내장은 무사한가?”

외과 도구를 준비한 노의관이 돌아왔다.

“출혈량치고 상처는 그리 크지 않습니다.”

리 의관이 확인했다.

"접합은 나와 리 의관이 하지. 너는 지혈 등에 필요한 약을 찾아 오거라."

"알겠습니다. 마취가 필요할까요?"

"이 정도라면 필요 없겠구나."

노의관은 생김새와 다르게 환자에게 가차 없다.

마오마오는 가엾게 느꼈지만 무관들에게는 그리 드물지도 않은 광경이다. 상황에 따라서는 전장에 나갈 수도 있는 자들이 통증에 익숙해져야 하기에 마취약을 쓰지 않는 경우도 있다.

'어디, 지혈 작용이 있는 생약이 뭐가 있더라?'

쇠뜨기, 쑥, 포황. 그리고 동물에게서 나는 아교, 즉 당나귀 가죽, 힘줄, 뼈 등을 고아서 굳힌 것이 있다.

'지금 계절엔 잔뜩 있겠네.'

종류에 따라서는 구할 수 있는 계절이 한정되어 있는 생약도 많지만 봄부터 여름에 걸쳐서는 비교적 풍부한 편이니 다행이다.

옆방에서는 다른 의관이 다른 일을 하고 돌아와 노의관과 리 의관의 작업을 돕고 있었다. 마취도 없이 꿰매야 하기에 환자가 날뛸 수도 있다. 그래서 수술대에 팔다리를 묶게 되어 있다.

혀를 깨물지 않도록 재갈을 물렸는지 분명치 않은 외침이 들려왔다.

한동안은 마오마오가 이곳에 배치되어 있겠지만, 그 후에는 야오와 옌옌도 올 것이다.

'옌옌이라면 괜찮겠지만….'

야오도 이러니저러니 해도 근성이 있으니 견뎌 낼 수 있지 않을까.

하지만 후배 두 명은 어떨까. 너무 힘든 일을 시키면 그만둘지도 모르고, 또 그렇다고 응석을 받아 줄 수도 없는 노릇이다.

마오마오는 앞일을 생각하며 약을 챙겼다.

접합 자체는 금방 끝난 모양이었다. 피투성이 붕대가 바닥에 난잡하게 떨어져 있고, 배를 꿰맨 젊은 무관은 가엾게도 실금했다. 딱히 신기할 것 없는 광경이며 의무실에는 갈아입을 속옷과 바지가 준비되어 있다. 마오마오는 약 외에 갈아입을 옷도 꺼내서 선반 위에 올려놓았다.

"약은 이 정도면 될까요?"

일단 지혈제 외에도 화농약, 진통제, 해열제를 가져왔다.

"그래, 아주 잘했구나."

노의관은 접합한 상처 부위에 지혈제를 바르고 붕대를 감았다.

"두 의관들은 환자를 수술대에서 침대로 이동시켜 주고, 어디, 그, 마오마오는 붕대와 도구를 정리해 주려무나."

"알겠습니다."

마오마오는 피로 더럽혀진 붕대를 바구니에 던져 넣었다.

"도구 열탕 소독하는 방법은 알고 있니? 가능하면 거기까지 해 주면 좋겠구나."

"네."

노의관은 꼼꼼한 사람인 모양이었다. 적확한 지시를 내려 주니 고맙게 느껴졌다. 세상에는 자기 머리로 생각해서 행동하라고 말해 놓고서, 또 멋대로 굴지 말라고 화를 내는 사람도 잔뜩 있다. 환자들은 소행이 나쁘지만 의관들은 유능한 사람이 많은 이유는, 노의관이 야무지게 통솔해 주기 때문이리라. 마오마오는 지금의 근무처가 나쁘지 않다고 생각한다.

괴짜 군사가 가까이 있다는 사실만 제외하면.

그 후에도 부상자는 이어졌다.

태양이 기울 무렵에야 마오마오는 겨우 휴식 시간을 얻었다. 역설적으로, 등 뒤에 있던 외알 안경 괴짜의 모습이 시야 한구석에 슬쩍슬쩍 스치기 시작한 덕분이었다.

"저기, 마오마오…."

리 의관이 마오마오와 괴짜 군사를 교대로 쳐다보았다.

"아무 말씀 말아 주세요, 리 의관님."

마오마오는 차 준비를 했다. 노의관도 겨우 휴식 시간인지 따뜻한 차를 마시고 한숨 돌렸다.

"오늘도 힘들었지."

"네. 좋은 공부가 되었습니다."

"정말로 다른 사람이 돼서 돌아왔군, 리 의관은."

대두 가루와 염소젖으로 키운 리 의관의 육체는 아직도 기운이 넘치는지, 휴식 시간 없이 계속 일하려는 모양이었다.

"그나저나 최근 들어 군부의 상황이 묘해."

"묘하다는 말씀은 고의적인 부상이 잦다는 뜻인가요?"

마오마오는 어떻게 할까 고민하다 입을 열었다. 리 의관도 고개를 끄덕였다.

배치된 지 얼마 되지 않은 두 사람도 느껴질 정도다. 기묘한 부상자가 너무 많다.

"알아차렸구나."

"네, 뭐. 오늘의 부러진 목검이 꽂힌 부상은 일부러 꽂은 것으로밖에 보이지 않았습니다."

리 의관이 마오마오가 하고 싶었던 말을 대신 해 주었다.

"음습한 괴롭힘이라도 횡행하는 걸까요?"

부상자를 데려온 무관들이 별다른 설명 없이 돌아가 버린 일도 수상했다. 동료라면 조금 더 조심스럽게 다루었을 터였다.

"괴롭힘이라기보다는, 파벌 싸움이지."

"“파벌 싸움?”"

리 의관과 마오마오는 고개를 갸웃한 후, 등 뒤를 어슬렁거리는 수상한 인물을 쳐다보았다.

"왜 그러니, 마오마오?"

괴짜 군사가 싱긋 웃었다.

마오마오는 무시하고 노의관을 돌아보았다.

"아직은 말단들끼리 서로 실랑이를 벌이는 정도라고나 할까."

"왜 그런 일이 벌어지는 걸까요?"

리 의관이 미간에 주름을 잡았다.

"자연계에서는 커다란 포식자가 정점에 섬으로써 그 아래에 있는 피식자들의 역학 관계가 조정되는 경우가 있지."

"네."

마오마오와 리 의관은 또다시 등 뒤의 수상한 인물을 흘끗 쳐다보았다.

"요 1년간 그 포식자가 없었던 바람에 피식자들이 사냥터를 서로 뺏고 뺏기는 상황이었어."

"네."

노의관은 구체적인 이름을 거론하지 않고 굉장히 이해하기 쉽게 설명해 주었다.

"피식자들도 모두 똑같아 보이지만 사실 종류가 달라. 포식자가 없는 사이 힘을 기른 피식자가 다른 피식자를 잡아먹는 쪽에 와 있는 거야."

"그리고 그 잡아먹는 쪽에 있던 자들이 이렇게 제멋대로 설치고 있다는 말이군요."

"바로 그렇지."

"참 난처한 일인데, 조만간 알아서 가라앉아 주진 않을까요?"

"그렇게 생각하고 싶다만."

포식자, 즉 괴짜 군사가 돌아왔으니 다시 원래 생태계로 돌아가지 않을까 생각하지만 노의관은 의미심장하게 대꾸했다.

마오마오는 팔짱을 꼈다.

'그러고 보니.'

우 일족의 당주도 말했다.

'아무래도 군의 새로운 파벌이 나를 싫어하는 것 같아'라고.

그것과 관계가 있는 일일까.

"뭔가 마음에 걸리는 일이 있습니까?"

리 의관은 노의관이 이야기를 들어 줬으면 한다는 사실을 알아차렸다.

"어차피 듣게 될 일이니 미리 가르쳐 줘야겠다. 지금 군부를 크게 양분하는 파벌은… 황태후 전하의 친정과 황후 전하의 친정이야."

황후의 친정은 교쿠 일족을 말한다. 우 일족의 당주가 말한 새로운 파벌이란 황태후파를 가리키는 모양이었다.

"아니, 양쪽 모두에 소속되지 않은 중립 파벌까지 넣으면 셋이 되는군."

"흐엑."

마오마오는 저도 모르게 이상한 소리를 냈다.

노의관은 마오마오, 그리고 숨어서 이쪽을 쳐다보는 괴짜 군사를 번갈아 쳐다보았다.

"아니, 그것참."

"난처한 이야기지. 그런 연유로 내가 네게 무슨 말을 하고 싶은지 알겠지?"

노의관은 마오마오를 빤히 응시했다.

"포식자를 교묘하게 잘 다뤄서, 지금의 혼란을 조금이라도 진정시켜 주렴."

"……."

마오마오는 저도 모르게 싫어 죽을 것 같은 표정을 짓고 말았다.

13화 : 결투와 그 대가

군부의 파벌 싸움은 연일 이어졌다.

처음에 마오마오는 황후파, 황태후파가 무엇인지 잘 이해되지 않았다.

하지만 수련장 근처에서 근무하는 사이 점점 싫어도 이야기를 들을 수밖에 없었다.

황후파의 황후는 말할 필요도 없이 교쿠요 황후를 말한다. 물론 교쿠요 황후가 무슨 짓을 꾸미고 있다기보다는, 그 부친인 교쿠엔이 관련되어 있다. 그리고 서도에서 온 친척들이 궁중의 요직을 맡게 되었다. 또한 지방 출신의 벼락출세 문관, 무관, 비교적 신흥에 속하는 이름 있는 일족들이 교쿠엔을 지지하고 있으며 새로운 파벌이라 불리고 있다.

황태후파는 황태후인 안시의 친정을 중심으로 하는 파벌이다. 안시의 친정은 본래 상급 관리 가문이기는 했지만 그리 눈에 띄지 않았다. 이유는 선제, 아니, 여제에게 미움받았기 때문이라고 한다. 황태후도 친정에 착 달라붙어 있는 것 같지는 않았다. 그야 어린 소녀 취향의 선제에게 어린 자신을 보낸 부모 따위는 신뢰할 수 없으리라.

하지만 황태후파에는 루 대장군이 있다. 원래는 일개 무관이었지만 어린 황태후를 지키고, 현제를 지켜서 출세 가도를 달린 인물이다. 안시의 친정과 달리 여제에게도 꽤 사랑받았던 덕이 크다. 또한 새로운 파벌이 마음에 들지 않는 오래된 가문들은 황태후파에 힘을 실어 주고 있다.

이리하여 마찰을 줄이기 위해 교쿠 일족을 이름 있는 일족으로 삼은 데 맞춰, 대사마에서 대장군으로 지위를 올렸다고 한다.

양쪽 다 거물들은 신중히 움직이는 데 반해 젊은이들끼리는 수련장에서 서로 불꽃을 튀기며 다툼을 벌이고 있다.

그런 두 파벌은 차기 황제로 미는 인물이 각각 다르다.

황후파는 말할 필요도 없이 교쿠요 황후가 낳은 황자인 현재의 동궁.

그에 반해 황태후파는 서방의 피를 짙게 물려받은 동궁을 그리 좋게 생각하지 않는다. 같은 나이의 황자로 리화 비의 아들이 있다. 또한 오랜 세월 왕제가 동궁 지위에 있었는데 동궁이 바뀐 일이 그리 달갑지 않을 터였다.

'왕제는 황태후의 아들, 동궁은 황태후의 손자. 친척으로서는 보다 직접적으로 정치에 개입하기 쉬운 쪽을 원하겠지.'

왕제의 진실을 아는 마오마오는 허무한 표정을 지을 수밖에 없다.

중립파에 대해서는 설명을 생략한다.

마오마오는 정치를 모른다. 그래서 눈앞의 일을 열심히 하는 수밖에 없다.

"어이, 긴급한 환자다."

큰 소리로 불린 마오마오는 약 서랍 재고 확인을 뒤로 미루었다. 매일 같은 일이 반복되는 게 아닌가 싶을 정도로 비슷한 긴급 환자가 많다.

실려 온 환자는 가슴과 배 사이에 타박상 흔적이 있었다. 둥근 모양의 내출혈 자국이 청자색을 띠고 있다. 아직 20대 중반쯤 되어 보이는 청년이다.

'어디서 본 얼굴인데.'

마오마오는 눈을 가늘게 떴다. 최근 본 느낌이 드는데, 생각이 날 듯 말 듯했다.

"한참 괜찮은 척 허세를 부렸던 모양인데."

"네, 꽤나 참고 있었습니다."

따라온 남자가 환자를 대신해 대답했다. 무관답지 않게 정중한 말투였다.

'어? 이쪽 남자는?'

실실 웃고 있는, 따라온 남자 역시 낯이 익었다.

"우쥰 님."

리슈의 이복 오빠이자 우 일족 당주 밑에서 본보기로 이용되던 청년이다.

"실례하겠습니다, 라 일족의 아가씨. 이름을 기억해 주셔서 감사합니다만 '우'라는 글자를 사용하는 일은 허락되지 않습니다. 괜찮으시다면 '쥰'이라 불러 주십시오."

우쥰은 저자세였다.

마오마오는 우쥰을 보고, 얼마 전 이름 있는 일족의 회합을 떠올렸다.

'앗, 그 녀석이네.'

부상자는 야오를 끈질기게 쫓아다니던 본명 불명의 연애편지남이었다. 지난번에는 라한네 형에게 당했는데 이번에는 누구에게 당한 걸까.

"크으으윽…."

연애편지남이 신음했다.

타박상을 입으면 시간이 지날수록 통증이 심해진다. 하지만 타박상 정도가 아닌 분위기였다.

"늑골인가."

"부러졌나요?"

"금이 갔을지도 모릅니다. 꽤나 센 힘으로 얻어맞고 나가떨어진 것 같군요."

연애편지남은 신음 소리밖에 내지 못하는 상태이기에 우준이 대신 대응했다. 맞고 나가떨어졌다고는 해도, 당연히 상대는 우준이 아닐 터였다.

"무엇으로 맞은 거지? 목검 자국은 안 보이는데?"

"맨손입니다."

"매, 맨손? 곰한테 당하기라도 한 건가?"

앞뒤 꽉 막힌 리 의관이 저도 모르게 그런 농담을 할 정도로 격렬한 타박상이었다.

마오마오도 무심코 눈을 깜빡거렸다.

일단 처치는 리 의관에게 맡기고 마오마오는 늑골을 고정시킬 붕대와 울혈을 식힐 수건을 준비했다. 내장에 손상이 있다면 외과 도구도 필요하다.

"어때요?"

"내장은 간신히 손상을 피했지만 당연히 경과를 지켜봐야 해. 몸을 고정시키는 걸 좀 도와줄래?"

"환부 냉각은 필요한가요?"

황족이라면 모를까, 무관의 부상에 얼음을 사용하기는 어렵다. 차가운 우물물이 최선이리라.

"습포를 준비해 줘. 아니, 그 전에 진통제가 필요하겠군."

냉각보다 뼈 고정이 우선인 모양이었다.

"알겠습니다."

리 의관은 서도에서 근육에 눈을 뜨기는 했지만 지극히 상식적인 의관이다. 당황하지 않고 환자를 돌보는 모습을 보니 편안해진다. 연애편지남은 내장에 손상은 없었는지 문제없이 약을 먹을 수 있었다. 하지만 부상을 입은 상황에 대해서는 설명하지 못했다.

"훈련 중에 입은 부상인가요?"

"네, 뭐, 그렇다고도 할 수 있죠."

우쥰은 애매하게 말했다. 그보다 우쥰이 무관이었다는 사실이 더 놀라웠다. 좋게 말하면 상냥하고, 나쁘게 말하면 우유부단한 분위기를 풍기는 인물이니 말이다. 체격도 리 의관보다 가냘프다.

"약간의 말다툼이 벌어졌는데, 대련으로 승부를 보기로 했거든요."

즉, 결투가 아니었을까 하고 마오마오는 생각했다.

'연애편지남은 결투를 좋아하네.'

어느 정도 실력에 자신이 있는 모양이지만 이번에도 상대를 잘못 고른 모양이다.

"대련은 무슨…"

연애편지남이 신음하면서 무거운 입을 열었다.

"그건 괴물이잖아, 맨손으로 목검을 박살 내다니."

"맨손으로?"

마오마오는 "어?" 하고 고개를 갸웃했다. 어디서 들은 적 있는 이야기였다.

'누가….'

그랬느냐고 물으려는데 리 의관이 먼저 질문했다.

"대체 어떤 말싸움을 한 거지?"

상황에 따라서는 상사에게 보고해야 하는 안건일 수도 있다. 최근 들어 파벌 싸움 때문에 부상을 입는 사람이 많다. 보고서를 작성해야 한다.

"별로 대단한 일은 아닙니다."

우쥔이 난처한 표정을 지었다.

"대단한 일이 아니라니!"

연애편지남이 화를 냈다. 아직 배가 아픈지, 고함을 질렀다가 얻어맞은 부위를 움켜잡았다.

"너는 자기 여동생이 바보 취급을 당했는데도 괜찮은 거야?"

"리슈 님이 이제 와서 무슨 말을 듣든 저와는 상관없다고 생각하기 때문입니다. 오히려 가족이라고 생각하는 건 리슈 님 입장에서는 불쾌하실 수 있겠지요."

"즉, 친구 여동생이 모욕당하는 바람에 화가 나서 결투에 덤볐다는 말인가?"

리 의관이 확인하듯 연애편지남에게 물었다.

"아뇨, 아닙니다."

우준이 정정했다.

"제 이복 여동생을 여기 있는 요우옌羼炎 님이 모욕하신 겁니다. 그때 지나가던 무관이 화를 내면서 요우옌 님과 대련을 시작했고, 진 거죠."

요우옌이라는 게 연애편지남의 이름인가 보다. 하지만 마오마오는 기억할 필요가 없으므로 잊어버릴 것이다.

"…뭐야, 그게?"

리 의관이 고개를 갸웃거렸다. 마오마오도 마찬가지로 고개를 갸웃하며 상황을 정리했다.

"어디, 그러니까 우선 여동생이 모욕당한 게 이쪽."

"네."

우준이 대답했다.

"그리고 모욕한 게 이쪽."

"그래."

연애편지남이 대답했다.

"그리고 아무 상관도 없는 지나가던 제삼자가 화를 내면서 결투에 가까운 대련이 열렸다가 큰 부상을 입었다. 그리고 모욕을 당한 자가 환자를 이리로 데려왔다."

"그래."

리 의관과 마오마오는 나란히 고개를 갸우뚱거렸다.

"사람이 너무 좋은 거 아닌가요?"

마오마오는 우쥔을 보고 말했다.

"그렇지 않습니다. 신 일족은 우 일족과 화해했으니, 제가 일족의 뜻에 반하는 행동을 할 수는 없습니다."

즉, 리슈가 모욕당했다 해도 신 일족의 말단 나부랭이를 저버릴 수는 없다는 말이었다.

'당주는 어떻게 생각하려나.'

지금까지 있었던 일의 반동으로, 리슈에게 몹시 물러지고 만 우 일족의 당주. 오히려 리슈를 모욕한 연애편지남을 저버리는 편이 낫지 않았을까.

"아무튼 부상을 입힌 상대가 누구인지 알아야겠는데."

"…센."

"응?"

"바센이라고…."

연애편지남이 토라진 듯 말했다.

"바센 님이셨군요…."

아~ 하고 마오마오는 납득했다.

부상이 심하다고 생각했는데 상대가 바센이라면 어쩔 수 없다. 오히려….

"내장이 파열되지 않아 다행이네요."

저도 모르게 진심으로 중얼거렸다. 서도에서 도둑의 팔을 잔가지처럼 부러뜨리던 일이 그리워진다. 더욱 오래전을 더듬어 보면 사자 콧등을 짓이긴 적도 있었다.

바센 나름대로 힘 조절을 해 준 듯했지만, 어쨌든 늑골 몇 대로 끝나서 다행이다.

"뭐? 목검으로 맞서 싸웠는데도 이 꼴이라고! 목검이 부러진 데다, 이 타박… 으윽!"

연애편지남은 아직 큰 소리를 낼 정도로 기운이 넘치지는 않는 모양이었다.

'라한네 형한테는 졌지만 무인으로서의 기초는 단단히 다진 것 같네.'

연애편지남이 성격은 몰라도 실력이 있다는 점은 분명해 보였다.

리 의관이 말하지 말라는 듯 고정시킨 붕대를 더욱 세게 꽉 조였다.

'사람 가죽을 뒤집어쓴 곰이니 어쩔 수 없지.'

곰을 상대했다가 살아남은 것만 해도 대단한 일이다. 생환한 것만으로도 박수를 보내고 싶다.

"오히려 바센 님하고 용케 결투를 하셨네요. 바센 님의 실력은 무관들 사이에서 잘 알려져 있을 거라고 생각하는데요."

"바센 님은 다른 무관과 결투를 할 때 불리한 조건으로 나서

시는 일이 많습니다. 웬만한 실력자가 아닌 한 무기 없이 맨손으로 싸우시죠."

우쥰이 설명했다.

'괴물이잖아.'

얼마 전에는 농민에게 졌다. 이번에는 맨손의 상대에게 졌다. 연애편지남의 긍지는 너덜너덜해졌으리라.

하지만 자업자득이기에 마오마오는 딱히 동정하지 않고 담담히 진통제를 준비했다.

우쥰은 연애편지남의 처치가 끝나자 돌아갔다. 친절하게도 연애편지남을 부축해 주기까지 했다.

호인의 뒷모습을 바라본 뒤 의무실로 돌아오자 리 의관이 한숨을 쉬었다.

"일이 귀찮아졌네."

"어떻게 귀찮다는 건가요?"

리 의관은 머리를 긁적였다.

"최근 무관들끼리의 다툼이 격렬해졌잖아? 그래서 위에서 부상자와 부상을 입힌 자, 쌍방의 이야기를 모두 들으라는 말이 내려왔어. 아무리 연습 중에 벌어진 일이라 해도."

"지금 쌍방에게 듣지 않았나요? 딱히 문제없어 보이는데요."

리슈가 말다툼의 원인이라면 바센이 손을 내민 이유도 이해가 된다.

"바셴 님에 대해서는 어느 정도 알고 있어요. 부녀자, 심지어 전직 상급 비를 모욕하는 걸 보니 도저히 가만히 있을 수 없었던 것 아닐까요?"

마오마오는 가장 그럴싸한 말을 늘어놓았다. 원래 바셴은 리슈를 좋아해서, 누나까지 끌어들여 우 일족에 혼담을 제의하러 갔을 정도다. 그러나 외부인인 리 의관에게 그렇게까지 설명할 필요는 없다.

"그래도 문서로 정리해야 하는데, 바셴 님께 직접 와 달라고 말씀드릴 수도 없으니 말이지."

"……."

마오마오는 문득 생각했다. 마오마오의 내면에서 바셴의 인상은 그리 무섭지 않다. 귀여운 것을 좋아하며 성실한 가오슌의 아들이고 아버지 앞에서는 고개도 들지 못한다. 그리고 어머니의 말도 거역하지 못하고, 누나의 말도 거역하지 못하고, 형수에게는 늘 놀림을 받는다. 저돌맹진猪突猛進, 인간의 가죽을 뒤집어쓴 곰이기는 하지만 해를 끼치지 않으면 이쪽을 덮칠 일도 없다.

'리 의관님은 왜 이렇게까지 경계하시지?'

마오마오는 의아했으나, 극히 일반적으로 생각해 보면 바셴은 왕제를 직속으로 모시는 정예 무관이다.

"나 같은 것 따위가 직접 여쭈어보러 가도 되는 걸까?"

'그러고 보니 리 의관님은 바센 님과 접촉이 별로 없었지.'

서도에서 리 의관은 거리 진료소에 있었다. 바센이 진료소에 간 적은 있었지만 무슨 위문 등의 형태로 진시의 대리 역할을 하곤 했다. 대리라고는 해도 황족의 역할을 수행한 사람이니, 거리를 두고 싶은지도 모른다.

'그때는 평소보다 더 다가가기 힘든 느낌이었을 수도 있겠네.'

"그렇게까지 신경 써야 할 분은 아니라고 생각해요. 일이라는 점을 확실히 하면 팔을 부러뜨리지는 않을 테니까요."

"부러뜨릴 가능성이 있다면 티엔요우를 시켜야겠군."

"그럼 정말로 목을 부러뜨릴지도 몰라요."

리 의관도 가끔은 재미있는 농담을 한다고 마오마오는 생각했다. 하지만 리 의관의 눈은 웃고 있지 않았다.

"애당초 이름 있는 일족에게 당당히 말을 걸 수 있는 건 기본적으로 고위직 관리나 같은 이름 있는 일족뿐이야."

"하지만 리 의관님은 아까 온 두 분에게 당당히 대응하셨잖아요?"

'우'도 '신'도 글자를 받지 못한 말석들이지만 이름 있는 일족임은 틀림없었다.

"집안은 몰라도 의료 현장에서는 그 둘보다 내가 위니까. 의무실 안에서 절대 환자에게 얕보여서는 안 된다는 게 류 의관의 가르침일 텐데."

그 말이 맞다고 마오마오도 납득했다. 어설프게 아는 체하는 문외한 때문에 적절한 의료 처치가 이루어지지 못한다면 큰일이다.

"하지만 그 환자의 태도는 정말이지 이해가 안 돼. 우 일족은 리슈 님이 후궁에서 쫓겨나신 후로 점점 몰락했다고 들었는데, 설마 바센 님에게까지 그런 태도를 취할 줄은⋯."

리 의관은 도구를 정리하며 한숨을 내쉬었다. 근육은 불끈불끈해졌지만 본래 성격은 성실하고, 여러모로 배려할 줄 아는 남자다. 방향성은 다르지만 가오슌과 마찬가지로 고지식한 남자임은 분명하다.

"죄송한데요, 리 의관님은 혹시 결혼하셨나요?"

마오마오는 갑작스럽다고 생각하면서도 확인해 보았다.

"하지는 않았지만 부모가 정해 놓은 약혼자는 있어."

"그렇군요."

'그건 안타깝네.'

연상이지만 교쿠요 황후의 시녀장 홍냥이 딱 좋은 상대라고 생각했는데, 이야기 자체가 되지 않는 상황이었다.

"그런데 바센 님과 대립하는 건, 물리적인 피해 외에도 여러 가지 문제가 있나요?"

"그렇지. 마 일족은 황족 직속 호위야. 따라서 지위를 갖지 않은 채 늘 주인 곁에 붙어 다니지. 그런데 바보들이 그걸 착각해서, 지위가 없는 것을 무능하다고 생각하고 싸움을 걸거든."

"늑골 정도가 아니라 모가지가 위험하겠네요."

마오마오는 나머지 붕대를 선반 위에 올려놓았다. 그나저나 오늘의 리 의관은 꽤나 말이 많다.

"저어, 리 의관님."

마오마오는 리 의관이 조심스럽게 보고서 용지를 내려놓는 모습을 바라보았다. 마오마오 쪽으로 종이를 밀어내려는 손길이었다. 자연스럽게 보이도록 애쓰는 듯했으나, 리 의관에게 그런 교묘한 연극 재주는 없다.

"혹시 보고서를 작성하기 위해 바센 님께 경위를 물으러 찾아가는 게 싫으세요?"

"그, 그런 건 아니지만…."

리 의관의 눈에 초점이 없었다.

"혹시 바센 님을 찾아가는 게 겁나세요?"

"일이라면 가긴 가야겠지만…."

내키지는 않는 모양이었다. 마오마오는 손뼉을 짝 쳤다.

"리 의관님의 명령이라면 제가 대신 다녀올까요?"

"오, 다녀와 줄래?"

리 의관의 목소리는 '그 말만을 기다렸다!'라는 것처럼 들렸다.

다른 사람이었다면 여기서 더 생색을 냈겠지만 상대는 리 의관이다. 평소 신세를 지던 사람이니 어쩔 수 없다.

"알겠습니다."

　가끔은 마오마오도 고분고분 시키는 대로 할 때가 있다.

14화 ⋮ 사이좋은 두 사람

바센의 업무는 진시를 호위하는 일이다. 기본적으로 진시의 집무실에 있겠지만 오늘은 그렇지 않다.

'분명, 며칠에 한 번은 주간에 훈련을 받는다고 했지.'

오전 중에 상대에게 부상을 입혔다면 오늘은 하루 종일 훈련을 받는 날일 터였다.

'상사가 불러내지 않은 한.'

마오마오가 수련장으로 향하자 땀 냄새 나는 남자들이 바글바글했다. 마침 휴식 시간인지 수건으로 땀을 닦거나 죽통의 물을 마시고 있었다. 상반신은 탈의하고, 개중에는 속옷 한 장 차림인 자도 있었다. 딱히 신기할 것 없는 광경이기에 굳이 신경 쓰지 않고 통과했다.

리 의관은 수련장에 가겠다고 했더니 '따라갈까?' 하는 표정을 지었지만 거절했다. 둘이 같이 갔다가는 의무실이 텅 비어

버릴 테니 안 될 일이고, 무엇보다 무관들이 마오마오를 상대로 무슨 짓을 저지르지는 않을 터였다. 괴짜 군사의 혈연으로 인식되고 싶지는 않았지만 그 덕을 보고 있다는 사실을 조금은 인정한다. 따라서 우악스러운 무관도 마오마오에게는 정중하게 대응해 주는 일이 많다. 어지간히 물정 모르는 인간이 아닌 이상 시비를 걸지는 않을 터였다.

'치사하다면 치사하긴 해.'

하지만 마오마오는 몸집이 작고 약하다. 이용할 수 있는 건 다 이용하지 않으면 살아남을 수 없다.

무관들은 마오마오를 흘끔 쳐다보았다. 오오 하고 고개를 쭉 뺐다가 실망하는 얼굴, 또는 괜히 긁어 부스럼 만들기 싫다는 얼굴도 있었다.

'괴짜 군사의 관할이니까.'

솔직히 리 의관의 부탁은 마오마오에게도 마침 좋은 기회였다. 오후가 되면 괴짜 군사가 뒤늦게 출근해서 시간을 때우러 의무실에 들를 확률이 높다. 그 아저씨와 얼굴을 마주칠 바에야 땀 냄새 나는 장소에 심부름 가는 편이 낫다.

모두가 휴식을 취하는 가운데 격렬하게 대련을 벌이는 자들이 있었다.

덩치 큰 무관과 비교적 덩치가 작은 무관.

리하쿠와 바센이었다.

두 사람은 목검과 작은 방패를 사용하고 있었다. 땀범벅이 된 얼굴을 보니 꽤 긴 시간 싸우고 있는 모양이었다. 더운데도 빈틈없이 가죽 갑옷을 입고 있는 이유는 부상을 입지 않기 위해서일 것이다.

'아무리 봐도 바센이 불리하단 말이지.'

무술에 전혀 지식이 없는 마오마오도 알고 있다. 모든 것은 체격 차로 결정된다.

리하쿠의 신장이 6척 4촌*은 되는 데 반해, 바센은 5척 7촌* 정도 될까.

하지만….

'괜찮은 승부인 것 같은데?'

바센은 리하쿠의 검을 멋지게 받아 냈다. 작은 방패로 교묘하게 막고 검을 미끄러뜨려서 피한 뒤, 리하쿠가 검을 치켜드는 틈을 노려 자신의 검을 휘둘렀다.

리하쿠도 지지 않고 방패로 받아 냈다.

'리하쿠도 강하다고 생각했는데.'

인간의 가죽을 뒤집어쓴 곰 앞에서 곰 같은 남자가 선전하고 있으니 상당히 강할 터였다. 자잘한 동작까지 다 쫓아갈 수는 없지만 손뿐만 아니라 발까지 이용해 견제하거나 몸통을 자유

※6척 4촌 : 192센티미터.
※5척 7촌 : 171센티미터.

자재로 놀려 상대를 농락하기도 했다. 리하쿠는 얼핏 보기에는 근육 바보 같지만 기본적으로 머리가 좋다. 체격만을 무기로 쓰는 것이 아니라, 지능도 갖추고 있으리라.

하지만 본래 압도적으로 불리한 체격 차를 완전히 극복한 바센은 무시무시한 존재다.

'몸집이 작으면 기교파가 되는 경우가 보통인데.'

리하쿠가 기교파이고 바센은 힘으로 밀어붙인다. 물론 바센도 기술이 아주 없지는 않다. 하지만 체격 차를 근력으로 메우는 괴물이다. 타고날 때부터 근육이 특수하게 붙어 있지 않으면 이렇게까지 될 수 없다.

'물을 마셔. 소금도 먹고.'

마오마오는 근처 그늘로 들어가 주저앉았다. 가까이 있던 무관들이 거리를 두고 멀찍이서 마오마오를 쳐다보았다.

"무슨 일이신가요?"

아마 몇 번 얼굴을 본 적이 있는 무관이 물었다. 물론 이름은 기억나지 않지만, 정중한 말투를 통해 마오마오를 배려해 주고 있다는 사실을 알 수 있었다.

"신경 쓰지 마세요."

"알겠습니다."

마오마오는 가져온 차를 마셨다. 볼일이 길어질 때를 대비해 가져온 차였다. 품에서 간식이었던 전병도 꺼냈다.

'저 상태를 보니 더위 먹겠네.'

마실 것과 짭짤한 음식을 준비해 두는 편이 좋겠다. 마실 것은 있을 테니, 전병을 조금 나누어 주어야겠다는 생각에 떼어 놓았다.

느긋하게 관전하려는데 누군가가 다가왔다.

"관녀가 무슨 볼일이지?"

아직 젊은 무관이었다. 주위의 무관들이 당황했다.

'어지간히 물정 모르는 인간이 있었던 모양이네.'

마오마오는 슬며시 고개를 들었다. 3인조 무관이 의아한 표정으로 마오마오를 쳐다보고 있었다.

"여자가 경솔하게 찾아올 만한 장소가 아니다. 아니면 그 생김새로 남자 사냥이라도 온 건 아니겠지?"

한가운데 남자의 말을 듣고 나머지 둘이 웃었다.

주위 무관들이 어쩔 줄 몰라 하는 모습을 보니 이 젊은 무관은 지위가 높은 모양이었다.

'어디서 본 적 있는 것 같기도 한데.'

하지만 기억이 나지 않는다. 의무실을 이용한 적이 있거나 어쩌면 이름 있는 일족의 회합에서 만났을지도 모른다. 하지만 서로 누구인지 잘 모르니 초면인 셈이다.

마오마오는 자리에서 일어나 엉덩이를 툭툭 털었다.

"죄송합니다. 의관님 심부름을 왔습니다. 방해가 될 것 같다면 자리를 옮기겠습니다."

마오마오가 피하려 하는데 젊은 무관이 어깨를 잡았다.

"잠깐."

"무슨 일이시죠?"

시비를 걸려는 건가 하고 마오마오는 경계했다.

그때였다.

목검이 공중에서 커다랗게 빙글빙글 돌아 포물선을 그리며 지면에 내리꽂혔다.

"아~ 내가 졌네, 내가 졌어."

양손을 번쩍 든 사람은 리하쿠였다. 땀범벅이 된 얼굴을 닦으며 크게 한숨을 내쉬었다.

"이걸로 끝내자고, 바센 나리."

"······."

바센은 왠지 모르게 성에 차지 않은 표정이었다.

"오, 저거 아가씨 아냐? 어이~"

리하쿠는 마오마오를 보고 손을 흔들었다.

'정말로 진 걸까, 아니면 내가 온 걸 봐서일까. 또는 바센의 체면을 살려 주기 위해서일까.'

어느 쪽이든 상관은 없다.

리하쿠와 바센은 땀범벅인 채 마오마오에게 다가왔다.

"여어, 아가씨. 무슨 일이야? 이런 데 와 봤자 아버님인 칸 태위님은 안 계셔."

"카, 칸 태위님?!"

괴짜 군사의 이름을 들먹이자 젊은 무관이 움츠러들었다.

마오마오는 불쾌했지만 억지웃음을 지었다. 평소 리하쿠는 괴짜 군사를 '그 아저씨'라 부른다. 일부러 이 젊은 무관에게 가르쳐 주기 위해 정식 명칭을 언급했으리라.

"이봐, 그 관녀랑 무슨 이야기를 하고 있던 것 같은데 볼일은 끝났나?"

바센이 물었다. 땀범벅이 된 상태로 엉킨 끈을 풀고 갑옷을 벗고 있었다. 가죽 갑옷이기 때문에 거리가 있어도 냄새가 강렬했다.

"아뇨, 딱히 아무것도 아닙니다."

3인조가 사라졌다. 그야말로 '꽁지 빠져라 도망친다'는 말이 떠오를 만큼 시원스러운 퇴장이었다.

"흥. 최근 들어 저런 패거리가 많아져서 난감해."

바센이 땀을 뻘뻘 흘리며 말했다.

"이봐, 아가씨. 이런 땀내 나는 곳에 무슨 볼일이야?"

리하쿠가 난처한 표정을 지었다. 매번 감싸 줄 수는 없다는 듯한 얼굴이었다.

"바센 님께 오늘 아침 일에 대해 여쭤보러 왔어요."

"오늘 아침 일? 나리, 무슨 짓을 저질렀는데?"

"모르셨어요?"

마오마오는 리하쿠에게 설명하기 귀찮다는 생각이 들었다.

"오전 중에는 계속 책상에 앉아서 일했으니까. 직위가 오르니 도저히 안 할 수가 없게 돼서."

그렇구나 하고 마오마오는 고개를 끄덕였다. 왕제와 함께 서도에 다녀온 후로 또 승진한 모양이었다.

"별일 아냐."

"바센 님과 대련을 한 무관이 의무실로 실려 왔어요. 타박상이 심하고 늑골에 금이 갔더라고요. 최근 들어 무관들 사이에서 파벌 싸움의 연장으로서 결투 비슷한 일이 자주 벌어지고 있어요. 의무실 사람들한테도 굉장히 민폐가 되는 일이라, 환자 및 부상을 입힌 사람에게 어떤 상황에서 부상이 발생했는지를 확인하게 된 거예요. 자, 협조 부탁드려요."

마오마오는 귀찮은 설명을 단숨에 끝냈다.

"우와~ 엄청 귀찮네~"

리하쿠는 땀을 닦으며 어처구니없다는 표정을 지었다. 마오마오가 전병을 내밀자 맛있게 먹기 시작했다.

"딱히 별로 대단한 일은 아니었어. 집안을 내세워 으스대면서 지위만 높은 무관한테 한바탕 지도를 해 줬을 뿐이야. 아까 그 녀석들도 그렇지만 실력도 없는 주제에 무슨 대의명분을 갖다 붙여서 상대를 공격하려 드는, 호가호위狐假虎威하는 녀석들이 많아. 떼 지어 덤비면 강해진다고 생각하는 것도 짜증 나고."

바센은 파벌 싸움을 그렇게 생각하는 모양이었다.

'하기야, 젊은이들이 허세 부리는 것처럼 보이기도 하네.'

핑계를 대고 멋대로 행동할 수 있다면 금세 도를 넘어 버리게 된다.

"나리의 지도는 굉장히 혹독할 텐데. 나조차도 숨을 헐떡일 정도잖아. 아직 세상의 거친 파도라는 걸 모르는 도련님들한테 느닷없이 검술 지도를 하다니, 너무하네."

"나도 힘 조절은 했어. 평소처럼 맨손으로 받아 줬다고."

"곰이 힘 조절을 해 봤자 인간은 즉사라니까."

"그런가?"

'이 둘, 왠지 사이가 좋은데.'

같은 체육계라 그런 걸까, 아니면 리하쿠가 사람의 마음을 얻는 기술이 뛰어나기 때문일까.

훈훈한 분위기에 미안하지만 마오마오는 자기 할 일을 계속했다.

"리슈 님이 모욕당하는 바람에 대련이 시작되었다고 들었는데요."

"?!"

바센이 노골적으로 동요하며 시선을 피했다.

"저런~"

리하쿠가 히죽히죽 웃으며 바센의 얼굴을 슬쩍 쳐다보았다.

"그게 정말이야, 나리?"

"저, 정말이긴 하지만. 무슨 문제라도 있나? 리슈 님은 우 일족의 직계 영애 되시는 분이다. 게다가 원래는 정일품 비이기도 하셨던 분이지. 그런데 왜 '부정한 짓을 저지르는 바람에 후궁에서 쫓겨난 말괄량이'라는 말을 들어야만 하는 거지?"

"그런 말을 했군요."

연애편지남과 우준의 이야기는 훨씬 완화시킨 내용이었던가 보다.

"리슈 님의 죄는 그분 자신의 죄가 아니야. 그저 주위 사정에 농락당하셨을 뿐인데, 왜 실제로는 있지도 않았던 말을 들어야만 하는 거지?!"

바센이 크게 발을 굴렀다.

"그러다 말다툼이 벌어져서 대련을 하게 되셨군요."

"그래. 내게 잘못이 있다면 상대에게 가죽 갑옷이 아니라 철 갑옷을 입히지 않았던 것뿐이다."

"가죽 갑옷을 입혔다가 늑골을 부러뜨리신 거군요."

역시 괴물이라고 마오마오는 진심으로 생각했다.

마오마오는 이야기를 들으며 두 사람과 함께 정자로 이동했다. 필기를 하려면 탁자가 필요하다.

"무엇보다 화가 나는 것은 우준이라는 그 남자야. 그놈은 리슈 님의 가족인데도 웃기만 할 뿐, 그 이야기를 그냥 흘려듣는 거야. 그렇게 방관자 입장에서 얘기를 듣는 놈이 있으니까 다른 놈들이 더 우쭐해지는 거라고."

돌로 된 의자에 앉은 후에도 바센의 짜증은 가라앉지 않았다.

"자, 자. 이거라도 먹으라고."

리하쿠가 바센의 입 안에 전병을 던져 넣었다. 바센은 한순간 무어라 형언할 수 없는 표정을 지었으나 굳이 뱉지는 않고 와득와득 씹기 시작했다.

'역시 사이가 좋다니까.'

리하쿠는 딱히 상관도 없는데 여기까지 따라와 주었다. 바센 혼자만 있었다면 다루기 힘들었을 테니, 솔직히 덕분에 살았다.

"그 자리에서 우준은 아무 말도 못 했을걸. 어설프게 반항했다가는 혈기왕성한 놈들에게 실컷 두들겨 맞았을 테니까. 약자 나름대로 살아남기 위해서는 아첨하며 납작 기는 수밖에 없겠지."

"지금 그 겁쟁이 편을 드는 거야?"

바센이 리하쿠를 노려보았다. 노려보았다고는 해도, 토라진 데 가까운 표정이었기에 진심으로 화가 난 것은 아닌 듯했다.

"리하쿠 님은 우준 님을 원래 아셨나요?"

"일단은 부하니까. 그 녀석도 원래는 문관이었는데 좌천됐어. 집안 사정 때문에, 여러 가지로 일이 있어서."

"어쩐지 약해 보이더라고요."

콩나물 정도까지는 아니라 해도, 검보다는 붓이 어울릴 듯했다.

"그렇지? 무관들 사이에 그런 녀석을 던져 넣었으니 멀쩡할리가 없지. 자칫하면 자살하는 사태로 내몰릴 수도 있을 정도야. 그래서 내 밑으로 붙여 줬겠지. 내 입장에서는 민폐지만."

리하쿠는 남을 잘 보살펴 주는 성격이다. 부하도 최소한으로는 보호해 주리라.

"우쥰도 일단은 '우'라는 글자가 붙어 있지만 우 일족 본가는 인정하지 않아. 데릴사위였던 그 부친이 너무 많은 짓을 저질렀잖아. 첩을 본가로 끌어들이고 반대로 본가의 딸을 학대한 끝에 세상을 버리고 출가하게 만들기까지 하다니. 일족의 이름을 땅바닥에 처박은 거지. 그런 남자의 첩 소생을 후계자로 삼을 수는 없잖아."

"잘 아시네요."

우 일족의 당주는 '우쥰'을 '쥰'이라고만 불렀다.

"부하의 사정은 최소한으로나마 머릿속에 넣어 둬야지. 그 부친인 우류 씨인지 뭔지가 장인이 병으로 일찍 은거한 기회를 잡아서 제멋대로 권력을 휘두르고 다닌 모양이니, 본인에게 잘못은 없어도 원한을 살 만한 존재인 건 분명해."

리하쿠는 마오마오와 달리 꽤나 멀쩡한 사람이다. 싸움 실력

도 있고, 머리도 나쁘지 않다. 이 상태에서 기녀에게 너무 열을 올리지만 않는다면 완벽하겠지만 바이링 언니를 위해 기루에는 계속 드나들어 주었으면 한다.

"우 일족, 리슈 님의 조부님은 친척들 중에서 사내아이를 입양해 키우고 있다고 해. 노구를 채찍질해야 하는 상황이지만 그래도 데릴사위에게 이 이상 일족을 맡길 수는 없었겠지."

"맞아요."

마오마오는 고개를 끄덕였다. 리하쿠는 정보통이라는 감탄이 나왔다.

"알고 있었어?"

"지난번 이름 있는 일족의 회합에서 봤어요. 10살도 안 되어 보이는 사내아이더라고요."

"그래, 그래. 양자의 연령으로 볼 때 리슈 님의 남편으로 삼을 일은 없어 보이고."

'아주 불가능하다고 단언할 수도 없겠지만.'

마 일족의 예가 있다. 가오슌과 아내 타오메이는 6살 차이이며 아내가 연상이다. 하지만 우 일족의 당주는 그럴 마음은 없다고 했다. 바센의 안색이 빨강에서 파랑으로 바뀌더니 이번에는 원래 색으로 돌아왔다.

"아니, 우 일족으로 말하자면, 지금까지의 손녀가 너무 불쌍하다면서 어떻게든 행복하게 해 주고 싶다고 하던걸. 좋은 집

안에 시집보내겠다면서."

'그것도 아는 얘기.'

리하쿠는 전병의 소금이 묻은 손가락을 빨았다. 마오마오는 전병을 더 가져올 걸 그랬다고 생각했다.

"나리는 뭐 아는 거 없어?"

리하쿠가 바센에게 물었다.

"그, 그런 건 모른다."

"진짜?"

바센은 거짓말을 잘 하지 못한다. 리하쿠가 캐묻자 고민하고, 신음하다, 결국 넘어가기 시작했다.

'아직 멀었네, 이래서야.'

마오마오는 이야기를 들으며 손을 움직였다. 보고서는 바센의 의견을 참작해서 완곡한 말투로 작성했다.

"그나저나 의외네요. 리하쿠 님은 빌빌거리는 남자를 싫어하실 줄 알았는데."

"우 일족은 잘 모르지만 그 녀석에게는 동정의 여지가 있으니까."

"무슨 소리야!"

바센이 분개했다.

"정통성 있는 핏줄인 이복 여동생을 소홀히 하는 바람에 출가로까지 내몰고, 이번에는 그 이복 여동생을 모욕하는 말을 듣고도 태평하게 가만히 있는 녀석이라고! 그 자식한테도 시원하게 주먹을 날려 줬어야 했는데!"

"자, 자. 우쥰은 일을 애매하게 만드는 녀석이지만 자기가 나서서 무슨 짓을 하진 않아요."

"그게 제일 질 나쁜 것 아닌가요?"

마오마오는 저도 모르게 한마디 했다. 애매하기 때문에 상대가 확대 해석을 할 여지를 준다. 결과적으로 우쭐해진 누군가가 문제를 일으킨다 해도, 원인이 된 우쥰에게는 아무 죄도 없다.

"자기 손을 더럽히지 않을 뿐이잖아요?"

"응~ 뭐, 그건 그래."

리하쿠는 입장상 우쥰을 감싸고는 있으나, 역시 나름대로 생각하는 바가 있던 모양이었다.

"모든 사람에게 다 좋은 모습만 보일 수는 없다는 말은 해 두지."

"그건 그래요. 처세술이라고 하면 어쩔 수 없겠지만요."

마오마오는 그 조절이 어렵다고 생각했다.

"살아남기 위해서는 어쩔 수 없다는 건가?"

바센은 아직 불만스러운 표정이었다.

"인간의 9할 9푼 9리는 바센 님보다 약해요. 리슈 님께 그 어떤 무기를 들려 드린다 해도 들개 한 마리 쓰러뜨릴 수 있을지

없을지 모르잖아요? 아니면 아무리 약해도, 부상을 입어도, 죽어도 맞서 싸우라는 건가요?"

"으윽… 하지만 그놈은 남자잖아."

"우쥰은 성분으로 따지자면 여자인 타오메이 님보다도 더욱 리슈 님께 가까울 거예요. 원료의 절반이 같으니까요."

"원료라니 너무하네, 아가씨."

리하쿠가 어이없어했다.

"뭐, 우쥰도 우쥰대로 약해 보이지만 의외로 만만찮아. 적을 만들지 않는 재주가 뛰어나거든."

"그렇군요."

"약한 녀석에게는 약한 녀석 나름대로의 생존 방식이 있지."

"적을 만들지 않는 것?"

바센의 질문에 리하쿠는 손가락으로 세모를 만들었다.

"반은 정답, 반은 틀렸어. 상대에게 자신이 적이 될 수 있다는 생각을 심어 주지 않는 거지. 아가씨가 자주 하는 거."

"저는 그런 짓 안 해요."

"또 그러네~"

리하쿠는 마오마오의 등을 두드렸다. 마오마오는 쓰던 글씨가 흐트러질 뻔하는 바람에 다급히 종이에서 붓을 뗐다.

"마오마오 같다고? 그런 녀석일수록 위험시해야지."

바센이 유난히 진지하게 말했다.

'무슨 말을 하고 싶은 거야.'

마오마오는 분개하면서 보고서를 작성했다. 두 가지를 한꺼번에 한 게 문제였는지, 글자를 틀렸다.

마오마오의 업무 고민은 끊임없이 밀려드는 부상자들뿐만이 아니었다.

"싫어~ 일하러 안 갈 거야~"

"안 됩니다, 라칸 님! 돌아가셔야 합니다!"

매미처럼 기둥에 매달려 떨어지질 않는 괴짜 군사를 부관 온소가 떼어 내고 있었다.

'힘내라.'

마오마오는 마음속으로 온소에게 응원을 보내며 연고를 만들었다.

—포식자를 교묘하게 잘 다뤄서, 지금의 혼란을 조금이라도 진정시켜 주렴.

'나보고 어쩌란 거야.'

노의관의 기막힌 부탁을 떠올리고 마오마오는 망연자실했다.

하지만 일도 해야 한다. 매미 따위는 무시하고 연고를 계속해서 만들어 나갔다.

의무실에는 여전히 부상자가 많았다. 하루에 4, 5건 정도는 큰 부상이 있으며 그중 한둘은 훈련 중의 부상이라고는 도저히 생각하기 어려웠다. 부상을 입은 자세한 경위를 물어도 말을 흐리기 때문에, 쉽게 눈치챌 수 있었다.

포식자가 돌아오면 금세 원래 상태를 회복할 줄만 알았는데 그 포식자는 이렇게 매미 놀이만 할 뿐이다. 하지만 괴짜 군사가 있을 때는 모두가 이곳을 피해 다른 의무실로 가기 때문에 일이 조금은 편해진다.

'어디, 또 부족한 게 뭐더라.'

상처약과 습포는 자주 필요하기 때문에 재고를 늘 유지해야 한다. 하지만 의관의 수술 보조 일도 해야 하므로 재고를 만들어 놓기가 쉽지 않다.

매미처럼 기둥에 매달려 있던 아저씨가 사라졌을 무렵 리 의관이 땀범벅으로 돌아왔다. 옆에는 안색이 나쁜 젊은 무관이 있었다.

"오늘은 비번 아니셨어요?"

"비번이라서 수련장에서 훈련을 하고 있었거든."

무관도 아닌데 뭘 하는 걸까, 하는 의문을 입 밖에 내지는 않았다.

"그럼 옆의 분은?"

"수련장에 있는 걸 보고 끌고 왔어. 지난번에 배에 부러진 목검이 꽂혔던 녀석이야. 배 상태를 진찰해야 하니 매일 오라고 했는데 통 안 왔잖아?"

"그랬죠."

그러고 보니 그 무관이구나 하고 마오마오는 알아차렸다.

마오마오와 리 의관은 젊은 무관을 바라보았다.

"상처를 꿰맸으니 이제 괜찮다. 신경 쓰지 않아도 돼. 조만간 낫겠지."

"그럴까요?"

그런 것치고는 안색이 나쁘다.

"확인해 보자."

리 의관이 젊은 무관의 등 뒤에서 겨드랑이로 팔을 넣어 결박했다. 마오마오는 젊은 무관의 허리띠를 풀고 배에 감긴 붕대를 확인했다.

"내, 냄새!"

"뭐라고?"

"이건 붕대를 갈지 않은 정도가 아니라 목욕조차 안 한 냄새예요!"

"이래서 젊은 남자들이란! 쓸데없이 신진대사가 좋아서 체취가 지독하잖아! 찬물로 목욕 좀 해!"

"가, 갑자기 뭐야! 뒤에서 결박하질 않나, 사람 옷을 홀딱 벗기질 않나!"

젊은 무관이 날뛰었으나 쓸데없이 몸을 키운 리 의관이 더 강했다.

"마오마오, 다른 의관을 데려와라. 빨리 붕대를 갈아야 하니까."

"알겠습니다!"

마오마오는 옆방에 있던 의관을 끌고 왔다.

피를 멎게 하기 위해 꽉 감았던 붕대를 푸니 더욱 지독한 냄새가 훅 끼쳤다.

"조금 곪았네요. 격렬한 운동을 했나요? 실이 끊어졌군요."

"화농약은 제대로 먹은 건가?"

"이러면 곤란해. 이러다 상처가 안 나으면 우리 탓이 될 거잖아. 자, 다시 꿰매자."

지원으로 불려온 의관이 투덜거렸다. 수염을 덥수룩하게 기른 30대쯤 되어 보이는 의관이었다.

후궁과 달리 외정의 의관들은 기본적으로 유능하다. 심지어 수련장 근처 의무실에서는 날마다 수많은 환자들을 돌봐야 하기 때문에 효율을 중시하며 일한다. 바쁘지만 군더더기 없는 그 일솜씨는 보고 있으면 상쾌해질 정도다.

"곪은 부분을 잘라내고 상처 부위 소독도 끝났습니다. 바늘은 여기 있습니다."

마오마오는 도구를 준비하고, 의관 두 명이 상처를 꿰맸다.

젊은 무관의 입에는 붕대가 물려져 있었다. 몸 이곳저곳에 멍이 있는데 훈련 때문인지 다른 이유 때문인지 알 수 없었다.

다시 꿰매는 일은 한 곳이면 충분했기에 금방 끝났다.

"붕대를 꾸준히 갈아 주지 않으면 아무리 시간이 지나도 안 낫는다."

"약도 꼬박꼬박 먹으라고. 그러라고 있는 거니까."

"지난번에 빌려드렸던 바지랑 속옷 돌려주세요."

마오마오의 말에 상처를 받았는지 젊은 무관의 얼굴이 새빨개졌다. 나이를 먹을 만큼 먹어 놓고 오줌을 싼 일을 떠올린 모양이었다.

"자, 지금 막 상처를 다시 꿰맨 참에 미안하지만 누구한테 당했는지 좀 알려 줘? 지난번에는 어느 틈엔가 사라져서 당황했다고."

리 의관이 무관을 추궁했다.

"훈련 중의 사고다. 상대가 누구든 상관없어."

"아니, 아니. 누가 봐도 살의를 갖고 공격한 거잖아! 부러진 목검이 배에 꽂히다니, 내장에 손상이 없었던 게 천만다행이었지."

리 의관의 말에 마오마오도 수염 덥수룩한 의관도 고개를 끄덕였다.

"억양으로 볼 때 술서주 출신이군."

"……."

젊은 무관은 입을 다물었다.

약 1년가량 술서주에서 지낸 경험이 있는 리 의관이기에 억양으로 출신지를 알아내기는 쉬웠다.

"그렇다면 상대는 중앙 출신 무관일 테고."

수염이 덥수룩한 의관이 턱을 쓰다듬으며 확인했다.

"나 참, 대리 전쟁이라면 딴 데 가서 해. 댁들도 계속 당하기만 하고, 화나지 않아? 상부에 제대로 보고하란 말이야."

"보고하려 해도 전부 묵살당할 뿐이겠지."

젊은 무관이 내뱉듯 말했다.

"무관은 약한 게 잘못이야. 강해지면 그걸로 충분해."

무슨 말인지는 알겠지만, 마오마오 입장에서는 그 때문에 큰 부상을 입을 바에야 확실히 해결했으면 했다. 무관들만의 문제가 아니라 의관들의 일이 자꾸 늘어난다.

젊은 무관은 의외로 고집이 세 보였지만 최소한 붕대를 자주 갈고 약을 제대로 먹으라는 말만은 단단히 못 박아 놓아야 한다. 손이 안 가는 건 좋지만 그 때문에 상처가 악화되면 곤란하다.

'손이 간다고 하니…'

마오마오는 진시를 떠올렸다. 진시 정도로 성실하게 붕대를 갈아 주었다면 더 빨리 나았을 텐데.

그 후로 진시에게서 아직 비취 패 이야기는 듣지 못했다. 무슨 일이 있으면 연락이 오겠지.

그렇게 생각하면서 무관에게 건넬 화농약 준비를 했다.

마오마오는 소문 이야기를 좋아하지는 않지만, 싫어하지도 않는다. 하지만 같은 이야기를 여러 번 들을 생각은 없었다.

"아니, 이미 아는 이야기니까 들을 필요 없어요."

그렇게 말해도 자꾸만 설명해 주려 하는 인물이 있다.

"그러니까 말이죠, 지금까지 군부는 황태후파가 단독으로 주름잡고 있었는데 요 몇 년 사이, 교쿠요 황후 전하의 출현으로 인해 술서주 출신의 인간들이 대두되기 시작한 거예요."

마오마오가 붕대를 다시 감는 사이 나불나불 떠들어 대는 사람은 취에다. 마오마오의 이동에 맞춰 마오마오가 있는 이 수련장 근처 의무실로 오게 됐다. 의관들은 동성인 마오마오에게 취에의 치료를 맡겼다. 유부녀의 맨살을 보지 않기 위해서겠지만, 단둘이 치료하기에 수다를 떨기가 매우 편하다.

"하지만 황태후파도 가만히 있지 않죠. 라칸 님이 계실 때는 중립파가 막아 주는 덕분에 큰 문제가 일어나지 않았어요. 그러나~! 라칸 님이 부재하신 틈에 그 균형이 무너지고 만 거랍니다~"

"아~ 그렇다네요~"

마오마오는 취에의 오른팔을 들어 올려 보기도 하고 만져 보기도 했다. 손가락 끝은 떨리는 정도로밖에 움직이지 않았다.

"라칸 님 진영도 힘들겠어요~ 무시무시하게도 글쎄 황태후파, 또는 황후파로 옮겨 간 사람들도 있다고 하니까요~"

"그거 말인데요."

마오마오는 취에의 팔을 안마했다.

"자꾸 걸린단 말이죠. 황태후파나 황후파라는 그 호칭."

"마오마오 씨는 두 분 모두와 아는 사이니까요~"

"네. 두 분 모두 적극적으로 누군가를 공격하는 성격은 아니잖아요? 뭐랄까, 교쿠요 황후 전하랑 황태후 전하가 한바탕 부딪치는 것 같아서 이상한 기분이에요."

황태후는 노예를 해방시키거나 갈 곳 없는 궁녀들을 위해 후궁 내에 진료소를 만들기도 하는 사람이다.

황후인 교쿠요도 당하고 가만히 있는 성격은 아니지만 그렇다고 호전적인 사람도 아니다.

"아무래도 친정이 자꾸 존재감을 드러내니 어쩔 수 없죠~ 황태후 전하의 친정은 꽤 욕심이 많은 곳이거든요. 어린 황태후 전하가 후궁에 들어오게 된 경위를 통해 그 부분을 눈치챌 수 있잖아요~"

"무서워라, 무서워."

마오마오는 취에의 손바닥 혈을 꾹꾹 누르며 침술 치료는 효과가 있을까 없을까 생각하고 있었다. 그리고 지난번과 비교해 취에의 팔 움직임이 어떻게 달라졌는지를 기록했다.

"그리고 교쿠요 황후 전하 쪽은 교쿠엔 님의 파벌인가요?"

"뭐, 그렇게 되겠지만 지방 출신들이 모여들잖아요~ 출세하는 건 아무래도 중앙에 연줄이 있는 사람들이니까, 지방 출신이면서 실력주의자인 교쿠엔 님은 기대의 별인 셈이에요~"

"하지만 교쿠엔 님은 고령이시고, 또 후계자 문제로 여러모로 어려운 상황이지 않은가요?"

맏아들 교쿠오가 죽었을 때도 서도로 돌아가지 않았던 것은 워낙 나이가 많고, 또 기반을 다지느라 고생하는 중이기 때문이라고 들었던 것 같다.

"네, 그래서 그 부분을 노리고 황후파를 공격하려 하는 게 지금 상황이에요~"

"황후파를 공격하려 한다고요?"

마오마오는 고개를 갸우뚱했다.

"새 파벌인 황후파가 황태후파를 공격하는 게 아니고요?"

마오마오는 새 파벌에 미움을 받고 있다는 우 일족 당주의 말을 떠올렸다.

"그게 꼭 그렇지만도 않거든요~ 황후파의 모난 돌도 정을 맞고 있고~ 그 부분은 단순하게 이렇다저렇다 말할 수가 없어요

~ 무엇보다 라칸 님의 집무실에서 살해당한 왕팡을 어떻게 생각하세요?"

"여러모로 뒷사정이 있을 것 같던데요."

"네, 왕팡을 죽인 관녀 세 명은 전부 신 일족과 관련이 있는 집안사람들이었어요."

'라한도 비슷한 소리를 했는데.'

라한에게서는 아직 이야기를 듣지 못했지만 취에에게 들을 수 있을 듯했다.

"그럼 왕팡은 황후파였고, 치정 싸움인 척 꾸며서 황태후파가 살해했다는 말인가요?"

"그럴 가능성도 있고, 진짜로 그냥 살해당했을 수도 있겠죠."

"왕팡은 뭘 찾고 있었나요?"

"으음~ 어떻게 할까요~ 뭐, 특별히 알려 드릴게요~"

취에는 마오마오에게 귓속말을 했다.

"왕팡은 옛날에 사라진 신 일족의 가보에 대해 조사하고 있었다나 봐요~"

마오마오는 동요하지 않은 척하느라 애썼다.

"관녀 세 명의 친척들 중 신 일족의 선대 당주와 친한 사람이 있었대요. 구체적으로 가보가 어떻게 생겼는지 묻고 다녔다고 해요~"

"가보…."

마오마오는 죠카의 비취 패와도 연결된다고 생각했다.

'가계도에 실려 있지 않은 황족을 찾고 있었다?'

대체 무엇 때문에, 하고 마오마오는 의아해했다.

'새로운 황족을 옹립하려고?'

아니, 왕팡이 황후파라면 황족을 옹립할 필요는 없다. 뭔가 모순되는 느낌이다.

마오마오는 의문이 늘어났다고 생각하면서 취에의 손을 놓았다.

"으으으, 오래된 상처가 아파요~"

취에는 조금 더 안마를 받고 싶은 모양인지 일부러 그러는 것처럼 손을 문질렀다.

"저는 다른 일이 있어서, 오늘은 여기까지예요."

"너무해요~"

마오마오가 방을 나서자 장신의 관녀가 바구니를 안고 있었다.

'어디, 그러니까….'

이름이 짧은 쪽의 신입 관녀였다. 피부 노출을 피하려는지 꽤나 꼭꼭 껴입고 있었다.

"부탁하신 생약을 가져다 드리러 왔어요."

"아아."

바구니에는 생약이 담겨 있었다. 또 한 명의 신입 창샤도 그렇지만 신입일 때는 이 부서 저 부서로 심부름을 다니곤 한다.

"저기, 잠깐만 기다려요."

마오마오는 주문했던 생약이 맞는지 장부와 비교해 보았다.

"대황大黃, 천골川骨, 계피."

타박상에 듣는 약을 만드는 재료다.

"다 있네요. 문제없어요."

마오마오는 바구니를 받아 들고 바로 약 서랍에 정리하려 했다. 하지만 신입 관녀는 돌아가려 하지 않았다.

"마오마오 씨, 마오마오 씨. 뭔가 하고 싶은 말이 있는 표정으로 당신을 바라보고 있어요."

취에가 마오마오를 쿡 찔렀다. 취에도 아직 돌아가지 않았다.

"뭔가 달리 볼일이라도?"

"야오 씨랑 옌옌 씨한테 들었는데, 마오마오 씨는 시정에서 약방을 하셨나요?"

신입 관녀가 진지한 표정으로 마오마오를 바라보았다.

"네, 맞는데요."

"그럼 동업자에 대해 혹시 아시나요? 요 몇 년 사이 도성 근처에서 약방 또는 의사 일을 시작한 남성인데요."

"약방을 시작한 남자? 뭐, 있네요."

마오마오의 제자 한 명이 있다.

"이, 있나요?"

"네, 사젠이라는 남자인데 유곽에서 약방을 하고 있어요."

"사젠… 유곽…. 혹시 가명인가요? 누가 봐도 사연이 있어 보이는 모습이죠?!"

"……."

마오마오는 입을 다물었다. 왠지 상태가 이상하다. 공연히 이야기한 게 실수였을까.

'그러고 보니 그 녀석, 시 일족의 난에서 도망쳤지.'

난에 가담했다는 사실이 밝혀지면 귀찮아진다. 악당도 아니고, 무엇보다 열심히 키워 놓았는데 다음 약사를 찾으려니 엄두가 나지 않는다.

무엇보다 왜 약방을 하는 남자를 찾는 걸까.

"부탁드려요! 그 사젠이라는 남자를 만나게 해 주세요!"

신입 관녀는 마오마오의 옷자락을 잡고 마구 흔들어 댔다.

"아니, 하지만…."

"만나게 해 주시지 않는다면 제가 찾을게요! 유곽의 약방이랬죠?"

'괜한 소리를 해 버렸네.'

유곽의 약방이라 하면 그리 많지 않다. 금방 사젠을 찾아내리라.

"마오마오 씨, 마오마오 씨. 얌전히 안내해 주는 게 어때요?"

"취에 씨, 취에 씨. 남의 일이라고 쉽게 말하네요."

"후후후, 취에 씨도 동행할게요~ 예전 직장에서 해고당해서,

요즘 꽤 한가하거든요~"

취에는 즐거운 듯 웃었다.

마오마오는 신입 관녀에게 옷자락을 붙잡힌 채 어떻게 하나, 하고 신음했다.

16화 ⫶ 위(妤)

　장신의 신입 관녀는 끈질겼다. 결국 진 마오마오는 비번 날에 맞춰 만나기로 했다.

　부서가 다르고, 있으나 없으나 머릿수 맞추기는 쉬운 신입 관녀다. 휴일을 맞추기는 야오나 옌옌에 비하면 쉬웠다.

　"위예요. 잘 부탁드립니다."

　관녀는 같이 가 주겠다는 취에에게 자기소개를 했다. 마오마오는 이름이 기억나지 않았기에 덕분에 살았다.

　또 한 명의 신입 관녀 창샤에 비하면 위는 과묵했다. 마오마오도 기본적으로 대화는 들어 주는 쪽이기 때문에 자연스럽게 분위기가 조용해졌다.

　'이럴 줄 알았으면 유곽에서 만나자고 할걸.'

　숙사에서 만나, 시종일관 아무 말 없이 걸었다. 숙사에서 유곽까지는 꽤 거리가 있지만 그렇다고 마차를 타기는 아깝다고 생각하는 것이 마오마오다. 가난 체질이니 어쩔 수 없다.

'하지만 유곽에서 젊은 아가씨를 혼자 기다리게 할 수도 없으니까.'

취에도 같이 와 줬다면 좋았겠지만, 녹청관에서 만나기로 약속했다.

유곽에서 나고 자란 마오마오와 달리 여염집 아가씨가 유곽 근처를 어슬렁거렸다가는 습격당할지도 모른다. 조금 불편한 건 참자.

번화가를 지나 버들가지가 흔들리는 수로 옆을 통과하여 작은 노점들을 옆에 끼고 걷다 보니, 걸어가는 사람들이 달라졌다.

마오마오와 위는 크고 번쩍번쩍한 문 안으로 들어갔다. 문 양옆에는 문지기가 있었는데 일부러 그러는 것처럼 사나운 눈길로 두 사람을 노려보았다. 그중 한 명은 얼굴을 아는 사람이었기에 마오마오가 한 손을 들자 "아아." 하고 고개를 끄덕였다.

"뭐야, 기녀 사냥꾼 노릇이라도 하고 있는 거야? 샤오마오."

문지기는 값어치를 따지듯 위를 쳐다보았다.

"인신매매 같은 거 안 해."

위는 마오마오와 문지기의 대화에 움찔움찔 떨었다. 눈을 가늘게 뜨며 마오마오를 쳐다보았지만, 유곽에 팔아넘기지는 않을 테니 안심해 줬으면 좋겠다.

그러나 일반 여자가 아무것도 모르는 채 유곽 문 안으로 들어서려는 일 자체가 이미 자기 몸을 파는 행위나 다름없다.

독특한 향냄새와 나른한 한숨이 공기 속에 섞여 들었다. 아침까지 있다가 돌아가는 손님을 바래다주는 기녀, 사방등을 치우는 여동, 2층 창에서 지저귀는 작은 애완 새.

유곽의 중앙 거리를 마오마오는 당당하게, 위는 조심조심 걸어갔다.

"너무 여기저기 쳐다보지 말고 앞만 똑바로 쳐다보고 걸어요. 갑자기 누가 손을 덥석 잡으면 소리를 지르고."

"아, 알겠습니다."

한동안 걷다 보니 녹청관에 도착했다.

"오, 마오마오. 오랜만이네."

남자 하인 우두머리인 우쿄가 말을 걸었다. 녹청관에서 오래 일한 하인으로 사젠이나 쵸우도 돌봐 주고 있으며, 성격이 좋다.

"그쪽 아가씨 알선해 주러 온 거야? 또 귀찮은 걸 데려온 건 아니겠지?"

"안 팔아."

위는 또 움찔거렸다.

왜 마오마오가 젊은 아가씨를 데려오면 팔러 온 거라고만 생각할까. 참고로 '귀찮은 것'은 즈린의 언니를 말한다. 즈린의 언니는 지난번에 마오마오가 왔을 때 어처구니없는 짓을 저질렀었다. 녹청관 할멈이 처벌을 내려서 갱생시켰을까.

"귀찮은 건 어쩌고 있어?"

"일단 지금은 얌전해. 여동생이 딸린 채로 일할 수 있는 기루는 녹청관밖에 없으니까."

즈린의 언니는 계산을 못 할 정도로 바보는 아닌 모양이었다. 녹청관 할멈은 수전노지만, 또 녹청관만큼 조건이 좋은 창관도 그리 많지 않다.

위는 아무래도 자리가 불편한지 마오마오를 쳐다보았으나 우쿄에게 물을 일이 하나 더 있었다.

"지난번 그 도둑은 잡혔어?"

즈린 언니의 손님이자 죠카의 방에 침입했던 도둑을 말한다.

"찾았어. 곡예사였더라고. 원래는 곡예로 하루하루 먹고 살 정도라 녹청관에 드나들 돈도 없는 놈이야."

"어쩌다 그런 인간이?"

"누가 시켰나 봐. 녹청관에 숨어들어서 어떤 물건을 훔쳐 오라고."

마오마오는 수상함을 느꼈다.

"시킨 사람이 누군데?"

"못 찾았어. 곡예사는 그냥 도마뱀 꼬리였던 거지."

우쿄는 어찌할 도리가 없다며 항복했다.

'이 이상은 관할 밖인데.'

그렇다면 어쩔 수 없다. 마오마오는 본론으로 들어갔다.

"그럼 사젠 있어? 오늘은 그 녀석 만나러 온 거야."

"으음~ 아직 없어. 이 시간이라면 뒤뜰 밭에 있지 않을까?"

"알았어."

위는 아직도 겁먹은 얼굴로, 밭으로 향하는 마오마오를 따라왔다.

"저, 저기, 윗사람인 것 같던데, 그런 말투를 써도 되는 건가요?"

위는 불안한 듯 물었다. 하기야 거친 말투였던 건 인정한다. 하지만 오랜 세월 존대를 쓰지 않았던 상대에게 이제 와서 정중한 말투로 말을 걸어 봤자 상대의 코웃음만 살 뿐이다. 오히려 네가 언제부터 그렇게 높은 사람이 됐냐며 그만두라고 할 게 뻔하다.

"되고 말고 할 게 어디 있나요, 저는 그렇게 커 왔는데. 오히려 궁정에서의 말투는 업무니까 쓰는 거예요."

"업무니까?"

업무라는 사실을 염두에 두고 있기에, 연상이든 연하든 기본적으로 정중한 말투를 쓰려 노력한다. 괜히 친근해지는 것보다 낫다.

"저기 있네요."

마오마오는 녹청관 뒤로 향했다. 마오마오가 전에 살던 오두막 근처 밭에, 중키에 보통 체격의 남자가 있었다.

"어이, 사젠."

마오마오가 손을 크게 흔들자 사젠이 부스스 일어섰다. 마늘 수확을 하던 중이었다. 피로 회복 등의 효능 외에 자양 강장 효과도 있으므로 유곽에서는 빠뜨릴 수 없는 생약이다. 통통하게 자란 마늘은 요리에 넣어도 맛있을 것 같았다.

"뭐야? 장부 확인하러 왔어?"

"아니, 너한테 손님 데려왔는데."

마오마오는 위를 사젠 앞으로 끌고 왔다.

"나한테?"

사젠은 눈을 가늘게 떴다. 아는 사람을 바라보는 분위기는 아니었다.

위 또한 떨떠름한 표정을 지었다.

"…누구예요, 이 사람?"

마오마오는 위를 노려보았다.

"요 몇 년 사이 약방 따위를 시작한, 왠지 수상쩍어 보이는 남자."

"나는 왜 가만히 있다가 헐뜯기는 거야?"

사젠은 마오마오를 째려보았다.

"아니에요. 조금 더 호리호리하고, 무슨 생각을 하는지 알 수 없는 미남에, 얼굴의 반을 가리고 있는 수상한 남자예요!"

"지금 나를 보고 미남이 아니라고 한 거야?"

마오마오는 의도적으로 사젠의 주장을 무시했다.

"……."

마오마오는 턱을 쓰다듬으며 고개를 갸웃했다.

"사젠, **그 녀석** 있어?"

"그 녀석, 마침 있어."

마오마오는 오두막을 돌아보았다.

"흐아암, 무슨 일 있어~? 사젠?"

전혀 긴장감 없는, 잠에 취한 목소리가 들려왔다.

오두막에서 얼굴의 반을 가린 싹싹한 미남이 하품을 하며 나왔다. 다 흐트러진 차림새에 허리띠도 제대로 묶지 않았다. 속옷이 언뜻언뜻 보일 정도였다.

"코쿠요."

휘청휘청하는, 명랑한 고생 체질의 인간이다.

"어제 왔다가 늦어져서 하룻밤 잤어. 혹시 나 말고 저 녀석한테 볼일이…."

"의사 선생님!"

위가 느닷없이 코쿠요 쪽으로 달렸다. 그리고….

"?!"

위는 코쿠요를 있는 힘껏 후려갈겼다. 둔탁한 소리가 울려 퍼졌다. 이가 부러진 게 아닐까, 주먹이 부러진 게 아닐까, 그런 생각이 들 정도로 온 힘을 다한 소리였다.

그리고 그나마 한 대 맞은 것 정도라면 다행인데, 위는 쓰러진 코쿠요의 몸 위에 올라타서 마구 주먹질을 퍼부었다.

"야, 그만해!"

'뭐 하는 거야! 얘가! 뭐 하는 거야! 얘가!'

마오마오와 사젠은 코쿠요를 깔아뭉갠 위를 끌어냈다. 위는 눈물을 글썽이며 코를 훌쩍이고 있었다.

"아, 혹시 위? 많이 컸구나."

코쿠요는 코피를 흘리며 웃었다. 얼굴의 절반을 가린 천이 흘러내려 추한 포창의 곰보 자국이 드러났다. 얻어맞고도 웃는 모습이 코쿠요다웠지만, 동시에 으스스한 느낌도 들었다.

"네가 도성에 있다는 말은….."

"네, 맞아요. 당신 말대로 됐어요."

위의 두 주먹이 코쿠요의 코피에 젖어, 덜덜 떨리고 있었다.

"마을이 멸망했어요."

위는 어마어마한 말을 내뱉었다.

걷혀 올라간 위의 소매 밑에는 코쿠요와 마찬가지로 포창 흉터가 있었다.

마오마오는 일단 대화를 하기로 했다. 밖에서 이야기할 수도 없었기에 오두막 안으로 들어갔다. 필요 최소한의 가구밖에 없는 집이기에 항아리나 물통을 뒤집어 부족한 의자 대용으로 사용했다.

"지저분한 곳이라 죄송합니다."

"미안하게 됐네."

사젠의 말에 마오마오가 대꾸했다. 원래는 아버지와 마오마오가 살던 집이었다.

"좀더 깔끔한 곳은 없나요? 녹청관 안에 방 없어요?"

어느샌가 합류한 취에도 있었다. 사젠과 코쿠요와는 초면이지만 당연하다는 듯 끼어드는 모습이 취에다웠다.

오두막 안에 다섯 명이나 있으니 좁아서 견딜 수가 없다.

위는 눈이 퉁퉁 부었어도 호흡은 차분해졌다. 주먹으로 코쿠요를 때려서인지 손이 조금 부어 있었다.

코쿠요는 입 안이 찢어졌지만 이가 부러지지는 않았다. 여자 주먹이라고는 해도 저항하지 않고 맞았으니 아플 텐데, 본인은 계속 실실 웃고만 있다. 코에 천 조각을 꽂아서 코피를 막은 모습이 꼴사납다.

"그러니까, 위하고 코쿠요는 원래 알던 사이 같은데 대체 뭐가 어떻게 된 일인지 설명 좀 해 줄래요?"

마오마오는 이 빠진 찻잔에 백탕을 따라서 나눠 주었다. 다과는 없나 하고 취에가 쳐다보았지만 그런 게 있을 리 없다.

"내가 설명할까?"

코쿠요가 말했다. 위는 아직도 코를 훌쩍거리는 중이라 제대로 말을 할 수 있을 것 같지 않았다.

"부탁드릴게요."

"마오마오한테는 내가 주술사의 간계에 넘어가 마을에서 쫓겨났다는 이야기를 했지?"

확실히 들은 적 있는 이야기다. 코쿠요와 처음 만난 것은 2년쯤 전의 일이었는데, 포창 흉터 때문에 배에 타지 못하는 코쿠요를 구해 준 일이 계기였다. 처음 서도를 방문했다가 돌아오는 길의 일이었다.

"위는 가족들과 함께 그 마을에 살고 있었어."

"마을이 멸망했다는 건요?"

그냥 들어 넘길 수 없는 이야기였다.

"황해가 원인이야? 황해가 일어난 게 코쿠요 탓이라고 누명을 씌워서 쫓아냈다고 들었는데."

"으음~ 정확히 말하면 그것도 아냐. 내 예상으로는…."

"돌림병이었어요. 포창이었죠."

위가 대답했다.

"포창…."

감염력과 치사율 모두 높은 병이다. 고열 후 발진이 돋고, 겨우 살아남아도 발진이 곪아서 흉터가 남는 경우가 많다.

"코쿠요의 그 얼굴도 그때?"

"아니, 나는 마을에 오기 전에 이미 포창에 걸렸어~ 진짜 위험해, 포창. 진짜 죽을 뻔했다니까~”

여전히 코쿠요답게 긴장감이라고는 손톱만큼도 없는 목소리였다.

“저희가 살던 마을은 도성에서 멀리 떨어진 북서부에 있던 개척촌이었어요. 숲을 개척해서 밭을 만들었죠. 생긴 지 얼마 안 되는 마을이라 밭에서 나는 작물만으로는 부족해서, 나무를 베어서 팔고 외부에서 식량을 사들였어요.”

“그렇군요, 개척촌이라.”

마오마오는 마을이 멸망한 이유를 알 수 있었다.

“식량난이 일어나면 제일 먼저 타격을 입겠네요.”

개척을 하는 사람들은 땅이 없고 가난한 사람들이 많다.

황해가 일어난다.

식량이 비싸진다.

비축분이 없는 개척촌은 식량을 살 수 없게 된다.

굶주린다.

체력이 떨어진다.

병에 걸린다.

돌림병의 습격을 받으면 제일 먼저 버림받을 장소다. 지도에 이름을 남기기도 전에 사라지고 만다. 금세 사람들에게서 잊히고, 없었던 곳이 되어 버린다.

따라서 중앙까지 소식이 오지도 않고, 문제시되지도 않는다.

"내가 나오기 조금 전에, 근처에 포창 환자가 생겼다는 이야기를 들었거든~ 혹시나 싶었는데~"

"코쿠요 씨는 그 전에 우리 마을을 나갔잖아요?"

위가 목소리를 낮추고 말했다.

"왜! 왜, 버리고 간 거예요! 우리는 의사도 부르지 못하고 하나둘씩 죽어 갔다고요!"

위의 통통 부은 눈에 눈물이 또다시 차올랐다.

"쫓겨난 거야."

코쿠요의 목소리는 위를 달래듯 차분했다.

"촌장도 나를 별로 좋아하지 않았고, 나한테 줄 식량도 없었겠지. 나가지 않았다면 내가 주술의 희생물이 되었을 거야. 내가 하던 **처방**이야말로 주술이라고 누명을 씌워서."

코쿠요에게는 죄가 없다. 의사인 코쿠요를 쫓아낸 촌장이 나쁘다.

그것은 위도 알고 있을 터였다.

하지만 고작 십 대 중반인 소녀는, 이성으로는 알고 있어도 감정이 폭발하고 만다.

"그래도! 당신이 남아 있어 주기만 했다면!"

위는 벌떡 일어나 눈물을 펑펑 흘렸다.

코쿠요는 쫓겨났다. 그 후 포창이 돌아, 마을 사람들이 하나둘씩 쓰러졌다. 어떻게 할 수 있는 방법이 없어 그저 지켜보는 수밖에 없었다. 위에게 그것은 얼마나 끔찍한 생지옥이었을까.

"코쿠요 씨가, 코쿠요 씨가 있어 줬다면….'"

코쿠요는 이미 포창에 걸린 적이 있었다. 포창에 한 번 걸린 사람은 두 번은 걸리지 않는다고 들었다. 또한 의학 지식이 있는 코쿠요가 남아 있었다면 누군가는 목숨을 건졌을지도 모른다.

"미안해, 미안해."

코쿠요는 사과했지만 그에게는 죄가 없다. 코쿠요를 쫓아낸 것은 촌장이 결정한 일이고, 나가라는 소리를 들었으니 나가는 수밖에 없었으리라. 위가 마구 두들겨 팬 것은 아무리 봐도 생트집이다. 하지만 위 자신도 그것을 알고 있다. 알고는 있지만, 아무것도 할 수 없었던 무력감을 어른인 코쿠요에게 풀었을 뿐이리라.

'아무리 그래도 사람 하나를 깔고 앉아서 마구 때리다니, 가정 교육 한번 잘 받았네.'

상대가 코쿠요가 아니었다면 반격을 당했으리라.

"왜, 왜, 남아 있어 주지 않았던 거예요!"

"미안해."

'경박해 보이는데 보기보다 어른이네.'

코쿠요는 부은 얼굴에 미소를 지으며, 엉엉 우는 위의 머리를 껴안았다.

"저기~ 감동적인 장면에 죄송한데, 질문이 있어요~"

취에가 이야기를 가로막았다.

"분명 위 씨는 가족 전체가 도성으로 왔다고 하지 않았나요~? 마을은 멸망했는데 가족분들은 모두 무사하셨던 건가요~?"

취에는 날카로운 질문을 던졌다. 마오마오도 의아하던 부분이었다.

펑펑 울던 위는 조금 진정이 되었는지 백탕을 마시고 한숨을 내쉬었다.

"제 경우에는 병이 유행하기 전에 코쿠요 씨가 처치를 해 주셨습니다."

"처치?"

마오마오는 귀를 파르르 떨며 흥미롭다는 표정으로 코쿠요를 돌아보았다. 사젠도 조금 궁금한지 진지한 표정을 지었다.

"옛날부터 있던 방법이야~ 포창은 한 번 걸리면 두 번은 잘 안 걸리거든. 그래서 건강할 때 미리 포창을 묻혀 놓는 거지~"

"혹시 독성을 약하게 만든 고름을 몸속에 이식하는 방법?"

아버지, 즉 뤄먼에게서 언뜻 들은 적 있는 이야기였다.

"응. 포창 딱지를 떼어 놓는 거야. 딱지라도 1년 가까이 병의 원인이 될 수 있거든."

"그, 그거, 나한테도 할 수 있어?"

"으음~ 해 보고 싶은 마음은 나도 굴뚝같지만 마침 쓸 만한 딱지가 없고, 무엇보다 실패할 경우도 있으니까 어려워~"

코쿠요가 팔짱을 끼고 신음했다.

"실패? 중증으로 악화되는 게 아니라?"

"몇 십 명 중 한 명 정도는 위험해지거든~ 가끔 죽어. 그리고 흉터가 남고."

"마오마오 씨한테 흉터가 남으면 곤란한데요~"

취에가 백탕을 마시며 말했다. 마오마오로서는 원래 흉터투성이이니 이제 와서 좀 늘어난다고 별문제는 없을 것이라 생각하고 있다.

"가끔 죽는다니, 다시 생각하게 되네."

사젠이 미간에 주름을 잡았다.

"독성이 더 약하고 안전한 방법을 취할 수 있다면 좋을 텐데 말이야~"

코쿠요가 먼 산을 쳐다보았다.

"그렇게 위험한 방법을 이렇게 젊은 아가씨에게 시험해 봤단 말이군요~ 부모님이 화내시지 않았나요~?"

"아버지는 옛날에 포창에 걸린 적이 있었습니다."

취에의 질문에 코쿠요 대신 위가 대답했다.

"개척촌에 온 것도, 포창으로 가족을 잃고 가난하게 살 수밖에 없었기 때문이었죠. 저도 처음에는 원망했어요. 고열 때문에 고통스러웠고, 이렇게 피부에도 평생 남을 흉터가 생겼으니까요."

위는 소매를 걷어서 흉터를 보여 주었다.

"위네 아저씨는 참 친절했어~ 굶어 죽어 가던 나를 주워 준 덕분에 살았지 뭐야~ 마을 사람들은 음침하다면서 나를 싫어했지만~"

코쿠요는 어두운 과거를 또다시 웃어넘겼다.

"결과적으로 저희 가족은 살아남았어요. 마을 사람들은 거의 다 죽고, 살아남은 아이들을 데리고 도성으로 온 게 3년쯤 전의 일이에요."

마오마오가 코쿠요와 만난 것이 2년 하고도 조금 더 전이니, 그때까지 코쿠요는 이곳저곳 떠돌아다녔다는 말이 된다.

"가족을 먹여 살리기 위해 후궁에서 일하기 시작했군요."

"네. 의사 선생님이 간단한 글자를 가르쳐 주신 덕분에 후궁에서 공부하는 데에도 도움이 됐어요."

위가 우수한 이유를 알 수 있었다.

"그런 은인을 때린 거야?"

사젠이 지극히 냉정하게 말했다.

"…네. 아, 알아요, 알고는 있지만, 도저히….."

"맞아요~ 워낙 감수성이 풍부한 연령대니까, 감정 표현도 서툴러지는 법이죠~"

취에가 아는 체했다.

"그리고 말이 좀 부족했다는 생각도 드네요. 처음부터 얼굴에 곰보 자국이 있는 남자라고 말했으면 좋았을 텐데."

"말이 부족한 걸로 따지면 마오마오 씨도 할 말은 없을 거라고 취에 씨는 생각하는데요~"

취에는 그렇게 말하며 집 안을 뒤지기 시작했다. 아궁이의 찜통에 찐빵이 딱 하나 있었다.

"이것밖에 없나요~? 시원찮네~"

"맘대로 남의 아침을 뺏어 가지 말라고."

사젠이 화를 냈다.

"자, 여러 가지 일이 있기는 했지만 일단은 원하던 약사, 아니, 의사를 만나게 해 드렸는데, 이제부터 어떻게 할 생각이에요?"

마오마오가 위에게 물었다.

"코쿠요 씨의 안부를 확인할 수만 있으면 그걸로 충분하다고 생각했어요."

"나도 위랑 아저씨네가 잘 지내고 있다면 그걸로 안심이야~"

코쿠요가 싱글싱글 웃었다.

"하지만 위는 내 안부 말고도 또 알고 싶은 게 있는 모양인데~"

"네. 포창이 또 유행할 경우 어떻게 하면 좋을까요? 그걸 여쭤보러 왔어요."

"으음~ 나는 몰라~"

"'나'는?"

마오마오가 물었다. 위뿐만 아니라 마오마오도 귀를 활짝 열고서 듣고 싶은 이야기였다.

"우리 스승님이 포창이나 돌림병 연구를 하셨는데~"

"는데?"

"죽어 버렸거든."

"뭐야…."

마오마오는 어깨를 축 늘어뜨렸다.

"아마 꽤 쓸 만한 데까지 진행됐을 거야~ 나랑 또 한 명한테 같은 조건으로 포창 씨앗을 심었는데, 나는 보다시피 이 모양이지만 또 한 명은 전혀 아무렇지도 않았거든. 아마 또 한 명한테 심었던 씨앗이 독성을 약화시킨 씨앗이었을 거라고 생각해~"

"잠깐만."

마오마오가 손바닥을 보이며 제지했다.

"뭔가 그냥 들어 넘기면 안 되는 이야기를 들은 기분인데."

"들어 넘기면 안 되는 이야기? 아아, 나랑 또 한 명, 내 쌍둥이 남동생인데, 실험할 때 비교하기 딱 좋다면서 스승님이 거뒀거든~"

또 무거운 이야기를 가볍게 내뱉는다.

"아니, 그것도 중요하지만, 독성을 약화시키다니?"

"내 동생한테는 독성을 꽤나 약화시킨 씨앗을 심은 것 같았는데, 기록이 안 남아 있단 말이지~ 스승님이 죽어 버려서 이젠 알 수도 없는 일이고~"

"그 동생은 어떻게 됐어?"

사젠이 별생각 없이 물었다.

"죽었어~"

코쿠요는 생글생글 웃으며 대답했다.

"그래서 스승님 연구는 아무도 몰라~ 미안~"

손바닥을 맞붙이며 귀여운 체한다.

"…역병을 없애는 방법은 없을까요?"

위는 고개를 숙였다.

"어렵겠지~ 그야말로 『화타의 서』라도 있으면 또 달라질 수도 있겠지만~"

마오마오는 백탕을 뿜을 뻔했다.

'지금 여기서 그 말이?'

"화타라면 전설상의 인물 아냐? 그런 게 있을 리가 있나."

"그게 말이야~ 스승님은 있다고 그랬거든~ 100년쯤 전에 화타라고 불리던 의사가 있었는데, 그 비술을 자손들이 숨겨 놓고 있다던가~"

"그런 건 다 사기야."

사젠은 취에에게서 찐빵 돌려받기를 포기했는지 백탕을 마시고 있었다.

'화타라….'

마오마오는 팔짱을 끼고 생각에 잠겼다. 힘을 쓴 탓인지 배속이 꼬르륵거렸다.

"그러고 보니 밥도 아직 안 먹었네."

"밥 먹어요, 밥."

취에는 찐빵을 다 먹고 또 먹을 게 없는지 집 안을 뒤지기 시작했다.

마오마오는 거리에 있던 노점을 떠올리고 꼬치구이를 사러 가기로 했다.

노점의 꼬치구이를 다 먹은 마오마오는 입을 삐죽이고 있었다.

좁은 녹청관 약방 안에 마오마오와 사젠, 그리고 위가 있다. 재고와 장부를 확인하는 중이다.

위와 코쿠요를 만나게 해 주는 일은 끝났으므로 위에게 공부도 시킬 겸 약방에 와 있었다.

"야, 요즘 약초 값 너무 바가지 쓰는 거 아냐?"

마오마오는 눈을 가늘게 뜨고 매입 가격을 확인했다.

"그렇지? 비싸지? 하지만 이 가격이 아니면 안 팔겠다고 코쿠요가 우긴단 말이야. 습지 약초는 코쿠요가 아니면 살 데가 없으니까."

사젠이 투덜거렸다. 문제의 코쿠요로 말하자면 약방 안이 좁다는 이유로 취에와 함께 밖에 나가 아이들과 놀고 있었다.

쵸우도 함께 놀고 있다. 마오마오와도 눈이 마주쳤으나 무시당했다. 한창 감수성 예민한 연령대라는 사실을 차치해도 화가 난다.

"아~ 이것도 비싸. 습지에서만 난다는 약점을 이용했겠다."

밭에서 약초를 재배하는 데에는 한계가 있다. 입수 경로가 한정되어 있다 보니 이쪽에서는 세게 나갈 수가 없다.

'궁정에서 사재기하는 것도 가격 상승의 원인일지도 모르겠네.'

약 소비량이 급증했다. 이유는 군부에서 너무 많이 쓰기 때문만은 아니다. 작년에 서도에서 대량의 식량과 약을 조달받았는데, 그때의 가격 상승이 지금까지 영향을 미치는 모양이었다.

"위 씨, 조만간 장 보는 심부름도 하게 될 테니까 생약 시가는 알아 두는 편이 좋을 거예요."

마오마오는 위에게 장부를 보여 주었다. 본래 쉽게 보여 주어서는 안 되지만 악용하지는 않을 터였다.

"기본적으로 다른 의관님하고 같이 가게 되는데 못된 업자는 의관님이 옆에 없는 틈을 노려서 접근하거든요. '이것밖에 안 남았다', '앞으로 언제 손에 넣을 수 있을지 모른다'는 등의 소리를 늘어놓으면 주의해야 해요. 질이 조악한 상품을 강매당할지도 모르니까요."

"알겠습니다."

"나도 여러 번 당했어…."

사젠이 휴우, 하고 한숨을 내쉬었다.

"사젠은 거래가 서툴 것 같긴 해."

"시끄러. 난 원래 농민이었다고."

"원래 농민…."

그러고 보니 현역 농민인 라한네 형에게 부탁하는 건 어떨까. 고구마와 감자, 밀과 보리 외에 생약 재배를 시도해 볼 수는 없을지 타진해 볼까.

'옌옌에게 선물할 향신료를 만들어야 해서 안 된다고 하진 않겠지.'

그 향신료의 대부분이 생약으로도 쓸 수 있다. 남으면 나눠 줄 수 있지 않을까 하는 꿍꿍이도 품어 본다.

마오마오는 장부 확인을 끝낸 뒤 재고를 조사했다. 겸사겸사 사젠이 조제한 약도 확인했다.

"어, 어때?"

사젠이 마오마오의 표정을 살폈다.

"나쁘지 않아. 좋지도 않아. 합격."

"뭐야, 그게. 배운 대로 열심히 만들었는데."

"배운 대로만 하지 말고, 어떻게 하면 더 마시기 편할지에 대해서도 생각해 봐."

사젠은 입을 삐죽이면서 수첩을 꺼냈다. 수첩에는 조제법 등이 적혀 있었다. 사젠은 딱히 머리가 좋지는 않지만 근면한 것이 미덕이다.

'온 김에 약 조제도 가르쳐 놓을까.'

"위 씨, 여기 있는 재료로 아는 약을 만들 수 있을까요?"

"해열제랑 베인 상처에 듣는 연고 정도는요."

"그럼 만들어 보세요."

마오마오는 그사이 재고 확인을 이어 갔다.

위의 움직임은 어색했지만 만드는 방법은 틀리지 않았다.

"코쿠요한테 배웠나요?"

"네. 의사 선생님은 마을 아이들에게도 읽고 쓰기와 약 조제법을 가르쳐 주셨어요. 개척촌이라 그런지 부상이 끊이지 않았거든요."

위는 과묵한 줄 알았는데 의외로 나불나불 잘 떠들었다.

"코쿠요는 위 씨네 가족 외에는 포창 처치를 하지 않았나요?"

"네. 포창의 무서움을 아는 사람은 저희 아버지뿐이었고 다른 마을 사람들은 이야기도 들어 주지 않았거든요. 특히 촌장님은 주술사도 겸하고 계셔서, 코쿠요 씨가 눈엣가시셨을 거예요. 하지만 어린아이들 몇 명에겐 몰래 해 주었다고 해요. 그 아이들이 지금 도성에 같이 온 아이들이에요."

'맘대로 몰래 한 거냐고.'

하지만 결과적으로는 그 아이들의 생명을 구했다.

"운이 없네, 코쿠요."

사젠이 수첩을 확인하며 이야기에 끼어들었다.

"아무리 봐도 그 녀석에게는 잘못이 없잖아?"

왜 때렸는지 모르겠다고 사젠의 눈빛이 말하고 있었다. 위는 거북한 듯 고개를 숙이고 막자사발에 약초만 열심히 갈았다.

마오마오는 슬쩍 약방 바깥, 녹청관 현관을 쳐다보았다.

'모르는 남자 하인이 늘어났네.'

진시가 보낸 호위인지도 모른다. 비취 패 이야기를 할 때 죠카의 이름을 거론하지는 않았지만, 조사 정도는 해 보았을 테니까.

'여긴 문제없겠지.'

마침 현관 쪽으로 죠카가 나왔다.

"죠….'

마오마오는 말을 걸려 했지만 죠카는 녹청관 할멈과 이야기를 나누기 시작했다.

할멈은 죠카에게 장부를 보여 주고 있었다.

"죠카 누나는 할멈 뒤를 이을 거래."

삐딱한 말투가 위쪽에서 들려왔다. 마오마오가 고개를 드니 쵸우가 있었다.

"할멈도 슬슬 여기저기 부실해지나 보네."

"그럼 이만."

쵸우는 그렇게만 말하고 다시 춰에 일행 쪽으로 돌아갔다. 춰에는 팽이 돌리기 솜씨를 선보여 여동들뿐만 아니라 지나가는 사람들에게까지 박수를 받고 있었다. 거의 왼손밖에 쓰지 않는데 어떻게 저렇게 잘하는지 신기할 정도였다.

그 발밑에서 새끼 고양이 여러 마리가 장난을 치고 있었다. 근처에서는 관록이 붙은 삼색고양이 마오마오ㅌㅌ가 새끼 고양이들을 바라보고 있었다. 저 녀석의 새끼인 모양이었다.

'역시 은퇴하는구나.'

죠카는 기녀들을 통솔하는 입장에 있다. 할멈이 하던 일이 워낙 많으니 바로 바뀌지는 않겠지만, 기녀로서 죠카가 하던 일은 줄어 갈 것이다.

그러면 녹청관의 세 아가씨는 바이링 하나만 남는다. 아니, 리하쿠가 낙적하면 나가게 되겠지.

마오마오는 어린 시절의 기억을 떠올렸다.

커다란 비녀를 여러 개 꽂고, 낙낙한 의상에 가볍게 두른 어깨천, 하얀 뺨에 붉은 연지를 칠한, 아름다운 세 기녀.

빨간 융단 위를 미끄러지는 치맛자락을 몇 번이나 뒤쫓아 갔던가.

빨간 사방등의 따스한 불빛에 비춰진 채, 잔상을 남기며 춤추는 바이링.

다정한 목소리와 나긋나긋한 손놀림으로 말을 움직여 손님들이 두 손 두 발 다 들게 만드는 한 수를 놓던 메이메이.

거만한 태도를 유지하면서도 상대를 신음하게 만드는 시를 짓던 죠카.

'이제 그 풍경은 못 보게 되는구나.'

회고에만 잠겨 있다는 말을 듣고 싶지는 않지만, 마오마오는 한 시대가 끝나는 분위기를 쓸쓸하게 느꼈다.

바쁜 부서에 배치되어 있으니 시간의 흐름이 빠르다. 어느샌가 매미가 정신없이 우는 계절이 찾아왔다.

마오마오는 통상 업무 외에 의관들과 같은 교육을 받고 있었다. 서도행이 결정되었을 때 이미 졸업한 줄 알았는데….

"의관은 평생 공부해야 해. 실력이 떨어지지 않았는지 확인해야지. 서도에 다녀온 사람들은 앞으로 신입 의관들과 같은 연수를 받도록."

의관들의 우두머리인 류 의관의 말에 마오마오는 "네." 하고 대답하는 수밖에 없었다.

그리고 그 연수란….

"오늘은 어느 목장에 가는 걸까요?"

마오마오는 흔들리는 마차에 앉아 있었다. 마오마오 앞에는 리 의관과 티엔요우가 있었다.

이전에 시체 해부 전 단계 연습으로서 가축과 수렵 동물 해체를 했다. 다시 한번 복습할 겸 다녀오라는 명령이었다.

해체를 하러 몇 번 다녀오기는 했으나 티엔요우는 몰라도 리 의관까지 함께 가는 일은 드물다.

"오늘은 목장이 아니라 사냥터로 간다더라고."

"지금 시기에 이 근처는 금렵 기간 아닌가요?"

"……."

리 의관은 입을 다물었다. 금렵, 즉 사냥을 금지한다는 이야기다.

마오마오는 사냥꾼이 아니기 때문에 자세한 이야기는 모르지만 동물들의 번식 기간을 피하기 위해서라고 들었다.

"화앙주에서는 봄부터 여름에 걸쳐 지역에 따라 사냥을 금지하잖아요. 이 근처는 올해 금렵 지역일 텐데…."

"어떻게 그렇게 잘 알지?"

리 의관은 유난히 날카로운 티엔요우를 의심의 눈길로 쳐다보았다.

"아니, 여기가 저희 고향이라서요."

마오마오는 저도 모르게 벌떡 일어섰다.

"위험해!"

리 의관의 말대로 마차가 흔들려 넘어질 뻔했다. 마오마오는 다급히 주저앉았다.

"뭐 하는 거야, 냥냥."

"잠깐, 고향?"

"응, 고향. 어쩌지, 아버지한테 들키면 아마 훈제 고기 신세가 될 텐데."

'류 의관은 왜 또 그런 곳으로 보낸 거지?'

티엔요우를 의료의 세계로 끌어들인 류 의관이라면 그 정도는 알고 있을 텐데.

"뭐… 물론 금렵 기간인데 어떻게 사냥이 이루어지고 있는지는 대충 상상이 가지만 말이에요."

리 의관이 시선을 피했다.

"사냥을 금지당한 건 사냥꾼뿐이고, 부자나 높으신 분들은 예외인 거죠?"

"……."

리 의관은 거짓말이 서툰 모양이었다. 무언은 긍정을 의미한다.

"그리고, 이번에는 단순한 부자가 아닌 거지. 높으신 분. 좋은 집안 도련님인가?"

"어떻게 거기까지 알죠?"

"하하하, 이 근방 사냥터를 주름잡고 있는 게 우리 아버지거든. 그런데 전부터 궁정 관련 일은 별로 안 좋아했는데, 내가 가출한 후로는 그쪽 일을 완전히 그만뒀으려나?"

"……."

리 의관은 또 입을 다물었다. 경박해 보이고 해체를 좋아하는 티엔요우지만 머리는 좋다.

"높으신 분들은 사냥한 짐승을 요리해서 먹고 싶어 하지만 해체가 어렵지. 그래서 가끔 근처 사냥꾼을 고용하거든."

"그래서 이번에 해체 담당으로 선발된 게 우리라는 말인가요?"

"그거야, 그거."

하기야 동물 해체라면 티엔요우를 뛰어넘을 사람은 없으리라.

"류 의관님도 한참 고민하신 끝에 결단을 내리지 않으셨을까요? 의관을 해체 요원으로 쓰다니, 보통은 말도 안 되는 일인데."

인체 해부는 물론 비밀이지만 동물 해체도 그리 좋게 여겨지는 일은 아니다.

"평소의 류 의관님이라면 거절하셨겠지만….."

하기야 류 의관답지 않은 일이라고 마오마오는 생각한다.

"아니, 장소를 지정한 건 류 의관님이 아니다. 애당초 류 의관님이었다면 그런 하찮은 일에 의관을 동원하는 걸 거절하셨을 테니까."

"즉, 저희는 지금 류 의관님에게는 비밀로 하고 불려 가고 있다는 말이네요."

"우와~ 들키면 류 의관님 엄청 화내시겠네~"

"말하지 마라. 위에는 위의 사정이 있으니까."

리 의관도 리 의관대로 힘든 모양이었다.

"다른 인원은 없었나요? 솔직히 티엔요우 씨가 있는 게 너무 불안한데요."

"나도 냥냥이랑 같이 있는 게 불안해 죽겠어."

"그게 말이다, 의관을 지명했거든. '무슨 일이 있어도 꿈쩍하지 않는' 인간이 조건이었어."

"뭔가 일어날 것 같은 예감이 드네요."

마오마오는 그 속에 자신이 선택된 것이 영광인지 아닌지 고민이 되었다.

"해체할 때는 전용 오두막에서 들키지 않게 해야 한다. 그리고 옷도 갈아입고, 복면도 써야 해."

"에이~ 더운데~"

"더위를 먹지 않게 조심해야겠네요."

마오마오는 몇 년 전 피서지에서 벌어진 일을 떠올렸다. 그때는 진시가 일사병에 걸린 데다 심지어 암살자의 위협까지 받는 등, 어처구니없는 일들이 이어졌다.

'그 때문에 개구리의 존재를 알아 버렸고….'

마오마오는 먼 산을 쳐다보며 의문을 입에 담았다.

"하지만 다른 곳에도 금렵구가 있을 텐데, 왜 여기를 골랐을까요?"

"그게 말이다, 이곳에 짐鴆이 있다는 이야기가 있어서…."

"짐!!"

마오마오는 눈을 빛냈다. 짐이란 맹독을 지닌 새다. 역사상 여러 명이 짐의 독에 암살당했다는 기록이 있지만 그런 짐승이 실재하는지조차 수상하다고들 한다.

전설이 아니라 실재한다면 마오마오는 보고 싶다.

"냥냥 앞에서 독 얘기를 하면 안 돼~"

"아차, 나도 모르게 그만."

리 의관은 후회했다.

"사냥하는 건가요? 가능하면 생포로. 아아, 미리 말씀해 주셨다면 짐의 독을 견딜 수 있도록 여러 가지 준비를 해 왔을 텐데."

"냥냥이 전설상의 새가 실재한다는 전제로 얘기를 하고 있잖아~"

"유감이지만 마오마오는 해체 작업에는 참여할 수 없다."

"네?"

마오마오는 입을 딱 벌렸다.

"왜, 왜죠? 더위에도 견딜 수 있고, 뭣하면 내장 세척까지 제가 할게요!"

내장에는 배설물이 꽉 차 있기 때문에 다들 꺼리는 작업이다. 이번에는 솔선해서 할 생각이다.

"다른 일이 있어. 네 특기잖아? 독 시식."

리 의관이 딱 잘라 말했다.

'앗.'

이거 뭔가 속사정이 있는 모양인데, 하고 마오마오는 그제야 깨달았다.

사냥터에 도착한 마오마오는 리 의관, 티엔요우와는 따로 행동하게 되었다.

"기다리고 있었습니다."

보통 이럴 때 맞으러 나오는 사람은 취에다. 하지만 오늘은 다른 인물이 있었다.

"후랑."

"네. 친근하게 이름으로 불러 주시다니 정말 영광입니다."

싱글싱글 웃는 약관도 채 되지 않은 청년. 온화한 미소와 저 자세에 속아서는 안 된다. 마오마오는 이 녀석 때문에 술서주를 이리저리 도망쳐 다니다 도적들에게 죽임을 당할 뻔하기까지 했다.

'친근하기는 누가!'

표면적으로는 서도의 우두머리인 시쿄의 동생이자 교쿠엔의 손자. 현재 진시 밑에서 일하고 있지만 반 정도는 서도에서 추방된 신세라고 봐야 한다. 도대체 무슨 생각을 했는지 이 남자는 친형보다 진시가 서도의 우두머리로 어울린다고 생각하고,

친형 암살까지 꾸몄던 위험인물이다.

"달의 귀인의 명으로 모시러 나왔습니다."

"네, 네."

마오마오는 귀찮다는 표정으로 대꾸했다. 주위에 누가 있을 때라면 모를까, 후랑에게 정중한 태도를 취할 필요는 없다고 생각했기 때문이었다.

마오마오를 불러내기 위해 일부러 의관들을 해체 담당으로 선택했다는 말이 된다. 마오마오는 지명이고 나머지 둘은 생각지도 못한 불똥이 튄 셈이지만, 티엔요우가 온 것은 기연奇緣이라 할 수 있겠다.

"음? 놀라실 줄 알았는데 냉정하네요. 이미 다른 사람에게 설명을 들으셨나요?"

"왠지 상상이 됐을 뿐."

마오마오가 불쾌한 이유는 상대가 후랑인 탓도 있었지만, 또 한 가지가 있었다.

"혹시 짐이 나온다는 이야기도 거짓말인 건…."

"마오마오 님, 저희 누나보다 표정이 무서우십니다. 안심하십시오. 전설의 독조 이야기는 사냥에 초대한 사람이 한 이야기입니다."

"정말이지?"

"얼굴이 너무 가까워요, 얼굴이."

마오마오는 후랑을 마구 몰아붙였다.

"아무튼 이동하시죠."

마오마오는 후랑을 따라갔다.

후랑이 안내한 곳은 천막을 친 광장이었다. 커다란 천막이 한 개, 조금 작은 천막이 세 개였다. 술서주에서 흔히 보던 주거용 같은 천막이다.

천막과는 별도로 근처에 커다란 건물이 보였다.

"달의 귀인은 저기 계신가요?"

"아뇨, 일단은 별장에 방을 준비해 뒀던데 제가 각하시켰습니다."

"왜?"

물론 훌륭한 천막이기는 하지만 별장이 더 호화로울 텐데.

"이 천막이라면 입구가 하나입니다. 이상한 벌레 한 마리 들어오지 못하죠. 무엇이 있을지 모를 가옥보다 천막이 낫다고 달의 귀인도 말씀하셨습니다."

"이상한 벌레. 아….."

마오마오는 진시가 아직 얼굴을 가리고 다니던 시절을 떠올렸다. 그때조차 정력제를 식사에 타는 인간이 생기는 바람에 난리도 아니었다.

"별장을 거절하는 건 힘들지 않았어?"

"네. 그래서 달의 귀인은 사냥 외에 야영을 즐기는 취미도 있다고 말씀드렸습니다. 중앙분들은 힘드시겠어요. 천막 하나 안 갖고 계시니."

마오마오는 주위를 둘러보았다. 멀리서 드문드문 천막 같은 것을 세웠다가 무너뜨리는 인파가 보였다. 무엇을 하고 있나 했더니, 상사가 야영을 하게 되는 바람에 부하들도 별장에 머무르기에는 불편한지 남들이 하는 것을 보고 흉내를 내어 천막을 치는 중이었다.

"이번엔 어떤 고관의 초대야?"

"이번에는 이름 있는 일족의 우수한 젊은이들이 모이게 되었습니다. 황족도 숨을 돌릴 때가 필요한 법이고, 차기 고관 후보들과 얼굴을 익혀 놓을 필요도 있지요. 하지만 달의 귀인은 너무 성실하셔서, 그것을 지금까지 계속 거절했다고 하면 어떻게 될까요?"

"슬슬 거절하기 어려워진 거야?"

"네. 정사에는 인간관계가 필수니까요. 그리고 이번 모임에는 또 다른 목적도 있고요."

'목적이라.'

후랑은 천막 입구를 들추었다.

"달의 귀인이시여, 지금 돌아왔습니다."

"늦었구… 나앗?!"

진시는 깜짝 놀랐다.

"독 시식 담당으로 찾아뵈었습니다."

마오마오는 정중히 고개를 숙였다.

놀라는 진시 외에 사정을 아는 표정의 스이렌과 타오메이가 있었다. 호위로 바센도 있었으나, 어머니와 같은 직장에 있어서인지 불편해 보였다.

밀폐된 천막 안은 의외로 시원했다. 안 이곳저곳에 커다란 대야에 담긴 얼음 기둥이 있고, 호위가 부채를 부치고 있었다. 환기는 천창으로 하고 있다.

"네, 네가 왜 여기 있지?"

진시는 당황했다. 바센도 눈이 둥그레졌으나 시녀 두 명은 생글생글 웃고 있다.

"달의 귀인의 명이 아니었나요?"

마오마오는 스이렌을 돌아보았다.

"샤오마오가 적임일 것 같아서 내가 불렀단다."

적임일지는 모르겠지만 수상쩍은 분위기는 맡을 수 있었다.

'전에는 귀찮은 일로 빈번히 불려 오곤 했는데.'

마오마오가 진시를 받아들이면 받아들일수록 진시 쪽에서는 거리를 두려 하는 것처럼 보인다.

진시는 성실하며, 손해 보는 성격이라고 마오마오는 늘 생각했다.

"스이렌, 나는 이야기 못 들었는데."

"실례했습니다. 제가 괜한 짓을 했지요?"

키득키득 웃는 스이렌은 할머니인데도 무척 귀여워 보였다.

'이 사람이 진시의 외할머니란 말이지.'

이 천막 안의 다른 사람들은 얼마나 알고 있을까. 바센이 모른다는 것만은 확실하게 알겠다.

"일단 앉아라."

진시의 말에 마오마오는 빈 의자에 앉았다. 스이렌이 늘 그렇듯 차를 준비해 주었다.

"달의 귀인께서 젊은이들끼리의 사냥에 참가하시다니 드문 일이네요."

타오메이 앞이기에 진시라고는 부르지 않는다.

"뭐, 여러 가지 일이 있어서."

"어떤 귀찮은 일인가요?"

진시가 입을 삐죽 내밀었다. 한순간 망설이는 듯했으나, 마오마오에게는 말하는 편이 좋겠다고 판단했는지 자세를 바르게 고치고 두 손을 깍지 꼈다.

"최근 무관들끼리 자잘한 다툼이 잦다는 사실은 알고 있겠지?"

"네, 굉장한 민폐죠."

덕분에 마오마오의 일이 늘어났다.

"황후파, 황태후파 등으로 불리고 있으나 주로 움직이는 것은 젊은이들이다. 무슨 대의명분을 내세워서 날뛰고 싶을 뿐이지."

'당신도 젊은이잖아.'

마오마오는 말없이 이야기를 들었다.

"그중에서도 특히 가장 날뛰는 집단이 이번에 이 사냥에 참가했다. 황태후파 녀석들이지. 이름 있는 일족의 회합 때 의기투합해서 사냥을 나가자는 이야기를 한 모양인데, 아무래도 수상쩍어."

"그 꿍꿍이를 캐기 위해 참가하신 건가요?"

"그런 거다. 무슨 일이 일어나기 전에 불씨를 제거해야지."

마오마오는 호오, 하고 납득하면서 동시에 신음했다.

"위험하지는 않을까요?"

"아무리 그래도 황태후파 녀석들인데 내게 위해를 가하지는 않겠지. 가능성이 있다면 묘한 계획에 끌려 들어가는 일 정도고."

진시 본인의 생각과 관계없이, 주위에서 볼 때 진시는 황태후파이리라. 설마 같은 편이라고 생각하던 인물이 자신들의 속내를 캐려 하고 있다고는 젊은이들도 생각하지 못할 것이다.

'그 외에도 여러 가지 위험은 있지만.'

"자기네 가족 중의 미녀를 억지로 들이밀 수도 있겠네요."

"······."

진시가 마오마오를 노려보았다.

"안심하십시오. 이 세상에 달보다 아름다운 이는 없습니다."

"뭐야, 그게."

진시는 쓴웃음을 지었다. 이전 같았으면 이런 말을 할 경우 화를 내거나 어이없어했겠지만, 오늘은 다른 모양이었다. 그리고 마오마오는 진시에게 본론에 대해 물어야만 했다.

"그런데 사냥은 언제 시작되나요?"

"사냥은 한 시간 후에 시작된다. 점심 식사는 따로 하지 않으니 마오마오는 이 천막에서 천천히 기다리도록."

"저도 참가하면 안 될까요?"

"뭐? 사냥을 나간다니까. 활과 화살을 다룰 수 있나?"

"물론 다룰 줄 모르지만, 혹시 어느 분이 독에 당하기라도 하면 큰일이잖아요?"

마오마오는 눈을 반짝반짝 빛냈다. 진시는 마오마오를 의심의 눈길로 쳐다보았다.

"혹시 전설의 독조 이야기를 믿는 건가?"

"사람은 누구나 살아가기 위해 꿈과 낭만이 필요하거든요."

마오마오는 완곡하게 '네, 맞아요'라고 답했다.

"평소의 네게서는 결코 들을 수 없을 단어로군. 꿈과 낭만."

진시는 어처구니없어하면서 과일을 먹었다. 설탕으로 조린 복숭아에 부순 얼음이 곁들여진 간식이었다. 지난번 피서지와 달리 이번에는 유능한 시녀가 스이렌, 타오메이 둘이나 있으니 식사에는 문제가 없는 모양이었다.

'이 두 사람이 있으면 이상한 여자가 밤에 몰래 덮치러 올 일은 없겠지.'

그리고 후랑은 은근히 그런 암약이 특기일 것 같다.

"전설의 독조라는 건 그냥 소문이다, 소문. 발견할 일 없으니 실망하지 말아라."

"깃털 하나쯤 떨어져 있지 않을지 확인하겠습니다."

눈에 핏발을 세운 채 땅바닥을 기어 다니면서라도 찾을 생각이었다.

"마오마오도 참, 끈질기구나."

스이렌이 마오마오 앞에도 조린 복숭아를 내려놓았다. 진시가 먹으라는 신호를 보냈기에 감사히 숟가락을 들었다. 부드러운 과육이 달콤하고 맛있었다.

"이전에 조사해 달라고 부탁했던 일에 대해 알아낸 것이 있다. 오래된 이야기였기 때문에 시간이 오래 걸렸지만."

"어떠셨나요?"

마오마오는 숟가락을 내려놓았다. 진시가 주위를 흘끗 둘러보았다.

시선의 의도를 알아차렸는지 스이렌이 후랑의, 타오메이가 바센의 등을 밀었다.

"어, 제가 있으면 안 되는 건가요?"

후랑은 응석 어린 표정을 지었으나 마오마오 입장에서도 쫓아내고 싶었다. 귀여운 척하는 얼굴을 보니 더욱 화가 치민다.

"저도 나가야 합니까?"

"바센은 후랑을 붙잡고 있어."

"…알겠습니다."

바센은 납득할 수 없다는 표정이었으나 어머니 타오메이의 명령에는 일단 순종했다.

두 사람이 나가자 진시가 겨우 입을 열었다.

"실명은 남겨지지 않았다. 하지만 '화타'라 불리던 황족의 물건으로 추정된다."

"화타…."

마오마오로서는 귀에 익은 이름이었다.

"알고 있는 모양이군. 의관들 사이에서는 유명한 이름이라던데."

"전설의 의사 이름입니다."

"그래. 하지만 황족들 사이에서는 다른 의미로 알려진 이름이지. 옛날에 금기를 범해 처형당한 전 황족이라고 들었다. 이것도 알고 있겠지."

진시가 무슨 말을 하고 싶은지 알 수 있었다. 마오마오는 이

전에 설명을 들었다.

"네."

"어떤 인물인지 말해 보아라."

마오마오는 한숨을 내쉬었다.

"황족이면서 우수한 의관이었다고 들었습니다. 전설의 의사 이름으로 불릴 정도로 뛰어난 기술의 소유자였으며, 언제나 새로운 기술을 찾아 헤맸다고 합니다. 하지만 그 인물은 놀랍게도 당시의 황제가 가장 사랑하던 황자의 시체를 해부했다지요."

진시는 아무 말 없이 고개를 끄덕였다.

"아무리 같은 황족이라 해도 허락될 수 없는 일이었기에 처형을 당하고, 그 이름은 말소되었다고 들었습니다. 그것이 의관들이 지금도 해부를 금기시하는 이유라고 알고 있습니다."

"그 말이 맞다."

"비취 패는 그 '화타'의 물건이었다는 말씀이신가요?"

"그래."

마오마오는 눈을 꽉 감았다.

비취 패를 갈아 버린 이유도 충분했다. 의관들이 몰래, 심지어 죄인들의 시체만을 가지고 해부를 하는 이유는 시체를 훼손하면 두 번 다시 환생할 수 없다고 믿기 때문이다.

'죽으면 그냥 고기일 뿐인데.'

그렇게 생각할 만큼 당시의 황제는 냉정하지 못했으리라.

"이곳에 그자의 비취 패가 있다는 것은, 생전에 화타가 누군가에게 그것을 건넸다는 뜻인데."

"…그렇게 되는군요."

"그런 일을 할 상대는…."

"아이를 임신한 여자겠죠."

마오마오는 머리를 긁적였다.

"마오마오."

"네."

"화타는 몇 대 전 황족의 핏줄이다. 이제 와서 주상께서 그 자손을 벌하시리라고는 생각하지 않아."

"그럴 거라 믿습니다."

"하지만 비취 패를 손에 넣으려 하는 자가 있다는 것은 문제지."

죠카는 비취 패를 도둑맞을 뻔한 후, 신변의 안전이 가장 중요하다고 생각하고 마오마오에게 고민을 털어놓았다.

"소유자는 비취 패를 포기했습니다."

마오마오는 단호하게 말했다. 이 부분만큼은 확실히 해 두어야만 한다.

"소유자는 여자였지."

마오마오는 상대가 여자라고 한마디도 하지 않았다. 역시 이름을 거론하지 않아도 진시는 이미 조사했다. 그래서 녹청관에

새로운 남자 하인이 늘어난 것이다.

"말살된 이름이 새겨져 있고, 심지어 정확히 두 동강으로 쪼개진 패를 손에 넣어서 뭘 하려는 걸까요?"

"대의명분을 얻으려는 거지."

"무슨 연극도 아니고."

"연극처럼 우스꽝스러운 이유로 나라가 멸망하고 또 흥하는 법이다."

진시의 눈빛은 진지했다.

이런 이야기는 후랑에게도, 바센에게도 들려줄 수 없다. 후랑은 제멋대로 무슨 짓을 저지를지 모르고, 바센은 진실을 숨긴다는 소양이 너무나 부족하다.

"황태후의 정부가 나라를 부흥시키려 하거나, 환관이 건국을 시도했던 일도 있었지."

"'시도했다'는 말은 결국 난으로 끝났다는 뜻이군요."

"극히 드물게 성공하기도 하고."

"역사란 참 지긋지긋하네요."

진시는 아련한 눈빛을 지었다. 많은 역사서 속에는 애매하게 기술된 부분이 여러 곳 있었으리라.

"달의 귀인이시여."

"뭐지?"

타오메이 앞에서 '진시'라 부를 수 없어서인지 진시의 목소리는 그리 즐거워 보이지 않았다.

"그 화타의 후예 말입니다만."

마오마오는 어떻게 할까 생각하고 있었다.

'후예를 한 명 더 알고 있는데 말이야.'

티엔요우다. 딱히 그 녀석이 어떻게 되든 상관은 없지만, 그것을 입 밖에 냄으로써 류 의관과 요우 의관에게 폐를 끼치고 싶지는 않았다.

'하지만….'

지금 상황에서는 반드시 해야만 하는 이야기였다.

"티엔요우라는 의관을 기억하고 계십니까?"

"음. 그 특이한 성격의 젊은 의관 말이지?"

진시는 기억하고 있었다. 숟가락으로 복숭아를 잘라서 입에 넣는다.

"그 녀석도 화타의 후예입니다."

"푸읍?!"

마오마오의 얼굴에 복숭아 조각이 튀었다.

"어머나, 어머나, 저런, 저런."

스이렌이 재빨리 마오마오의 얼굴을 닦아 주었다. 고귀하고 아름다운 분이 먹던 음식 찌꺼기를 얼굴에 뒤집어쓰는 일은, 일부 사람들에게는 포상처럼 느껴질지도 모른다. 하지만 마오마오 입장에서 할 말은 '더럽다' 한마디뿐이었다.

"미, 미안하다. 갑자기 무슨 말을 하나 했더니."

"아뇨. 아직 확신이 없는 이야기라 말씀드릴까 말까 고민했습니다만."

마오마오는 티엔요우가 사냥꾼의 아들이라는 이야기, 선조 중에 화타와 밤을 보낸 처녀가 있었다는 이야기를 했다.

"그렇군, 그 티엔요우가."

의관들의 해부 이야기는 진시도 어느 정도 알고 있었는지, 납득이 가는 것 같으면서도 불가해한 점이 있는 듯 복잡한 표정을 지었다.

"그럼 이 비취 패에 대해서도 알고 있는 거 아닌가?"

"그 부분은 본인에게 확인하지 않았습니다."

마오마오는 단호하게 말했다.

"왜지?"

"티엔요우라는 인간은 호기심 때문에 의관 일을 하는 사내입니다. 생물 해부를 인생의 낙으로 삼고 있으며, 류 의관님의 적절한 지도가 없었다면 지금쯤 무덤을 파헤치고 다니거나, 아니면 살인귀가 되었을지도 모릅니다. 이번에도 쓸데없이 흥미를 끄는 정보를 주었다가는 자기 자신의 안전 따위는 신경도 쓰지 않고 주위를 끌어들여 큰 소동을 일으키며 다대한 폐를 끼칠 것이 뻔합니다. 아무런 준비도 하지 않고 대화를 나눌 수는 없습니다."

진시와 스이렌의 시선이 슬며시 마오마오를 향했다. 근질근질하고 뜨뜻미지근한 시선이었다.

"왜 그러시죠?"

"아니, 아무것도 아니다."

"아무것도 아니야~"

스이렌은 "호호호." 하고 웃으며 새 차를 준비했다.

"살해당한 왕팡이라는 남자는 티엔요우를 찾고 있었던 게 아닐까 싶습니다."

"왜 그렇게 생각하지?"

진시가 그렇게 물으면 곤란해진다. 이것은 마오마오의 억측에 불과하기 때문이다.

이전에 비해 억측이나 감상을 말하는 일이 많아졌다고 마오마오는 느꼈다.

"왕팡은 비취 패를 원했습니다. 그것이 목적이어서가 아니라 황족의 사생아를 찾고 있었던 모양입니다. 신 일족의 가보에 대해서도 조사하던 것 같았고요."

"음. 왕팡을 죽인 관녀들의 관계성을 알아보니 신 일족이 나오더군. 유감이지만 그 이상 파고들 수는 없었으나, 놈은 공연한 것에 너무 깊이 발을 들였어."

진시는 왕팡 살인 사건보다 왕팡의 목적이 더 마음에 걸리는 모양이었다.

"취에 씨 정보인가요?"

"아니, 후랑이다…. 그런데 마오마오는 그 녀석이 싫은가 보지?"

마오마오의 드러난 잇몸을 보고 진시는 마음을 읽어 주었다.

"좋아해야 할까요?"

"아니, 응, 알겠다. 하지만 그 녀석은 그 녀석대로 쓸 만해."

진시는 그렇게 말하며 먼 산을 쳐다보았다.

"유능하지만 문제가 있는 부하라는 말씀이시죠."

"그 녀석이 온 후로 일을 강요당하는 일이 뚝 그쳤어. 밤샘도 줄어들었고."

"그러고 보니 전에 비해 안색이 좋으시네요."

마오마오도 놈이 유능하다는 것만은 인정한다.

"가까이 놓아두어도 괜찮을까요?"

"털색이 조금 다른 라한이라고 생각하면, 뭐."

"으아, 절묘하게 싫은 부하네요."

일은 잘하지만 상사를 계속 소름끼치는 시선으로 쳐다볼 것 같다.

"부관치고는 꽤 우수해. 가끔 다른 부서 문관의 약점을 잡는 모양이지만."

"정말로 털색이 다른 라한이네요."

라한에게 말하면 부정하겠지만 마오마오와는 상관없는 일이다.

"그보다 이야기가 엇나갔습니다."

마오마오는 의자에서 일어나 천막 밖을 내다보았다. 별장과 숲뿐이고 민가는 보이지 않았다.

"그 티엔요우의 고향이 이 근처라고 합니다."

"우연이라고 말해도 되는 건가?"

진시가 당황한 표정을 지었다.

"우연이라고 생각하고 싶지만요."

마오마오의 경험상 우연이 겹치는 것만큼 싫은 일은 없다.

왕팡의 족적. 티엔요우와 죠카, 화타의 두 자손. 표적이 된 비취 패. 그리고 티엔요우의 고향이 사냥터로 선택되었다.

"으음… 역시 꺼림칙하네요."

"뭐가 꺼림칙하다는 거지?"

진시는 어째서인지 옷매무새를 고쳤다. 자기를 보고 꺼림칙하다고 느꼈다고 생각한 모양이었다.

"아뇨, 왕팡 말이에요. 왕팡의, 아니, 군부의 파벌 싸움도 그렇지만, 아무래도 영 뒤죽박죽이라는 느낌이 듭니다."

"뒤죽박죽이라니, 뭐가 어떻게?"

진시의 질문에 마오마오는 신음했다.

"명확히 말하기는 어려운데, 군부의 파벌은 '황태후파', '황후파', '중립파'잖아요? 왕팡은 '중립파'에서 '황후파'로 넘어갔다고 들었습니다."

"그랬지."

"하지만 이상하지 않으세요? '황후파'였던 왕팡은 왜 새로운 황족을 찾아내려 했을까요? 교쿠요 황후 전하의 황자라는 어엿한 후계자가 있는데 일부러 새롭게 다른 누군가를 옹립할 필요는 없지 않나요?"

마오마오는 팔짱을 꼈다.

"그리고 파벌 싸움에서 무관들끼리의 부상이 잦은데, 하나같이 이유가 다 시시껄렁하고 신념이랄 게 없어요. 나이가 젊은 자들끼리 무슨 축제라도 벌이는 것처럼 시끌벅적 소란을 피우는 모습으로밖에 보이지 않아요."

"혈기왕성한 녀석들이 많으니까. 하지만 무슨 말인지는 알겠다."

진시의 말을 들으니 그건 그렇다는 생각이 든다. 하지만 반대로 말하면 마오마오는 젊은이들끼리의 싸움밖에 본 적이 없다.

"질문이 있는데요, 파벌 싸움이라고 하는데 그게 정말로 파벌 싸움이 맞을까요?"

"왜 그렇게 생각하지?"

"젊은이들끼리만 난리를 피우고, 정작 거물은 없으니까요."

"듣고 보니 그렇군."

진시도 짚이는 데가 있는 모양이었다. 마오마오보다 진시가 정세에 밝으니, 마오마오가 아주 잘못 생각한 것도 아닌 듯했다.

"하지만 이상한 점이 있긴 해. 우 일족이 괴롭힘을 당한다는 이야기는 들었나?"

"들은 적 있습니다."

'그것도 당주 본인한테.'

—아무래도 군의 새로운 파벌이 나를 싫어하는 것 같아.

그런 말을 했다.

하기야 약해진 고참 일족을 노리는 것은 기본이다. 하지만 파벌 싸움이라면 그 정도까지는 가지 않을 것 같기도 하다.

"이번 사냥에는 어느 가문 사람들이 참가한다고 하셨죠?"

"신辰과 추, 그리고 신申도 있다."

'신辰이라.'

마오마오는 연애편지남을 떠올렸다. 그 인간이 설치고 다닐 것 같아 불안해졌다.

"슬슬 준비해 주십시오."

타오메이가 시간을 알렸다.

"정신 바짝 차려야겠군."

"그러게 말입니다."

마오마오는 주먹을 불끈 쥐며 일어섰다.

""""……"""".

진시, 스이렌, 타오메이가 마오마오를 빤히 쳐다보았다.

"왜 그러시죠?"

"너는 여기서 지키고 있어라."

"도, 독조는요?"

"있으면 잡아 올 테니까 얌전히 있어."

마오마오는 천막을 나가는 진시를 쫓아가려 했지만 스이렌에게 꽉 붙들리고 말았다.

약사의 혼잣말

사냥은 4시간 정도 소요된다고 했다.

'너무 길어.'

마오마오는 지루해졌다.

"앗, 이렇게 나오는구나."

스이렌이 딱 소리를 내며 하얀 돌을 놓았다.

"거기 두셔도 괜찮으시겠어요?"

타오메이는 검은 돌을 어루만졌다.

'관심없어.'

마오마오는 두 사람이 바둑 두는 모습을 허무한 눈으로 쳐다보았다.

급히 세워진 천막은 확실히 훌륭했지만 딱히 할 것이 없었다. 청소를 할 것도 없고, 시간 때우기로 읽을 만한 책도 없다.

장기나 바둑 종류는 이렇게 가져왔지만 마오마오는 관심이 없으므로 쳐다만 볼 뿐이었다.

'빨리 끝나면 좋겠다.'

그렇게 생각하고 있는데 천막 밖에서 호위가 고개를 들이밀었다.

"무슨 일이시죠?"

"마오마오 님을 뵙고 싶다는 자가 와 있습니다."

"누군가요?"

"티엔요우라는 자입니다."

마오마오는 스이렌과 타오메이를 바라보았다.

"우리가 있으니까 들여보내도 돼."

"괜찮을까요?"

"그럼."

"정말 괜찮을까요?"

"괜찮다니까."

마오마오는 할 수 없이 티엔요우를 들였다. 여기서 두 사람이 거부했다면 귀찮은 동료를 상대하지 않아도 되었을 텐데.

'그보다 이 자식, 여기 있어도 괜찮은 거야?'

티엔요우의 고향으로 오게 된 것이 우연이 아니라 계산된 일이라고 한다면 티엔요우가 어슬렁어슬렁 돌아다니는 것은 위험하지 않을까.

"실례합니다."

티엔요우는 천막에 들어오자마자 주위를 두리번두리번 둘러보았다.

'재미있어하고 있잖아.'

"무슨 일인가요?"

"아니, 아직 사냥감이 도착하질 않아서 심심했거든."

"그럼 슬슬 가 보셔야겠네요."

어차피 리 의관의 눈을 피해 도망쳐 나왔을 게 뻔하다. 나중에 정수리에 주먹을 맞을 것을 알면서도 저지르고 마는 인간이다.

"그리고 있지, 우리 고향 집 방향에서 왠지 불길이 치솟는 것 같아서 말이야."

티엔요우가 태평하게 말하며 밖을 가리켰다.

"그런 건 빨리 말해!"

마오마오는 천막 밖으로 뛰쳐나갔다.

주위를 둘러보니 숲 너머에서 연기가 솟구치고 있었다.

"역시 화재인가?"

"화재가 나면 안 되잖아!"

마오마오는 무엇을 해야 할지 생각했다. 티엔요우의 고향 집에 가서 확인해 보고 싶지만, 마오마오 혼자서만 갈 수는 없는 노릇이다.

"왜 그래?"

목소리가 들렸다. 돌아보니 바센이 있었다.

"달의 귀인과 함께 가셨던 것 아닌가요?"

"오늘은 교대제라서. 어머님께 중간 경과도 보고 드려야 하고."

바센은 불만스러운 표정이었다. 내내 진시 곁에 붙어 호위하고 싶었던 모양이다.

"바센."

타오메이가 천막 밖으로 나왔다. 아까 진시와 마오마오의 이야기를 전부 들었을 터였다. 그때 '티엔요우'라는 인물이 나타났다. 눈치 빠른 타오메이는 마오마오가 무엇을 하고 싶은지 알아주었다.

"마오마오 씨를 호위하려무나. 보고는 나중에 해도 되니까."

"네? 무슨 말씀이시죠?"

"됐으니까 빨리!"

바센은 얼굴에 물음표를 띄운 채였다.

"저 불길이 치솟는 곳으로 갈 수 있을까요?"

"안내라면 내가 할까?"

티엔요우가 나섰다.

숲에 익숙한 티엔요우가 안내하는 편이 빠를 터였다.

"부탁해도 되겠지?"

"그럼."

타오메이도 스이렌도 아무 말 없었다. 그저 스이렌이 마오마오에게 다가와 끈으로 소매를 바짝 묶어 줄 뿐이었다.

"조금이라도 움직이기 편한 차림이 나을 거야."

"감사합니다."

마오마오는 스이렌에게 감사 인사를 했다.

"마오마오 씨, 제가 대신 갈까요?"

"아뇨, 타오메이 님보다 제가 상황을 더 잘 아니까요."

마오마오는 타오메이의 제안을 거절했다. 타오메이는 한쪽 눈을 실명했기 때문에 장애물이 많은 숲속 같은 장소에서는 움직이기 힘들 것이다.

"알겠지, 바센? 마오마오 씨를 반드시 지켜야 한다."

"알고 있습니다."

바센은 어떤 상황인지 몰라도 일단 긴박하다는 것만은 이해한 모양이었다.

"그럼 간다~"

당사자인데도 제일 긴장감 없는 티엔요우가 선두에 나섰다.

'전직 사냥꾼인 이유가 있네.'

숲속에 들어가면 해의 위치를 확인하기 어렵다. 방심하면 길을 잃을 것 같다. 지면은 낙엽이 퇴적되어 부드럽다. 발이 자꾸만 미끄러질 것 같았지만 간신히 걸어갔다.

티엔요우는 앞으로 쭉쭉 나아갔다. 마오마오는 자꾸만 뒤처졌다.

"너무 느려."

바센이 마오마오의 배를 안았다.

"오오!"

이게 무슨 일이람.

'이건, 이건.'

쌀이나 보릿자루를 짊어지듯 어깨에 둘러메는 게 아닌가. 분위기고 뭐고 다 내다 버린 운반 방식이다.

하지만 마오마오가 걷는 것보다 훨씬 빠르다. 덕분에 티엔요우를 잃어버리지 않을 수 있어 살았다.

"태양도 안 보이는데 어떻게 아는 거지?"

바센이 마오마오도 생각했던 의문을 얘기했다.

"이 숲에는 수령이 몇 백 년이나 되는 커다란 나무가 여러 그루 있어서, 사냥꾼들은 그걸 표식으로 삼거든. 길을 잃지 않도록 어느 나무가 어디 있는지를 기억해 두는 거야."

그러고 보니 가끔 거대한 나무줄기가 있었다.

"이 너머야."

티엔요우의 걸음이 멈추었다. 보이던 연기는 역시 가옥에서 솟아오르고 있었다.

얼핏 보기에도 불온한 분위기가 풍겼다.

진시의, 젊은이들이 날뛰고 싶어 한다던 예상이 맞아떨어졌다.

"이게 뭐야?"

바센이 분개했다.

눈앞에는 간과할 수 없는 상황이 펼쳐져 있었다. 차림새로 볼 때 사냥꾼 같아 보이는 중년 남자와, 깔끔한 옷차림의 젊은이들이 그곳에 있었다.

젊은이들은 히죽히죽 웃으며 중년을 향해 검 끝을 들이밀고 있었다.

"앗, 아버지다."

티엔요우가 나서려 했으나 마오마오가 막았다.

"잠깐만요!"

"왜?"

"당신이 나서면 이야기가 복잡해져요. 여기는 바센 님께 맡기자고요."

'솔직히 저 녀석도 불안하지만.'

티엔요우가 직접 나서는 것보다는 낫다.

"대체 뭘 하는 거지!"

바센이 성큼성큼 다가갔다. 마오마오는 숲속에 숨어 멀찌감치서 지켜보았다.

"아니, 이거, 바센 공이잖아?"

중년에게 검 끝을 들이밀고 있던 젊은이들이 돌아보았다.

"보다시피 적을 해치우는 중이야."

"적? 적인가?"

바센은 아직 상황을 제대로 파악하지 못했다.

"아뇨, 이 마을 사냥꾼의 집이에요."

마오마오가 단호히 말했다.

"그렇다는데, 왜 집을 불태우고 그 주인에게 위해를 가하고 있지?"

"이걸 보고 어떻게 생각해?"

젊은이는 웃으면서 땅바닥에 무언가를 집어 던졌다.

"그건⋯."

반으로 쪼개진 비취 패였다. 쿄카가 갖고 있던 물건과 똑같지만 상처가 난 위치가 달랐다.

'역시⋯.'

쿄카의 부친은 본래 티엔요우의 부친이었으리라. 무슨 이유가 있어 비취 패를 반으로 쪼갰던 것이다.

"이 비취 패는 옛날 금기를 범하여 황자에게 손을 댄 자가 소유했던 물건이며 죄인의 증거지. 황자는 독살당하고, 여덟 조각으로 갈가리 찢어졌다더군. 그런 죄인의 자손이 대대손손 살아남아 있는 게 이상하지 않아?"

'얘기가 좀 다른데?'

마오마오는 당시의 황제가 총애하던 황자가 병으로 죽고, 화타가 그 시체를 해부하는 바람에 벌을 받았다고 들었다.

'전승되는 과정에서 이야기가 왜곡됐나?'

사람들은 이야기를 부풀리기 좋아한다. 의관들에게 전해져 내려오는 이야기가 진실이다. 진시가 아는 이야기와도 일치한다.

집은 불타고 있으나 숲속에서도 그 불은 보일 것이다. 진시라면 수상쩍은 분위기를 눈치채고 한달음에 달려와 줄 것이 분명하다.

젊은이는 말을 이었다.

"거기에 사용된 게 짐 독이야. 연회 때 방심한 황자에게 독조의 깃털을 담근 술을 먹여서 살해했지. 게다가 스스로 그 황자가 되기 위해 황자를 여덟 조각으로 갈가리 찢고 그 가죽을 뒤집어쓴 채 황제를 알현하려 했어. 그런 대악당의 자손은 요괴일 게 명백해."

'혹시 짐이 나온다는 게….'

그 이야기였나 하고 마오마오는 저도 모르게 얼굴이 일그러지고 말았다.

'그럴싸한 소리를 늘어놓는다고 생각하나 본데, 전혀 하나도 재미있지 않거든!'

마오마오는 돌진하기 직전의 멧돼지처럼 신발 바닥으로 지면을 계속 비벼 대며 짓밟았다.

그에 반해 바센은 굳어 버렸다. 무슨 이야기인지 이해가 되지 않는 모양이었다. 미안하지만 마오마오도 진시도 바센과는 정보를 공유하지 않았다. 바센이 무슨 소리냐는 표정으로 마오마오를 돌아보았다.

"아~ 그건~"

티엔요우가 앞으로 나서려 했다.

마오마오는 티엔요우의 정강이를 걷어차고 대신 나섰다.

"그건 잘못된 이야기예요."

마오마오는 딱 잘라 말했다. 꼭 해야 하는 말이었다. 전설의 독조가 엉뚱한 데 비유되었다는 사실이 분해서 견딜 수가 없었다.

"뭐야, 넌?"

어딘가 높은 집안사람들인 모양이지만 마오마오는 사람의 얼굴을 기억하지 못한다. 그러나 이름 있는 집안의 사람이라는 이야기를 듣고, 허세를 부려 보기로 했다.

"기억하지 못하시는 모양이군요. 이름 있는 일족의 회합에서 뵙지 않았던가요?"

마오마오는 일부러 정중하게 인사했다.

"앗!"

젊은이들 중 하나가 알아차린 눈치였다. 잘 보니 가끔 보던 무관이고 의무실에도 온 적이 있었다. 바로 신 일족의 연애편지남이었다.

'또 이 녀석이야?'

진짜 쓰레기 같은 놈이라는 생각에 신 일족의 큰마님이 불쌍해지려 했다. 태도가 다소 엉거주춤한 것은 곰 같은 남자, 즉 바센이 있기 때문이리라.

　"황자는 독살당한 게 아니라 병사한 거예요. 그리고 갈가리 찢기고 가죽이 벗겨진 게 아니라, 시체를 해부했던 거죠."

　마오마오는 최대한 마음을 가라앉히고 말했다. 솔직히 말하자면 젊은이들에게 말똥이라도 집어 던지고 싶었지만 꾹 참았다.

　"해부? 그런 끔찍한 짓을 했다고?"

　바센은 노골적으로 전율했다. 단순한 것이 바센의 미덕이자 결점이다.

　"그래서 짐승 해체를 직업으로 삼아서, 이자들은 오래 살아남았던 것이로군."

　"!"

　티엔요우의 아버지는 누가 봐도 사냥꾼 같은 풍모였다. 움직이기 편하고 튼튼할 것을 최우선으로 한 간소한 복장에, 곰 같은 수염. 피부도 거무스름하다. 티엔요우와는 전혀 닮지 않았다.

　"너희도 다 고기를 먹고 살잖아."

　마오마오는 저도 모르게 본심이 흘러나왔다.

　"자, 잠깐."

　바센의 얼굴이 얼어붙었다.

"냥냥도 멀쩡한 소리는 안 하네."

티엔요우는 어째서인지 생글생글 웃고 있었다. 아버지가 검으로 위협을 받으며 땅바닥에 엎드려 있는 모습은 전혀 신경 쓰이지 않는 걸까.

한편 티엔요우의 아버지도 티엔요우의 존재를 알아차렸는지 젊은이들에게 들키지 않도록 냉정한 척하고 있었다. 그리고 뭔가 다른 기척을 감지했는지, 그저 아무 일 없는 듯 고개를 숙이고 있었다.

"거기 여자, 방금 뭐라고 했어?"

"아뇨, 아무것도 아닙니다."

마오마오는 시치미 뚝 떼고, 땅바닥에 떨어진 비취 패 쪽으로 다가가 주웠다.

'똑같아.'

죠카의 패와 똑같다. 깨진 단면은 세월의 경과로 인해 마모되었지만 맞춰 보면 딱 맞을 것이다.

"아무리 죄인이라 해도 원래는 상당히 지위가 높은 인물이 아니었을까요?"

"하지만 죄인은 죄인이지. 자식과 자손들에게도 그 끔찍한 성질이 깃들어 있을 텐데."

마오마오는 비취 패를 가만히 들여다보았다. 젊은이들은 패의 주인이 황족이라는 사실을 모르는 모양이었다.

"자식과 자손들에게만요?"

마오마오가 확인하듯 물었다.

"하하, 물론 그 선조들에게도 문제가 있었겠지."

'좋아, 언질을 받아 냈다.'

마오마오는 비취 패를 높이 치켜들었다.

"그렇다고 하는데, 어떻게 생각하세요?"

"글쎄다."

물 흐르듯 아름다운 목소리가 들려왔다. 다소 점잔을 빼는 그 음색은 후궁 시절에 여러 번 들었다.

"내게도 문제가 있을지도 모르겠군."

일부러 느릿느릿, 부드럽게 묻는 듯한 그 목소리. 목소리의 주인은 숲 반대편에서 다가왔다.

"다, 달의 귀인?!"

젊은이들이 고개를 숙였다.

진시는 환관 시절을 연상케 하는 수상쩍은 미소를 짓고 있었다. 하지만 옛날의 그 천녀 같던 분위기는 이제 없다. 오른뺨에 생긴 흉터와, 고얀 놈들을 내려다보는 시선 때문에 다소 거칠어 보일 정도였다.

"그 비취 패가 죄인의 증거라 하였지."

"아, 네."

"전설의 독조란 그 죄인의 자손들을 가리킨다 하였지."

"네. 먼 옛날 고귀한 황자님께 해를 가한 자의 자손입니다. 이런 패를 아직까지도 가지고 있다는 것은, 언젠가 나라를 기울게 할지도 모른다는 뜻입니다. 저희는 서둘러 손을 쓸 것을 제안 드립니다. 달의 귀인이시여, 이 나라에서 두 번째로 고귀하신 당신이라면 하실 수 있겠지요."

'이 나라에서 두 번째라.'

궁정에서는 결코 입 밖에 내서는 안 될 말이다. 진시는 왕제이며, 현재 나라에서 두 번째로 고귀한 동궁은 황제의 아들인 황자다.

진시는 입꼬리만으로 웃었다.

"우리나라에서 사적 제재는 허락되지 않는다."

"하지만 나쁜 싹은 미리 꺾어 버리는 게 중요하지 않겠습니까? 게다가 지금, 달의 귀인께서 명령만 하시면 이자의 머리와 몸통을 분리시키는 일 따위는 너무나 간단합니다. 이번 사냥에 초대한 것도, 이 부정한 자를 달의 귀인께 바치기 위해서였으므로…."

티엔요우의 아버지는 견디고 있었다.

'조금만 더 버텨 줘.'

마오마오도 도적에게 쫓겨 다니다 살해당할 뻔한 적이 있었기에 잘 알고 있었다. 어마어마한 공포와 긴장으로 심장이 망가질 것 같고, 무엇보다 위장에 구멍이 날 것만 같은 기분이리라.

"하하하. 자자손손뿐만 아니라 선조 대대에 이르기까지 죄인이라는 말이지."

진시는 걸으면서 품에 손을 넣었다. 진시의 뒤에는 싱글싱글 웃는 후랑과 평상시의 호위, 그리고 거북한 표정을 짓고 있는 다른 이름 있는 일족의 젊은이들이 따라왔다.

진시는 티엔요우의 아버지 주위에서 소란을 피우는 젊은이들 앞을 지나쳐, 마오마오의 정면에 서더니 품에서 마오마오가 갖고 있는 비취 패와 똑같이 생긴 물건을 꺼냈다.

"그, 그건?!"

젊은이들의 얼굴이 일그러졌다.

진시는 마오마오가 들고 있던 비취 패를 받아 들고 쪼개진 두 패를 맞춰 보았다. 예상대로 딱 맞았다.

"보다시피 나는 옛 죄인의 존재를 이미 알고 있었다. 그러나 왜 벌을 내리지 않았는지 알겠느냐?"

날카로운 눈빛이, 멋대로 횡포를 저지르던 젊은이들을 꿰뚫었다.

"이자의 선조는 이미 벌을 받았다. 그 자자손손까지 벌할 필요는 없겠지."

진시는 쪼개진 패를 붙인 채 젊은이들에게 보여 주었다.

"그리고 선조 대대로 거슬러 올라가 죄를 물어야 한다면 내게도 죄가 있을 것이야."

진시는 연극조의 동작으로 자신의 가슴을 눌렀다.

"이 죄인 또한 먼 옛날에는 황족이었다. 나와 같은 조상을 둔 자라는 말이다!"

단호히 잘라 말하는 진시의 눈빛에는 경멸이 깃들어 있었다.

젊은이들은 사적 제재를 가해 놓고, 심지어 진시가 그것을 기뻐하리라 생각하고 있었다.

진시라는 인간을 얼마나 몰랐는지 알 수 있었다.

'아니, 다들 모르겠지.'

진시는 생김새만큼 아름다운 성격을 갖고 있지 않다. 오히려 음침한 편이다. 성실하고 근면하며 본인의 용모가 뛰어나기 때문에, 상대를 외모만으로 판단하지 않는다.

"미안하군. 내 부하가 제멋대로 일을 저지른 모양이다."

진시는 내내 고개를 숙이고 있던 티엔요우 아버지의 어깨에 손을 얹었다.

"과분한 말씀이십니다. 하지만 저는 아무것도 바라지 않습니다. 만일 저희 일족이 눈엣가시라 하셔도, 제가 최후의 한 명입니다. 저를 처형하여 아무런 모반도 꾸미지 못하도록 깨끗이 없애 주십시오."

티엔요우의 아버지는 고개를 들지 않았다. 본래 그만큼 고귀한 위치에 있는 사람이 진시다.

"그건 곤란한데."

이야기를 가로막고 티엔요우가 다가왔다.

"아버지, 있잖아, 그런 소리 하나도 안 어울리니까 그만해. 응?"

"⋯⋯."

티엔요우의 아버지는 '입 다물고 있어라, 이 멍청이' 하고 눈으로 야단치고 있었다.

"달의 귀인께서는 저를 처벌하실 건가요?"

티엔요우가 물었다.

"벌을 내릴 이유가 있나?"

"아뇨, 없다고 생각합니다."

티엔요우는 당당했다.

"그럼 저와 아버지의 목숨은 보증해 주실 건가요?"

"말할 필요도 없다."

"그리고 말 나온 김에, 집이 타고 있는 것도 해결해 주실 수 없을까요? 이대로는 숲까지 불이 옮겨 붙겠는데요."

진시는 후랑에게 시선으로 지시를 내렸다. 후랑은 싱긋 웃은 뒤 젊은이들에게 말을 걸었다.

"자, 어서 불을 끕시다. 자기가 뿌린 불씨는 자기 손으로 꺼야겠지요?"

'무슨 소리야, 이 녀석.'

마오마오는 코웃음을 치며 티엔요우의 아버지에게 다가갔다. 티엔요우는 의관이지만 외과 처치 외에는 그리 적극적이지 않다. 마오마오가 용태를 진찰하는 편이 빠르다.

티엔요우의 아버지는 일단 안도하면서도 아직 긴장을 풀지 못했다.

"천막으로 이동할까요?"

"그러지."

진시의 허락을 받았으므로 마오마오는 이동하려 했다. 하지만, 그 전에….

"아… 결국 전설의 독조라는 건 없었구나."

마오마오는 그냥 하얗게 불타 파스스 쏟아지고 싶어졌다.

"앗, 냥냥."

"뭐야."

이제 티엔요우 따위에게 정중한 말투로 말할 기력도 없었다.

"독조는 모르지만 우리 집에 '화타'인가 하는 사람이 남긴 책은 있던데."

"뭐?!"

마오마오는 불타고 있는 눈앞의 집을 돌아보았다.

"냥냥은 그런 거 좋아하잖아?"

마오마오는 물을 나르던 젊은이 한 명에게서 물통을 빼앗았다.

"무, 무슨 짓이야?"

"이리 주세요."

마오마오는 물통의 물을 머리 위로 끼얹고는 불타는 집 안으로 돌진하려 했다.

"뭐, 뭐 하는 거야?"

재빨리 진시가 마오마오를 붙잡았다.

"이거 놔주세요. 저 안에, 저 안에 보물이!"

"포기해! 이미 다 타고 없어!"

마오마오는 흠뻑 젖은 채 콧물을 흘리며 불타는 집으로 손을 뻗었다.

"저게, 칸 태위의 딸⋯."

"피는 못 속이는군."

그런 목소리가 들려왔지만 부정할 마음도 들지 않았다.

약사의 혼잣말

티엔요우의 부친은 리 의관에게 치료를 받았다. 땅바닥에 무릎을 꿇었을 때의 찰과상과 목덜미에 났던 베인 상처 정도가 전부여서 크게 다치지는 않았다.

오히려 마오마오의 몰골이 더 심했다. 검댕과 콧물과 눈물로 얼굴이 잔뜩 더럽혀져 있었다. 옷도 물에 흠뻑 젖어, 천막으로 돌아오자마자 스이렌이 다급히 옷을 갈아입힌 덕분에 그나마 좀 나아졌다.

'『화타의 서』라….'

설마 실재할 줄은 생각도 못 했다. 유곽에서 코쿠요에게 얼핏 들었을 때는 정말 있으면 좋을 텐데 하고 생각하면서도 반신반의했다.

"큰 부상도 아닌데 이렇게 제대로 된 치료를 해 주셔서 정말 감사합니다."

티엔요우의 아버지는 외모뿐만 아니라 성격까지도 티엔요우와 전혀 닮지 않았다. 거칠고 투박한 사냥꾼인데 태도는 정중하고 어째서인지 기품이 느껴졌다.

"아뇨, 너무 신경 쓰지 마십시오."

"침 발라 두면 낫는데 정말 요란하다니까."

티엔요우는 남의 일처럼 말하다가 옆에 있던 리 의관에게 주먹으로 얻어맞았다.

"아앗, 죄송합니다. 아드님을⋯."

리 의관은 다급히 티엔요우의 아버지에게 사과했다.

"아뇨, 두개골이 쪼개질 때까지 때려 주십시오."

티엔요우의 아버지는 진심으로 그렇게 말하는 것 같았다.

"쪼개지면 내용물을 확인해 보겠습니다."

리 의관의 농담은 농담인지 진심인지 판별하기 어려울 때가 있다.

"아하하하. 다들 내가 싫어?"

지금 마오마오 일행이 있는 곳은 후랑이 준비한 어느 천막이었다. 호위들의 휴식처로 사용되고 있으며 의료 기구도 갖춰져 있다.

"슬슬 괜찮을까?"

바센이 고개를 내밀었다. 이쪽의 이야기가 마무리되기를 기다리고 있었던 모양이었다.

"네, 들어오세요."

일단 마오마오가 대답했다.

진시와 후랑도 들어왔다.

"저는 어떻게 할까요?"

리 의관은 의관이라서 불려 오기는 했으나 이번 사건과는 관계가 없는 사람이다. 스스로도 그것을 느꼈는지, 나갈 것을 자청했다.

"밖에서 대기하고 있어 다오."

"알겠습니다."

리 의관은 천막을 나갔다.

천막 안에는 마오마오, 티엔요우, 티엔요우 아버지, 그리고 진시, 바센, 후랑이 있었다.

솔직히 바센과 후랑 둘 다 있을 필요는 없다는 생각이 든다.

"달의 귀인이시여, 후랑은 필요 없지 않나요?"

마오마오는 내쫓을 것을 제안했다.

진시는 털색이 다른 라한이라고 했다. 그러니 후랑도 라한과 똑같이 취급할 생각이다.

"너무하시지 않나요, 마오마오 님?"

후랑이 싱글싱글 웃으며 말했다.

바센도 불쾌해 보인다. 후랑과 궁합이 좋지 않은 듯했다.

"그건 좀 참아라."

진시가 그렇게 말하니 마오마오는 더 이상 무어라 말하지 않기로 했다.

"일단은 사과를 받아 다오."

"아, 아뇨. 천만의 말씀이십니다."

티엔요우의 아버지가 오히려 깊이 고개를 숙였다. 뿐만 아니라 의자에서 내려와 융단에 털썩 주저앉기까지 했다.

"저 같은 죄인의 자손까지 살펴 주신다니 감사할 따름입니다. 이렇게 더러운 차림새로 전하를 뵙는 것조차 사실은 허락되지 않을 일입니다."

"아니, 신경 쓰지 않아도 좋다. 일단 묻겠는데 정말로 이 티엔요우의 부친이 맞는가?"

"네."

진시 또한 마오마오와 같은 의문을 느꼈던 듯했다.

"어머니를 닮았거든요."

'씨가 다른 거 아냐?'

마오마오는 꽤나 무례한 생각이 머리를 스쳤으나 입 밖에 내지는 않았다. 티엔요우가 아니라 티엔요우의 아버지에게 실례되는 일이었기 때문이다.

"여러 가지로 묻고 싶은 것이 있다. 우선 너는 '화타'의 자손이 틀림없지?"

"네. 제 증조모는 사냥터에 일하러 오던 의관과 가까운 사이가 되었고, 의관은 증조모가 임신을 했다는 사실을 알고 이 비취 패를 건넸다고 합니다."

비취 패에 사람들이 주목했다.

"하지만 그 후 의관은 당시 황제의 분노를 사서 처형당했다고 합니다. 만일 증조모가 임신을 했다는 사실이 알려지면 증조모와 배 속의 아이뿐만 아니라 다른 가족들까지 전원 처형당했겠지요. 증조모는 할 수 없이 울면서 비취 패의 모양을 판독할 수 없도록 상처를 냈습니다. 버렸으면 좋았을 텐데 차마 버리지 못했던 건, 결국 의관에게 정이 있었기 때문이겠지요."

"비취 패는 왜 둘로 쪼개졌지?"

"그건 제 형 때문입니다. 증조모는 결코 누구에게도 들키지 않게끔, 하지만 차마 버리지 못하고 비취 패를 보관했습니다. 그러나 형은 '황족의 보물이 어딘가에 숨겨져 있다'는 소리를 하면서 비취 패를 가지고 나가려 했습니다. 아버지는 그것을 허락하지 않고, 동생인 제게도 권리가 있다고 말씀하셨죠. 결과적으로 형은 비취 패를 둘로 쪼개서 하나를 가지고 나가더니 자취를 감추었던 겁니다."

티엔요우의 아버지는 신기한 듯 비취 패를 들여다보았다.

"그게 어째서 여기 있는 걸까요?"

"그 질문에는 제가 답해 드리겠습니다."

마오마오가 손을 들었다.

"30년쯤 전, 도성의 어느 기녀가 아이를 낳았는데 그 아이의 아버지인 손님에게서 받은 물건입니다. 그 태어난 딸이 가지고 있었으나 곡절이 있어 달의 귀인께 맡겨졌습니다."

"그랬군요."

티엔요우의 아버지는 감회가 새로운 듯 비취 패를 바라보았다.

"그 딸을 만나 보시겠습니까?"

마오마오는 공연한 참견이라고 생각하면서도 물어보았다. 티엔요우 아버지의 형 행방은 알 수 없지만, 그 딸이라면 조카가 된다.

"아뇨, 만나지 않는 편이 나을 겁니다."

"에이~ 난 만나 보고 싶은데~ 내 사촌 누나잖아~"

티엔요우의 의견은 무시했다. 옆에서 리 의관 대신 아버지가 아들에게 주먹을 날렸다.

"묘한 인연이 있었군."

진시는 비취 패의 갈린 자국을 쓰다듬었다. 두 개를 합치니 비취 패의 상처는 가로선과 비스듬한 선이 반복되는 모양을 띠고 있었다.

마오마오는 그 상처 자국에 위화감을 느끼며 비취 패를 관찰했다.

"상처 치료비와 불탄 집은 보상해 주겠다. 또, 멍청한 짓을 저지른 놈들에게서 위자료를 뜯어내 주지."

"그렇게까지 하시는 건 너무 죄송합니다. 그보다 제 부탁을 하나 들어주실 수 있을까요?"

"어떤 부탁이지?"

티엔요우의 아버지는 크게 한숨을 들이마셨다 내쉬었다.

"제 형이 찾던 숨겨진 보물을 찾아내서 처분해 주셨으면 합니다."

마오마오는 순간 그게 무슨 말인지 알아듣지 못했다. 머릿속에서 '숨겨진 보물'이라는 말이 반복되다, 겨우 몸이 움직였다.

"보물!"

마오마오는 눈을 반짝였다.

"그건, 그건 혹시 『화타의 서』가 아닌가요?"

"네."

"오오오!"

마오마오는 티엔요우의 아버지에게로 성큼성큼 다가갔다.

"잠깐, 잠깐. 기다려."

진시가 목덜미를 붙잡는 바람에 마오마오는 고양이처럼 허공에 매달리는 신세가 되었다.

"아까 화재로 타 버린 거 아닌가요?"

마오마오는 다리를 버둥거리며 물었다.

"아뇨, 보물이 어디 숨겨져 있는지는 모릅니다. 증조모가 생전에 숨겨 놓았다고 하는데 집 안 어디에도 남겨져 있지 않았습니다. 하지만, 만일 이해하지 못하는 사람의 손에 넘어갈 것 같으면 차라리 태워 버리라고, 비취 패와 함께 유언을 남기셨지요.”

“그래서 큰아버지가 나가 버린 거잖아.”

“넌 좀 조용히 있어라.”

티엔요우는 또 주먹으로 얻어맞았다.

『화타의 서』는 발견되면 그야말로 금서로 지정될 내용이다. 하지만 의학적 내용으로는 기대할 수 있다.

“뭔가 단서가 될 만한 장소나 물건은 없나?”

진시는 마오마오를 천천히 내려놓으며 티엔요우의 아버지에게 물었다.

“딱히 없었던 것 같습니다. 하지만 증조모는 그리 멀리 나가 돌아다니는 분이 아니었다고 들었습니다.”

“그럼 근처에 감췄겠군.”

진시가 신음했다.

바센도 생각에 잠긴 듯했고, 티엔요우는 고개를 좌우로 흔들며 주위를 관찰했다.

후랑은 뭔가가 떠올랐는지 천막 밖으로 나갔다. 그리고 금세 돌아왔다.

“증조모님의 행동 범위는 어느 정도였을까요?”

후랑이 가져온 것은 근방 지도였다. 강과 숲과 주위 마을이 몇 개 그려져 있었다.

"형과는 몇 번 이야기하신 적이 있다고 하는데, 제가 철들었을 무렵에는 이미 돌아가셨습니다. 하지만 아무리 멀리 나갔다 해도 이 정도가 아닐까요?"

티엔요우의 아버지는 숲 일대와 근처 마을까지를 가리켰다.

"사냥한 짐승의 모피와 고기를 팔러 나간 정도였던 것 같군요. 그리고 장보기."

"그랬을 겁니다."

증조모의 유언으로 볼 때, 생활권 내에서 멀리 떨어진 곳에 숨겼다고는 생각하기 힘들다.

'가까운 곳에 숨겼다고 한다면, 어디일까.'

마오마오는 비취 패를 바라보았다.

"응?"

"왜 그러지?"

"잠깐 실례."

마오마오는 깨진 두 조각의 비취 패를 지도 위에 놓았다. 두 개를 맞춰 보니 비취 패는 직사각형이었고, 세로와 가로 비율이 대체로 숲의 남북과 동서 비율과 일치했다.

마오마오는 비취 패에 난 상처 자국을 바라보았다. 가로와 대각선으로 선이 그어져 있었다. 묘하게 아까부터 계속 신경 쓰이던 상처였다.

'혹시…'

"붓이 있을까요?"

"여기 있습니다."

후랑이 내밀었기에 마오마오는 유치한 태도로 빼앗아 들었다.

"이 숲에 커다란 나무가 있죠."

티엔요우가 표식으로 쓰던 나무다.

"있습니다."

"전부 수령이 몇 백 년 이상 되는 것들이죠?"

"그게 무슨 소리지?"

바센은 이해하지 못하고 고개를 갸웃거렸다.

"커다란 나무가 있는 장소를 짚어 주세요."

거목을 숲속의 표식으로 삼고 있으니 대부분의 장소는 알 터였다.

"알겠습니다."

마오마오는 티엔요우의 아버지가 가리킨 장소에 동그라미를 쳐 나갔다.

"이게 전부일 겁니다."

마오마오는 지도 위에 비취 패를 놓고 가로세로 비율을 계산하면서 거기에 맞아떨어지는 동그라미와 동그라미를 잇는 선을 그었다.

"길이와 비율과 각도가 맞네요."

가로로 비스듬히 선을 긋는다. 선은 비취 패에 난 상처와 일치했다. 비취 패의 상처에 맞춰 모든 선을 다 그으니 동그라미가 하나 남았다.

　"이거였구나."

　'비취 패를 둘로 쪼갰으니 모르지.'

　단서는 비취 패였다. 비취 패의 표면을 갈아 내기만 한 것이 아니라, 거기에 상처를 몇 개 더 낸 것은 이 때문이었다.

　"이 장소로 가 봅시다."

　마오마오는 지도를 움켜쥐고 천막을 나섰다.

약사의 혼잣말

마오마오는 눈을 반짝반짝 빛내며 진시에게 운반되는 중이었다. 심지어 우스꽝스럽게도 쌀자루처럼 어깨에 짊어진 채였다.

'어쩌다 이렇게 됐지?'

마오마오는 한시라도 빨리 현장으로 향하고 싶었다. 그래서 손쉽게 바센에게 옮겨 달라고 부탁했다.

"아니, 잠깐 기다려."

아무리 바센이라 해도 고민되는 표정이었다. 마오마오에게도 수치심이라는 것이 있으니 평소에는 부탁하지 않는다. 그러나 지금은 긴급 사태다. 어서 보물을 손에 넣어야만 한다.

"할 수 없지."

바센이 마오마오를 안으려 하는데 엉뚱한 곳에서 손이 뻗어 왔다.

"내가 옮겨 주마."

진시였다.

그런 연유로 마오마오는 진시에게 들려 가고 있었다.

"진시 님."

주위에 들리지 않기 때문에 마오마오는 '달의 귀인'이 아니라 '진시'라 불렀다.

"이 운반 방식은 좀 그렇지 않나요?"

"나도 그렇게 생각한다."

"그럼 왜 이렇게 들고 가시는 건가요?"

"……."

진시는 뚱한 표정이었다.

"너무 많이 건드릴 수도 없지 않으냐."

진시는 가능한 한 접촉 면적이 좁은 방식을 선택한 것이었다.

"아니, 건드리기만 한다고 아이가 생기진 않는데요."

"나도 안다! 내가 마음에 두고 있는 걸 그렇게 직접적으로 말하지 말란 말이다."

"알겠습니다."

진시는 뚱한 표정이었으나 마오마오가 흔들리지 않도록 신경 써 주고 있다는 사실은 알 수 있었다. 할 수 없었기에 쌀자루는 얌전히 쌀자루 노릇이나 하기로 했다.

진시의 운반 덕분에 금세 목적지인 나무에 도착했다. 수령이 몇 백 년은 되는 거목은 마오마오가 세 명쯤은 있어야 줄기의

굵기를 잴 수 있을 정도였다.

"진짜 여기 뭐가 있다고?"

티엔요우가 하품을 하면서 물었다. 어디까지나 자기 본위적인 녀석이다.

"뭔가를 숨긴다면 뿌리 밑이 기본이죠."

힘쓰는 일이라면 바셴에게 맡기면 된다. 바셴이 둥근 삽으로 열심히 흙을 파기 시작했다. 부엽토가 많은 부드러운 흙이었지만 아래로 갈수록 딱딱했다.

"아무것도 안 나오네요."

"이미 뿌리 주위를 한 바퀴 다 팠는데요."

"있지, 있지. 다른 데 있는 거 아냐~?"

각자 한 마디씩 투덜거리는 가운데 바셴은 계속해서 땅을 팠다.

그리고….

"?!"

바셴이 삽을 내려놓고 맨손으로 지면을 팠다. 마오마오도 도우려 했지만 딱딱해서 팔 수가 없었다.

"이건가?"

바셴이 들어 올린 것은 얼핏 바위나 흙덩어리로밖에 보이지 않는 무언가였다. 하지만 바셴이 흔들어 보니 속이 빈 것 같았다.

"점토로 굳힌 것 같습니다."

여기서부터는 바센에게 맡기는 게 무섭다. 마오마오는 나무 망치를 받아 들고 내용물이 깨지지 않도록 조심스럽게 두드렸다. 점토가 조금씩 후두둑 떨어지는 가운데 나타난 것은 입구를 단단히 봉인한 항아리였고, 안에는 책이 한 권 들어 있었다.

"?!"

마오마오가 저도 모르게 책을 건드리려 하자 진시가 항아리째 빼앗아 갔다.

"뭐, 뭐 하시는 거예요?"

"지금 여기서 만지면 내용물이 파손된다."

진시의 말에 마오마오는 얼굴이 새파래졌다. 하기야 책이 현존은 하지만 습기로 종이와 종이가 달라붙어 있었다. 잘못 만져서 떼어 내려 하다가는 읽지 못하게 된다.

"이게 숨겨진 보물이군요."

티엔요우의 아버지는 감회 어린 표정을 지으면서도 책에 손을 내밀지 않았다.

"이것은 이제 제 소유물이 아닙니다."

"괜찮으시겠어요?"

"네. 형이 찾던 물건이 실제로 있었다는 것만 알면 그걸로 충분합니다."

티엔요우의 아버지는 형 때문에 여러 가지로 사고방식이 바꿰었을 것이다. 고집스럽게 황족과 거리를 두고, 해부를 했다는 선조가 저질렀던 대죄를 되풀이하지 않기 위해 아들을 속박하려 했다.

결과적으로 티엔요우는 집을 나갔고, 윤리적으로는 어쨌든 외과 기술에 뛰어난 의관이 되었으니 이 얼마나 역설적인 일일까.

티엔요우의 아버지는 아들에게 여러 가지 감정을 품고 있었겠지만 티엔요우에게는 그것이 없다. 만일 이것이 연극이었다면 아버지와 아들의 감동적인 장면이 펼쳐졌을지도 모르지만, 그것이 없다.

아마 그게 티엔요우라는 남자이리라.

'뭐, 가정 사정은 사람마다 다 다르니까.'

벌이 내려지는 일도, 처형을 당하는 일도 없을 것이라 했으니 티엔요우의 아버지는 어깨에서 짐을 좀 내려놨겠지.

마오마오는 그렇게 생각하면서도 열화된 책에서 눈을 떼지 못했다.

"진시 님."

"뭐지?"

"그 책은 어떻게 하실 건가요?"

"입이 무거운 기술자에게 맡겨 복원시켜 보마."

"제일 먼저 보여 주시면 안 될까요?"

"제일 먼저가 될지는 모르겠지만, 의학 관련이라면 한 번은 보여 주지."

마오마오는 주먹을 불끈 부르쥐었다.

앞으로의 즐거움이 생긴 덕분에 마오마오는 폴짝폴짝 뛰며 돌아왔다.

수많은 일이 있었던 하루가 끝났다.

"난 대체 뭐 하러 온 거야?"

리 의관은 티엔요우 아버지의 치료만으로 끝났다. 그래도 할 일이 있었으니 그나마 다행이다. 잘하는 짓이라 생각하고 죄 없는 사냥꾼에게 사적 제재를 가하려 했던 젊은이들은 한동안 반성하게 되었다. 왕제가 직접 내린 지시이니 앞으로 한동안은 출세할 수 없을 것이다. 신 일족의 연애편지남은 이번에야말로 일족에게 의절당할지도 모른다.

다른 참가자들도 뭐가 뭔지 모르는 상태로 사냥이 끝나 버렸다.

하나같이 불완전연소 상태였으나 마오마오는 만족했다.

'어떤 내용의 책일까?'

가슴이 자꾸만 두근두근 뛰었다. 그래서 깊이 생각하지 않았다.

"마오마오, 돌아갈 때는 이 마차야."

"알겠습니다."

스이렌이 가르쳐 주는 대로 마차에 올랐다.

""…….""

마차 안에는 아름다운 귀인이 앉아 있었다. 심지어 단둘뿐인지 다른 사람은 아무도 없었다. 저도 모르게 둘 다 입을 다물고 말았다.

'할멈의 농간에 넘어갔네.'

이전 같았으면 마오마오가 불편하게 여겼으리라. 하지만 지금은 진시가 더 불편한 표정을 짓고 있다.

"네가 왜 여기에?"

"스이렌 님이 타라고 하셨습니다."

마오마오는 좌석에 앉았다. 황족용 마차이기 때문에 올 때 탔던 마차와는 승차감이 그야말로 하늘과 땅 차이였다.

"괜찮으면 마오마오도 먹으렴."

스이렌이 마오마오에게도 마실 것을 넣어 주었다. 과일 음료에 얼음 조각이 띄워져 있었다.

"다 드시면 이걸로 따라 드리면 돼."

스이렌은 그렇게 말한 뒤 마차에서 나갔다.

'지극정성이네.'

마오마오는 조금 편해진 자세로 등받이에 등을 기댔다.

"꽤 편해 보이는군."

"실례했습니다."

마오마오는 등을 반듯하게 폈다.

"됐다. 편하게 있어라."

진시는 과일 음료가 든 잔을 딸그락딸그락 흔들더니 마차에 붙어 있는 탁자에 내려놓았다. 일부러 특별히 주문해 만들었는지 마차가 움직여도 잔이 넘어지지 않도록 고정하는 구멍도 있었다.

"진시 님이 넘겨보셨던 대로, 불한당들이 일을 저질렀네요."

"음. 왜 그런 짓을 내가 기뻐할 거라 생각했는지."

진시는 커다란 한숨을 내쉬었다.

"그야 진시 님이 뭘 기뻐하실지 모를 테니까요."

마오마오는 과일 음료를 홀짝홀짝 마셨다.

"오랜 세월 환관 흉내를 내느라 외부에 얼굴을 내미실 일이 없었죠? 환관 노릇을 그만두신 후에도 계속 잡무가 잔뜩 몰려들고, 또 연회 같은 걸 별로 좋아하지도 않으시고. 대화를 할 때도 수상쩍은 미소로 얼버무리고 제대로 이야기를 나눈 적이 없으신 것 아닌가요?"

"수상쩍은 건 또 뭐야?"

진시가 흥 하고 입을 삐죽였다.

"서도에 1년이나 계셨으니 진시 님이 어떤 분인지 모르겠죠. 분명 시 일족을 제압한 이야기를 듣고 매처럼 과격한 분일 거라 생각한 게 틀림없습니다."

오늘 사고를 친 젊은이들은 어린애처럼 토라진 표정을 짓는 진시를 모른다.

'어디 사는 누구한테 진시가 사적 제재를 좋아한다는 소리를 들었는지.'

이야기의 출처를 캐묻고 싶은 심정이었다.

"그러고 보니 진시 님, 궁금한 게 있는데요."

"뭐지?"

"아무리 생각해도, 군부의 자잘한 다툼을 정말 파벌 싸움이라 불러도 되는지 모르겠습니다."

"나도 그렇게 생각한다."

방금 전의 젊은이들은 그리 깊이 생각하지 않고 감정에 따라 움직였다. 역시 신념이 없다.

"아까 일을 벌인 젊은이들이 어디서 화타의 자손 이야기를 들었는지 조사해 봐야 해요."

"그렇군. 그쪽이 특기인 부하에게 맡겨야겠다."

진시는 과일 음료를 핥듯이 마셨다. 다소 품위 없는 동작이었으나 마오마오도 피차 마찬가지였다. 유모가 없을 때는 마음대로 하게 내버려 두자.

"그나저나 너도 성급했다. 내가 돌아올 때까지 기다릴 수 없었던 건가?"

무엇을 가리켜 성급했다고 하나 했더니, 불이 난 티엔요우 아버지의 집으로 향한 일을 말하는 모양이었다.

"그런가요? 바로 달려가야 하는 상황이라고 생각했는데요. 스이렌 님의 허가도 받았고요. 바센 님의 호위가 있으면 오히려 상대를 걱정할 일이 먼저 생길 테니까요."

바센은 이름 있는 일족의 일원이고 싸움 실력도 뛰어나다. 같은 이름 있는 일족이라 해도 바센이 있으면 쉽게 손을 대지 못하리라 생각했다. 무엇보다 연애편지남은 바센에게 겁을 먹고 있었다.

"그것은 알고 있지만, 마오마오도 일단은 조심해야 해. 요 1년 사이 괴짜 군사의 위광이 다소 약해졌다."

'그게 뭐 어쨌다는 거야.'

"그 아저씨의 위광 뒤에 숨을 생각은 없습니다."

마오마오는 진심으로 싫은 표정을 지었다. 하지만 편리할 때 써먹는 일도 있으니, 마오마오 나름대로는 많이 부드러워진 편이리라.

"그 괴짜라면 조만간 알아서 주변을 무섭게 단속하겠죠. 그리고 오늘 일이 공공연히 밝혀지면 잔뜩 우쭐해져 있던 군부 젊은이들끼리의 자잘한 싸움도 사라질 거라 생각합니다."

마침 딱 좋은 본보기가 아닐까, 하고 마오마오는 생각한다.

"진시 님이 주위에 스스로를 더 드러내고 다니시는 편이 낫지 않을까요?"

"쓸데없이 귀찮은 녀석들이 꼬일 바에야 안 드러내는 편이 나아."

진시의 잔이 비었기에 마오마오는 과일 음료를 따랐다.

"나 자신을 보여 줄 상대는 그리 많지 않은 게 좋다."

"흐음~"

진시는 마오마오를 가만히 바라보더니 조심스럽게 마오마오의 앞으로 손을 뻗었다. 그리고 마오마오의 손에 닿을 듯 말 듯한 거리에서 멈추었다.

"안 만지시나요?"

마오마오가 묻자 진시는 난처한 표정을 지었다.

"만지고 싶지. 그뿐만 아니라 잡고 싶고, 꽉 껴안고 싶다."

"안 그러시네요."

마오마오는 놀리듯 말했다. 이전에는 아무리 만지지 말라고 해도 멋대로 만져 대던 남자다.

하지만 최근에는 오히려 피하는 듯한 태도마저 취한다. 오늘도 쌀자루처럼 짊어지지 않았던가.

"참을 수 없을 것 같아서 처음부터 안 한다."

"참을 수 없으신 건가요?"

"그래. 꽉 껴안는 정도로 그치지 않고, 깨물고 핥을지도 몰라."

"방금 소름이 오싹 끼쳤어요."

마오마오는 살짝 실눈을 떴다. 닭살이 돋는다.

얼굴이 잘났으니 용서받을지도 모르지만 보통은 변태나 할 말이다. 라한이 그런 소리를 했다면 신발을 밟는 정도로 그치지 않고 창을 내리꽂아 주고 싶을 정도로 기분이 나빴다.

"엄청나게 무례하군."

진시는 화를 내지는 않고, 그저 원망스러운 표정으로 마오마오를 바라보았다.

"그럼 어차피 무례하게 군 김에."

약간의 장난을 쳐 보기로 했다.

마오마오는 과일 음료를 다 마신 뒤 잔에 맺힌 이슬로 손가락을 적셨다. 그리고 촉촉한 손가락을 진시에게로 뻗어, 검지로 진시의 손목을 짚었다.

"?!"

진시는 몸이 굳어졌다. 손목이 움찔했다.

마오마오의 검지는 진시의 손목에서 손등, 중지로 미끄러져 갔다. 달팽이가 기어가듯 젖은 흔적이 남았다. 마지막으로 중지 손톱을 밀어내듯 손을 떼었다.

"…너 말이다."

"왜 그러시죠?"

"약사가 천직이라고만 생각했는데, 의외로 기녀에 적성이 있을지도 모르겠군."

"그거, 칭찬인가요?"

마오마오는 조금 뚱한 기분이 들었다.

그에 반해 진시는 마오마오에게서 시선을 돌리며 불편한 표정을 지었다.

'장난을 너무 빨리 쳤나.'

아직 마차가 막 출발했을 뿐이다.

말을 꺼내기 힘든 분위기 그대로, 도성에 도착하기까지 한동안 시간이 걸렸다.

약사의 혼잣말

종 장 ⠶ 악의를 뿌리는 자

"호호홍~"

취에는 콧노래를 부르며 궁정 안을 걷고 있었다.

일이 없는 것은 아니다. 하지만 달의 귀인의 시녀라는 고정 업무가 사라지는 바람에 한가하다면 한가하고, 바쁘다면 바쁜 하루하루를 보내고 있었다.

지금 취에에게 맡겨진 임무는 궁정 안 수상한 소문의 출처를 찾아내는 일이었다.

뭔가 음모가 있다.

커다란 꿍꿍이가 있으리라고 누구나가 생각하리라.

하지만 큰 사건으로 이어지는 최초의 불씨는 매우 사소한 일일 때가 있다. 어린애가 흘린 아주 작은 헛소문이 큰 가게를 망하게 만드는 일도 세상에는 존재한다.

사람은 불안하면 불안할수록 사소한 소문에 흔들리기 쉽다.

서도에서는 여러 번 있었던 일이다.

취에는 궁지에 몰린 사람 보기를 좋아한다. 아니, 좋아한다는 말에는 어폐가 있다. 주위가 당황하면 당황할수록, 냉정하게 주위를 둘러볼 수 있다. 살아가면서 혼란에 강한 정신을 얻은 일을 요행이라고 생각한다.

그런 취에가 향하는 곳은 무관들의 수련장이었다.

취에는 힘없이 오른팔을 흔들며, 가볍게 팔짝팔짝 뛰면서 어떤 사람을 찾았다.

그러던 중 휴식 중인 무관들을 발견했다.

"여기, 물 드세요."

"음."

죽통을 내미는 남자는 무관치고 야윈 편이었다. 높은 사람 옆에 늘 찰싹 붙어 다닐 듯 약해 보이는 그 남자는 다른 무관들의 시중을 들고 있었다.

약한 생물에게는 약한 생물 나름대로 살아가는 방식이 있다. 취에는 잘 안다. 취에 또한 밑바닥의 약한 생물이었다.

하지만 약한 생물도 살아남는다.

오히려 약한 생물이기 때문에 살아남는 경우도 있다.

약육강식이라는 말이 있다. 육식 짐승은 먹이가 되는 초식 짐승이 없으면 살아가지 못하지만, 초식 짐승은 육식 짐승이 없어도 살 수 있다.

시중드는 남자는 다른 무관들에게 술과 음식을 다 나눠 준 뒤 다음 장소로 이동했다.

무관들의 이야기에 따르면 그 남자가 가져다주는 물은 아주 차가워서 맛있다고 한다. 식사도, 혹독한 훈련 틈틈이 먹기에 딱 좋은 것들로 준비해 준다.

가끔 마음에 들지 않는다며 때리는 자도 있지만, 지독하게 괴롭히지는 못한다. 그 약한 생물이 사라지면 훈련하기가 불편해진다. 불편해지는 자가 많기 때문에 누군가는 그만두라고 제지하고 나선다.

쥐에는 약한 생물을 따라갔다.

약한 생물은 수련장에서 떨어진 곳에 있는 우물로 향했다. 그 우물은 강물이 아니라 지하수가 흘러, 다른 우물보다 물이 차고 맑았다. 거리가 좀 있어서 무관들은 사용하지 않는다.

"잠깐 괜찮으시겠어요~? 우쥰 씨."

"무슨 일이신가요? 저는 그냥 쥰이라고 불러 주시면 됩니다. 일을 하면서 들어도 괜찮을까요?"

"네, 문제없어요~"

우쥰, 이름 그대로 우 일족의 일원이지만 당주는 '우'라는 글자를 사용하는 일을 허락하지 않는다. 주위에서도 '쥰'이라 불리고 있다.

부친은 우 일족의 전 당주지만 실각했다.

여동생은 우 일족의 아가씨라며 온갖 예쁨을 받고 응석받이로 자라, 직계 딸에게 손을 댔다가 근신을 당하고 말았다.

홀로 남겨진 우쥰은 본보기로 남겨진 데 불과하다.

이름 있는 일족이지만 외톨이. 외톨이지만 이름 있는 일족. 짐승도 새도 아닌, 박쥐나 다름없는 남자다.

부친의 연줄 덕분에 문관으로 일하던 우쥰은 부친의 실각에 의해 무관이 되었다. 본래는 말도 안 되는 처사지만 거기에 상관의 감정이 섞이면 이야기가 달라진다. 빨리 두 손 들고 일을 그만두라는 의도가 엿보였다.

그러나 우쥰은 그만두지 않았다.

우쥰은 너무나도 약해, 그 누구의 적도 되지 않았다.

위협이 되지 않는다는 사실은 상대를 안심시킨다. '얕보임'이라는 이름의 신용을 얻을 수도 있다.

그래서 아무도 생각하지 않는다. 차가운 죽통 속의 물이나 짭짤한 말린 고기에 독이 들어 있으리라고는 생각조차 하지 않는다.

물론 독이 들어 있지는 않다.

우쥰의 독은 다른 곳에 있다.

"쥰 씨, 왕팡이라는 분을 아세요?"

"네, 알고 있습니다. 말린 고기를 좋아하던 무관분이셨는데요. 얼굴이 잘생기셔서 시녀들이 가끔 이야기하던 것을 기억하고 있습니다.”

“돌아가셨다는 건 아세요~?”

“유명한 이야기니까요. 칸 태위님의 집무실에서 목을 매달았다는 이야기를 듣고 놀랐습니다.”

우쥰은 죽통에 우물물을 담으며 말했다.

“왕팡 씨와는 어떤 이야기를 하셨나요~?”

“별것 아닌 이야기였습니다. 저희 아버지와 여동생이 일을 저지르는 바람에 이렇게 좌천됐다는 이야기 말이죠.”

“그럼 우 가문의 이야기도 했다는 말이군요~”

“네. 저는 딱히 취미가 없는 인간입니다. 집안과 일 이야기 말고는 할 것이 없지요.”

우쥰은 실실 웃었다. 취에도 마주 보며 실실 웃었다.

취에는 확신했다. 자신과 동류라는 것을.

“그럼 우 가문에 있던 용 장식품을 본 적도 있으세요~?”

“용 장식품이라고요? 그러고 보니 있었던 것 같기도 하네요. 당주님이 가끔 보시는 모습을 얼핏 본 느낌이 듭니다.”

“그 이야기를 왕팡 씨에게 한 적이 있을까요~?”

“있었던 것 같기도 하고, 없었던 것 같기도 하고.”

우쥰은 약한 생물이다. 약한 생물은 뭔가 재미있는 이야기를 좀 해 보라고, 강한 생물이 시험하곤 한다. 그래서 온갖 소문을 모아 둘 필요가 있다.

약하고, 아첨을 떨고, 이야기에 귀를 기울인다. 그야말로 토끼 같은 남자다.

"참 신기하게도 얼마 전 소동을 일으킨 젊은 무관들은 당신이 열심히 시중을 들던 사람들이더군요."

"젊은이들은 다들 혈기왕성하니까요."

자신은 젊은이가 아니라는 듯한 말투다.

"네. 젊은 사람들의 정열적인 감정은 언제나 어딘가의 배출구를 원하곤 하죠. 식욕일 때도 있고, 여성일 때도 있고, 힘의 과시일 때도 있고요."

"저는 잘 모르겠지만요."

우준은 어디까지나 남의 일이라는 태도를 견지했다.

"그래서 얼마 전 결국 사고를 치고 만 거죠. 난공불락, 아름답지만 무슨 생각을 하는지 모를 고고한 왕제님의 눈에 들기 위해 사냥에 초청한 거예요."

"달의 귀인께서 사냥을 나서셨다고요? 그런 초청에 응하시다니 드문 일이군요."

"네. 그리고 글쎄, 젊은이들은 죄 없는 사냥꾼을 습격해서 죄인이라며 사적 제재를 가하려 했답니다. 달의 귀인께서 그러기를 원하실 줄 알고."

"의미를 모르겠네요. 왜 사냥꾼에게 사적 제재를?"

우준은 계속 물을 담았다.

"사냥꾼은 옛날 황족을 해한 자의 후예라고. 그러니 그자를 벌하면 황족이신 달의 귀인께서 기뻐하실 거라고 생각한 모양이에요. 원 세상에, 몇 대는 거슬러 올라가야 할 죄인의 죄를 이제 와서 벌해야겠다고 달의 귀인께서는 생각도 하지 않으셨는데, 대체 누가, 왜, 그런 생각을 하게 되었을까요?"

"인간 중에는 한 번 생각이 굳어지면 그것을 관철해야 하는 사람이 참 많죠."

"네, 맞아요."

취에는 몸을 기울이고, 계속해서 물을 뜨는 우쥰을 바라보았다.

"그 사람들을 유도한 게 당신이죠?"

"무슨 말씀이신가요?"

우쥰은 죽통의 뚜껑을 닫았다.

"소문이에요, 소문. 옛날 황족을 죽게 만든 죄인 일족이 있다. 지금은 천한 사냥꾼이지만, 달의 귀인께서는 그런 죄인을 용서치 않으신다는 소문. 당신이 정보원이죠, 우쥰 씨?"

"꽤나 확대 해석이 된 모양이네요."

우쥰은 소문의 근원이 자신이라는 사실을 부정하지 않았다.

"저는 그저 의관들이 새파란 얼굴로 금기 이야기를 하는 걸 들었을 뿐입니다. 거기에 원래 있던 소문이 섞였던 게 아닐까요?"

"그럼 구체적인 장소를 가르쳐 준 게 누군지 아나요~?"

"장소는 말한 적 없습니다. 죄인 일족이라면 황족을 두려워하겠죠. 궁정에서 사냥터로 사용한다는 통지를 보냈을 때 흔쾌한 대답이 돌아오지 않을 경우 수상하게 생각해도 되지 않을까, 하고 말했던 것 같기는 하네요."

취에는 끝까지 시치미 뚝 떼는 남자를 보고 감탄했다.

그 외에도 우쥰은 다양한 곳에서 다양한 소문을 흘렸으리라. 어디까지나 약자의 한마디로서.

박쥐 같은, 새도 짐승도 어느 쪽도 될 수 없는 남자는 그런 식으로 군부에 작디작은 불씨를 계속해서 뿌리고 있었다.

그 누구보다 약한 이 생물을 도대체 누가 파벌 싸움의 원흉이라 생각할까.

"왜 소문을 뿌리고 다니는 거예요?"

"딱히 무슨 의도는 없습니다. 하지만 자신의 약함을 아는 사람이라면 알고 있을 겁니다. 해도 좋은 일이 있고, 하면 안 되는 일이 있다는 사실 정도는."

사소한 악의다.

우쥰이 원망하는 상대는 권력자도, 정치도 아니다. 그저 스스로가 강자라며 잘난 체하는 자들이 싫을 뿐이다.

"무엇보다 제가 아무 말도 하지 않아도 앞으로 달의 귀인께 접근하기 위해 온갖 수를 동원하는 사람들은 잔뜩 생길 겁니다. 달의 귀인께서는 강하고 아름답고 근면한 분이실 테니까요."

"근면하다고 생각하는군요~"

"네. 그렇지 않고서야 자발적으로 서도에 1년이나 머무실 리가 없죠."

보는 눈이 있는 남자라고, 취에는 생각한다.

"건강한 성인 나이의 우수한 황족은 주상을 제외하면 달의 귀인밖에 없습니다. 하지만 지금 상황에서 주상께 무슨 일이 생길 경우 아직 너무 어린 동궁이 제위에 오르는 상황이 옵니다. 외척들은 신이 나서 기뻐 날뛰겠죠."

"그런 식으로 소문을 퍼뜨리는군요."

불안과 소망을 부채질하여 상대의 행동을 조종한다.

무관들은 이 약해 보이는 남자의 손바닥 위에서 놀아나고 있었다는 말이다.

"우 일족에 대해서도 뭔가 소문을 퍼뜨렸나요?"

"딱히 아무것도. 그저 우 일족의 본가에 양자로 들어온 소년은 아직 어리고 귀엽다고 말했을 뿐입니다."

취에는 저도 모르게 오싹오싹했다. 우쥰이 이야기한 내용은 딱히 무슨 비밀도 뭣도 아니다. 이름 있는 일족의 회합에서도 그 양자는 소개되었다.

하지만 우 일족의 당주는 고령에 병약하다. 당주에게 무슨 일이 생기면 10살도 되지 않은 어린아이가 뒤를 잇게 된다.

그 부분이 강조된다.

우 일족이 최근 들어 '새로운 파벌'에게 공격당하는 이유는 그것으로 충분하리라.

"우 일족이 미워서 죽을 것 같나요?"

"우 일족은 밉지 않습니다. 하지만 아버지와 여동생, 그리고 제게 너무 무르다고 생각합니다. 우 일족의 당주는 가문의 힘이 얼마나 약해져야 저희를 내쫓을까요?"

우쥰은 일그러진 인간이다. 잔뜩 비뚤어진 그의 성격은 이제 원상 복귀되지 않으리라.

"직접 손을 쓰지 않았어도 우쥰 씨가 처벌을 받게 된다고 하면 어떨 것 같으세요? 소문이라고는 해도 선동으로 간주될 경우 죄인이 되는데요~?"

"그럼 드디어 무관 노릇을 그만둘 수 있겠군요."

"그만두고 싶으면 그만두면 되지 않나요~?"

"스스로 그만둘 배짱도 없습니다, 저는."

믿을 수 없을 정도로 소심한 인간이다.

"어차피 벌을 받게 된다면, 아버지와 여동생에게도 불똥이 튀겠죠?"

"폐를 끼치고 싶지 않은 건가요~?"

"아뇨, 기왕이면 두 사람 다 우 가문에서 이름이 지워지고, 무일푼으로 저택에서 쫓겨나면 좋겠다고 생각합니다."

우쥰은 실실 웃으며 말했다.

"으음~ 우쥰 씨는 쥐에 씨랑 닮았네요~"

역시 쥐에와 방향성이 같다. 후랑과는 다른 틀이다.

그래서 대하기 편하다.

"저도 가족을 싫어하거든요~"

쥐에도 생글생글 웃으며 대답했다.

자신을 버린 어머니가 싫다.

자신을 봐 주지 않고, 어머니만 쫓아간 아버지는 불쾌하다.

쓸데없는 정의감 때문에 결국 실패한 이부 오빠도 싫다.

아무것도 모르는 이부 남매는 어떻게 되든 상관없다.

어머니에게 귀여움받는 이부 남동생은 조만간 사고로 위장해서 손을 봐줄 것이다.

"아뇨, 제가 싫어하는 건 아버지와 친여동생입니다. 어머니와 이복 여동생은 좋아하는 편이지요."

"어머나, 저런. 이복 여동생은 좋아하시나요~?"

"네. 자신이 약하다는 사실을 알고 있는, 그야말로 토끼 같은 분이죠. 리슈 님은."

우쥰은 순수한 미소를 지었다.

"아버지는 자신이 약하다는 사실을 인정하지 않았습니다. 약하기 때문에 장사에 실패하고, 그 결과 어머니가 있는데도 본가의 데릴사위가 되었죠. 우 일족의 힘이 있었기 때문에 장사에 성공했습니다. 욕심을 내서, 관리로 출사했던 건 허세였죠.

결과적으로 어머니가 장사를 주관하고, 본가의 마님이 돌아가신 후에는 어머니를 본처로 삼았습니다. 어머니는 약한데도 혼자 어떻게든 장사를 끌고 나가려 노력했는데, 아버지는 거기다 심지어 큰마님 지위라는 무거운 짐까지 얹어 놓은 겁니다."

"항간의 소문으로는 우류 씨가 장사에 재능이 있다고 하던데요. 그게 사실은 부인의 수완이었다는 말씀이군요~"

"네. 여동생도 어린 나이에 본가에 들어왔기 때문에 자기가 약하다는 사실을 모르고 자랐지요. 아버지가 고용인들을 자기 수하로 채웠고, 그리고 얼마 지나지 않아 마님이 돌아가시기까지 했으니까요. 자기는 단순한 덤이었던 주제에 본가의 딸을 괴롭혔던 겁니다. 정말로 제 분수도 모르는 아이입니다."

"하지만 쥰 씨는 그걸 막지 않았네요."

"네, 저는 아버지보다도 더 약하니까요."

대체 어디까지 비굴한 남자일까. 이쯤 되니 후련할 정도다.

"저처럼 약하고 힘없는, 뿌리 없는 풀은 어딘가에서 말라 죽어 버리는 편이 나을 겁니다."

"으음~"

취에는 고민했다.

"왜 그러시죠?"

"아뇨, 뭐랄까. 아까운 것 같아서요."

"뭐가요?"

"쥰 씨가요~"

우쥰은 이해할 수 없다는 표정이었다.

"나이가 한 10살 정도만 더 어리면 좋겠지만, 이 타고난 약함은 무엇과도 바꿀 수 없는 강점이거든요~ 어설픈 강자보다 훨씬 끈질기게 살아남을 것 같은 모습도 좋고요."

"무슨 말씀을 하고 계신 거죠?"

"당신, 내 후계자가 되지 않겠어요?"

취에의 제안에 우쥰은 눈을 휘둥그레 떴다.

취에는 오른팔을 못 쓰게 되었고, 미 일족의 서열도 뒤에서부터 세는 편이 빠른 상태로 전락했다. 서열을 올리려면 쓸 수 있는 수족을 서둘러 늘리는 게 빠른 방법이다.

가능하면 서도에 있는 샤오홍이라는 소녀를 데려오고 싶었으나 무리였다. 그렇다면 한 가지 재능에 특화된 일종의 괴물이라 할 수 있는 자를 끌어들이자.

"의미를 모르겠습니다."

"으음~ 간단한 일이에요~ 그냥 지금까지와 마찬가지로 소문을 퍼뜨리고 다니기만 하면 되거든요~ 거기에 높으신 분의 의도가 숨겨져 있을 뿐이죠~"

"높으신 분의 의도라고요? 하지만 전 솔직히 충성심 같은 건 별로 없는데요."

우쥰은 정직한 남자다. 하지만 그 점은 취에도 마찬가지다.

"충성심이 없어도, 무언가 둘도 없는 것을 얻을 수만 있다면 문제없잖아요~ 그 싫은 가족들을 무일푼으로 내쫓는 일쯤이야 식은 죽 먹기예요~"

"그건 굉장히 매력적이군요."

우쥰은 마음이 끌리는 모양이었으나, 취에는 거기에 결정타를 가했다.

"또 뭔가 필요한 게 있나요~?"

"그럼 속죄라고 할 정도는 아니지만, 리슈 님께 지금까지 빼앗기셨던 행복을 돌려드리고 싶다고 해도 문제가 되진 않을까요?"

"네, 물론이죠~"

취에는 웃었다.

"앞으로 내가 이것저것 알려 줄게요~ 유부녀에게 가르침을 받을 수 있다니 행복한 줄 알아요~"

"귀찮아서 유부녀는 별로 안 좋아하는데요."

이리하여 몹쓸 사제 관계가 탄생했다.

약사의 혼잣말 14권 마침

약사의 혼잣말

약사의 혼잣말 [14]

2024년 7월 10일 초판 발행

저자	휴우가 나츠
일러스트	시노 토우코
옮긴이	김예진

발행인	정동훈
편집인	여영아
편집 팀장	황정아 김은실
편집	노혜림

발행처	(주)학산문화사
등록	1995년 7월 1일
등록번호	제3-632호
주소	서울특별시 동작구 상도로 282 학산빌딩
편집부	02-828-8838
영업부	02-828-8986

ISBN 979-11-411-3684-0 04830
ISBN 979-11-348-1428-1 (세트)

값 9,000원